不復原鄉

THERE THERE

Tommy Orange

湯米・奧蘭治——著　吳宗璘——譯

獻給卡特莉與菲力克斯

序曲

在黑暗時光之中
也聽到歌聲嗎？
是的，那裡也有歌聲，
有關黑暗時光的一切。
——貝托爾特・布萊希特

印地安人頭

以前，有個印地安人的頭，戴有頭飾的長髮印地安人的畫像，一九三九年某位不知名畫家的作品，曾經是全美所有電視在節目收播後出現的畫面，直到七〇年代末期之後才消聲匿跡，大家稱其為「印地安人頭」檢驗圖。要是你沒有關掉電視，會聽到四百四十赫茲的音頻——也就是校正樂器的那個音頻——接下來，你會看到那個印地安人，周邊有好幾個類似從步槍瞄準器看出去的圓圈，螢幕的正中央有一個類似標靶的大圓圈，搭配宛若座標的數字。那個印地安人頭就在紅心位置的上方，彷彿你只需要揚起下巴，就同意讓所有的準星對準攻擊目標，這還只不過是個檢驗圖而已。

一六二一年，殖民者剛與原住民完成一筆土地買賣，設宴邀請萬帕諾亞格族酋長馬薩索伊特，馬薩索伊特帶了九十名手下與會。那一餐，就是我們即便到了現在依然會在十一月團聚用餐的原因，全國上下一致歡慶。不過，那一餐並不是感恩節大餐，而是談土地交易的一餐。過了兩年之後，又有一頓類似的大餐，象徵的是永恆友誼。那一晚，有兩百名印地安人因不明原因中毒暴斃身亡。

等到馬薩索伊特的兒子米塔卡姆成為首領之後，就再也沒有印地安—清教徒的共聚盛宴了。米塔卡姆，也就是大家所熟知的菲利普國王，被迫簽署和平協議，繳出所有印地安人的槍枝，三名手下被絞死。而他的哥哥瓦姆蘇塔，嗯，被普利茅斯法院傳喚並遭到監禁，之後應該是被毒死了。基於上述之種種因素，引發了第一次的正式印地安戰爭，第一次與印地安人的戰爭，菲利普國王戰役。三年之後，戰爭結束，米塔卡姆開始逃亡。第一批美國遊騎兵的隊長班傑明．丘奇，還有某個名叫約翰．阿德曼的印地安人抓到了他，他被斬首分屍，斷手斷腳。他們把米塔卡姆的四大屍塊綁在附近的樹頭、送給鳥兒啄食。米塔卡姆的手送給了阿德曼當紀念品，他把斷手放在某個蘭姆酒瓶裡，帶在身邊多年——想看的人就得付錢。而米塔卡姆的頭顱則以三十先令的價格——當時印地安人頭的行情價——賣給了普利茅斯殖民地。他們以長釘戳住這顆頭，在普利茅斯市區遊街示眾，然後，在普利茅斯要塞足足展示了二十五年之久。

一六三七年，來自四面八方的佩克特人共聚一堂，參與年度的「綠玉米舞蹈節」，人數應該是四百到七百人之譜。殖民者包圍他們的村莊，引火焚燒，想要逃跑的佩克特人，一律格殺勿論。第二天，麻薩諸塞州灣殖民地舉辦了慶祝歡宴，州長宣布這是感恩節。只要出現了我們稱為「成功大屠殺」的事件，這樣的感恩節就是四處可見。據說在曼哈頓的某場歡慶活動中，大家把佩克特族的那些人頭當成足球一樣，在街頭到處亂踢。

原住民寫的第一本小說，也是加州問世的第一本小說，出於一八五四年，作者是一位名叫約翰．羅林．李奇的切羅基原住民。《瓦金．穆里耶塔的一生冒險》是以某個出身加州的墨西哥盜匪生活真貌傳說為本，他在一八五三年被一群德州遊騎兵殺害，他們為了證明自己真的殺死了穆里耶塔、領取五千美元的首級賞金——砍下了他的頭，穆里耶塔黨羽「三指傑克」的手也同樣遭殃。那幾個遊騎兵帶著穆里耶塔的人頭與傑克的手、在加州巡迴展演，門票是一元美金。

泡在罐子裡的印地安人頭，以長釘戳住的印地安人頭，宛若飄揚的旗幟，大家都看得到，廣傳千里。就像是「印地安人頭」檢驗圖放送到即將入睡的美國人面前一樣，我們也在此時從客廳啟航、越過豔色藍綠波浪洋面，到達岸邊，看到新大陸的螢幕畫面。

滾動的頭

夏安族有個關於滾動的頭的古老傳說。某個家庭離開營地、搬到了某座湖的附近——成員有先生、妻子、女兒，還有兒子。早上等到先生跳完舞之後，他會梳理妻子的頭髮，把她的臉塗成紅色，然後再去狩獵。他回來的時候，發現妻子的臉變得乾乾淨淨。發生多次之後，他決定要偷偷跟蹤她，想知道她趁他不在的時候都做些什麼，他發現她泡在湖中，與某個類似蛇狀的水怪在一起，它緊緊環纏著她的身軀。那男人殺死了怪獸與妻子，把屍肉帶回家給兒女，他們發現食物的味道和平常不一樣。還在吸奶的兒子說道，我媽媽的味道就是這樣，而他的姊姊卻告訴他，這只是鹿肉而已。就在他們用餐的時候，一顆頭顱滾了進來。他們趕緊逃跑，但那顆頭卻緊跟他們不放。姊姊想起了他們的玩耍地點，荊棘相當茂密，她靠著自己的咒語，讓荊棘在他們背後回魂，但那顆頭顱卻衝破障礙，繼續往前滾。然後，她又想起了特殊的堆石陣，她呼喚石頭，雖然現身了，但卻無法阻擋那顆頭顱，所以她在地面上劃了一道實線，瞬間變成了一道幽邃裂溝，讓那顆頭無法橫越。不過，下了一陣大雨之後，裂溝裡已經都是積水，那顆頭浮水而過，到達另一邊之後，轉過去，喝光了溝內的水。那顆滾動的頭變得困惑，醉醺醺。它還想要更多，什麼都好，一切都好，它就是繼續滾啊滾不停。

有件事我們必須要謹記在心，觀念要更新，絕對不會有人頭從聖殿階梯滾下來。那是梅爾·吉勃遜瞎搞出來的東西。不過，我們——看了那部電影的我們——其實也很清楚，頭顱紛紛從聖殿階梯滾下的那個世界，意圖模擬的是十六世紀墨西哥的真實印地安世界。那些是在西班牙到來之前，還沒有變成墨西哥人的墨西哥人。

雖然關於我們的歷史真相與我們種族的現況，都已經有了只要上網找尋就唾手可得的真相，但我們卻一直被他人所定義，而且不斷被詆毀。我們有的是悲戚與潰敗的輪廓，還有滾下聖殿階梯的頭顱，烙印在我們的腦袋之中。凱文·科斯納拯救了我們，約翰·韋恩的六發子彈手槍對我們趕盡殺絕，某個名叫鐵眼·柯迪的義大利男人總是在電影中扮演我們的角色，我們還有的是在廣告裡對亂丟垃圾心情沉痛而盈淚的印地安人（也是鐵眼·柯迪），以及在小說《飛越杜鵑窩》

當中，那個把水槽拋出窗外的瘋狂印地安人敘事者。我們出現在各式各樣的商標與吉祥物當中，教科書裡的某個印地安人的複製圖像之再複製。打從加拿大北方的阿拉斯加最北端，一路延伸到南美洲的最南端，印地安人全部遭到殲滅，最後只剩下一幅羽飾圖像。旗幟、上衣，以及銅板都看得到我們的頭。我們的頭最早現身在一分錢硬幣上面，當然，這是所謂印地安的一美分硬幣，後來是野牛五分鎳幣，這兩者出現的時間，都在我們能以人之身分投票之前——它們，就像是全世界的歷史真相，也像是大屠殺之後所噴濺的鮮血，如今再也看不到了。

以大屠殺揭開序幕

我們當中某些人從小就聽說過許多關於大屠殺的故事，有關我們族人不久之前的事，有關我們所歷經的苦難。

在沙溪，我們聽說他們拿榴彈砲滅殺我們。民兵們在約翰·奇文頓上校的帶領之下，殺死了我們——這裡的我們幾乎都是婦孺與老人，男人都在外頭打獵。他們告訴我們要升起美國國旗，我們乖乖照辦，還豎起了白旗。投降，白旗飄揚。當他們朝我們逼近的時候，我們正站在那兩面旗子的下面。他們不只是殺死我們，還將我們分屍、殘虐。打斷我們的手指頭，為了我們的戒指；割下我們的耳朵，為了我們的銀飾；割下我們的頭皮，為了我們的頭髮。我們躲在樹幹的空洞裡，把我們自己埋在河岸旁的沙地裡，因鮮血而染紅的同一片沙地。他們開腸剖肚取出了未出生的寶寶，我們那些本該要成為孩子的孩子，還沒有成形的嬰孩，他們直接從我們的腹肚裡挖了出來，他們把柔軟的嬰兒小頭朝樹幹砸得稀爛。然後，他們取走了我們身體的各個部分，當成戰利品，在丹佛市中心的某個舞台進行展示。奇文頓上校緊抓著我們的屍塊以及女體恥毛在跳舞，他爛醉狂舞，最卑劣的是群眾聚集在他面前、跟著他一起歡呼大笑，這叫做慶祝。

冷硬又堅決

把我們趕入城市，應該是讓我們產生同化與吸融、遭到抹消，完成他們五百年滅族行動的最後一個必要步驟。不過，城市讓我們煥然一新，我們把它轉化為我們自己的地方。在一大片高聳建物、面目模糊的川流人群、永無休止的喧鬧車聲之中，我們並沒有迷失。我們找尋彼此，建立了「印地安中心」，我們成家，舉辦豐年祭，開始跳舞唱歌做串珠。我們買房子租房子，露宿街頭，在高速公路底下安歇；我們上學，加入軍隊，我們進駐奧克蘭的水果谷以及舊金山的教會區建立了一間間的印地安酒吧。我們住在里奇蒙的火車篷車村裡面，我們創造藝術，生寶寶，為我們的族人開路，能夠讓大家在保留區與城市之間不斷往返。我們搬到城市不是為了等死。人行道與馬路，水泥，吸收了我們的沉鬱。玻璃、金屬、橡膠、電線、速度、熙攘人群——城市容納了我們。當時的我們還不是都會印地安人，這都是「印地安人遷移法」的一部分，而這個法案則是「終結印地安人政策」的一部分，無論過往或現在，這個政策的意涵完全就是字面意義。讓他們的樣貌與行為跟我們一樣，成為我們，然後，就此消失不見。然而，事情沒那麼簡單。我們當中有許多人是基於自我選擇來到這裡，重新開始，為了賺錢，或是某種全新的體驗。我們當中的某些人之所以來到城市，是因為要避開保留區。我們打完第二次世界大戰之後留了下來，打了越戰之後，也留了下來。我們之所以選擇留下來，是因為城市的聲音宛若在打仗，而要是你曾經進入戰場，不能就這麼一走了之，你只能與它保持距離——這樣一來，當你看到或聽到它在附近出現的時候，就能夠比較自在從容——那種呼嘯而過的金屬聲、那種周邊不絕於耳的槍火、在街道與快速道路上面來回行進宛如子彈的車輛。在保留區、高速公路旁的小鎮、農村社區的那種寧和，那樣的沉靜，只會害你腦袋的火光之聲變得更加清晰銳利。

現在，我們多半都是城市人，就算不是住在城市裡，生活在網際網路裡也等於一樣，身陷在一層層瀏覽器視窗堆疊而成的高樓大廈之中。他們老是叫我們城市印地安人，說我們都會性格濃厚、膚淺、虛假，是沒有文化素養的難民，還有蘋果，因為蘋果外紅內白。可是，我們的所作所為就與我們的先祖一樣，就是他們的存活法。我們是我們無法想起的過往記憶，它們就生存在我們的體內，我們有感應，它讓我們依照固有方式唱歌跳舞祈禱，我們因為日常生活中意外出現的不斷湧現的熾烈記憶而感動，宛若有人為了我們的頭髮、為了我們的頭顱、為了某筆賞金，或者純粹就是要消滅我們，對我們背後開槍之後，子彈傷口滲穿毯子的鮮血一樣。

當他們第一次帶著子彈來找我們的時候，雖然子彈的速度比我們的尖叫聲快了兩倍，但我們並沒有停止奔跑，就連子彈的高溫與高速穿破我們的皮膚、碎裂我們的骨頭與頭顱、插入我們的心臟的時候，我們還是沒有停下腳步；就連我們目睹子彈入身、害我們的四肢宛若旗子——就像是那些在全然變貌的故土之上的那些建物旗幟——胡亂揮舞的時候，亦是如此。那些子彈是惡兆，是從某種冷硬堅決的未來夢境出脫的鬼魂。子彈穿過我們的身軀之後，繼續往前飛，揭示了即將到達的未來，速度與殺戮，邊界與建築的冷硬堅決直線。他們奪走了一切，將它們碾磨為細小如火藥粉的塵土，他們對空鳴槍大肆慶祝，而流彈飛入了歷史錯寫的空荒地帶，註定要被人遺忘。就連到了現在，我們的身體還是會莫名其妙吞下流彈與承擔苦果。

都會性格

都會印地安人是在城市出生的世代。我們已經搬遷多時，但土地就宛若記憶一樣永世附身。都會印地安人屬於城市，而城市屬於地球。世間萬物形成與地球上的其他生靈與非生物息息相關，我們的所有關係，讓所有的一切形成當前狀態的進程——化學、人造合成、科技，或是其他方式——都不會讓任何產物成為非屬地球的產物。建築、快速道路、汽車——難道這些東西不屬於地球嗎？

難道它們是從火星和月球裝運過來的物品嗎？難道是因為它們被加工製造，抑或是被我們拿來操作，所以就不屬於世間的產物嗎？當我們還不是那麼完整的生物，還是智人，單細胞有機體、宇宙塵、大爆炸之前混沌量子理論的那個階段，我們的差異有這麼大嗎？城市形成的過程就與銀河一樣。都會印地安人走過市中心建物的陰影面積之中，感覺輕鬆自在，我們對於奧克蘭市中心天際線的熟悉程度，超過了任何的聖山；對於奧克蘭山丘紅杉區的了解，也勝過其他的蓊鬱野林。我們熟悉的是快速道路噪音，而不是河流；我們可以辨識出遠方列車的嘶吼，而不是狼嚎；我們聞得出汽油、新鮮濕水泥、燒焦橡膠的氣味，但對於雪松或是鼠尾草甚或是炸麵包的香氣卻很陌生——炸麵包不是傳統食物，就像是保留區也並非我們的傳統，但沒有什麼事物屬於原初，一切都來自於不斷的流傳，而傳承的源頭本是空無。萬物為新，天生註定。我們搭乘巴士、火車、汽車，以平面、高架，以及地下的方式穿越水泥平原。身為印地安人，永遠不會有機會返回原鄉。處處是原鄉，或者，無處是原鄉。

第一部

今日的我，怎麼可以不熟悉你的明日容顏？已經存在的容顏，抑或你在我面前展現的面容之下，正在形塑的那張容顏，或者是你面具之下的容顏，就在我最意想不到的時刻，才會在我面前展現的容顏？

——哈維爾・馬里亞斯

湯尼・隆曼

我第一次看到自己鏡像中的駝峰，是在我六歲的時候。那天早上，我的朋友瑪利歐掛在沙地公園的單槓上面問我：「你的臉為什麼會長那樣？」

我不記得我做了什麼，我依然不知道。我只記得鐵架上有好幾抹血，還有嘴巴裡的金屬腥味。我記得我外婆瑪可辛站在校長辦公室外頭的走廊，拚命搖我的肩膀，我緊閉雙眼，她嘴裡發出那種只要我試圖辯解，但其實真的不該開口時的「噗滋」聲響。我還記得她拉我手臂的力道比平常用力，然後，她不發一語開車回家。

回到家之後，正當我準備要打開電視，我看到了自己在螢幕上的幽暗映影。那是我第一次看到它，我自己的臉，其他人都看得到的那張臉。我問瑪可辛，她說我媽媽在懷我的時候酗酒，她以相當緩慢的速度告訴我，我患有胎兒酒精症候群（syn-drome），我只聽到的是「駝峰」（Drome），然後，我回到了未開機的電視螢幕前面，死盯著畫面不放。我的整張臉塞滿了整個螢幕，「駝峰」。我拚命想要再看清楚我剛剛發現的自我面孔，但卻已經沒辦法了。

大部分的人都不需要像我一樣思考自身面容的意義。你攬鏡自照，裡面的鏡像回望著你，絕大多數的人甚至根本不知道那到底是什麼樣子。你頭顱面前的那張皮，你永遠看不到，就像是你永遠無法靠自己的眼球看到自己的眼球，無法聞到自己的氣味，不過，我不一樣，我知道自己的臉是什麼模樣，我也知道那代表了什麼意義。我的雙眼低垂，像是被人扁得潰不成形，也像是處於吸毒恍惚狀態，而且我的嘴巴一直閉不起來。我臉上的每一個部分——眼睛、鼻子、嘴巴——彼此的間距都過寬，簡直像是有酒鬼拿了一杯新酒，啪一聲潑在我的臉。大家都會盯著我，當我注意到大家是怎麼看我的時候，他們又會別過頭去。

那也是「駝峰」，我的力量與詛咒。「駝峰」是我媽媽，也是她酗酒的理由，歷史就是以這種方式對某張臉打了一拳，雖然自從我在電視上看到它，而它宛若靠他媽的小混蛋回瞪著我的那一天開始，我就被它折磨得半死，但我還是一路熬過來了。

現在，我二十一歲，也就是說我想喝酒當然不成問題，但我不想。我覺得當我還是我媽媽肚內寶寶的時候，我已經喝夠了，在那裡喝得醉醺醺，爛醉的嬰兒，根本不算是嬰兒，而是一個他媽的小蝌蚪，被臍帶勾住，在肚子裡漂浮。

他們說我是笨蛋。他們並沒有直接說出來，並不是這樣，但反正我是沒通過智力測驗，落在最低的百分比區間，最底層的那個梯級。我的朋友凱倫告訴我，智慧有千百種。她是我的諮商師，一開始的時候，是因為我在幼稚園與瑪利歐發生那起意外之後，我被叫過去印地安中心報到——現在我依然每個禮拜會過去一次。凱倫告訴我，不需要擔心大家對於我智力所提到的那些事。她說酒精症候群患者的智力光譜範圍很大，還有，智力測驗很偏頗，我擁有強烈直覺，而且混跡街頭的腦袋靈光，其實我早就知道了，但當我聽到她說出來的時候感覺就是開心，就像是我自己本來不是很清楚，等到她說出那些話之後才恍然大悟。

我很聰明，比方說：當他們心口不一的時候，我知道大家心裡在想什麼。「駝峰」教導我要跳過大家給你的第一印象，要找尋另一面，隱藏在表面之下的嘴臉。你只需要比平常時間稍微多等個一秒鐘，就會抓出真相，可以看透他們的心底世界。要是有人出賣我，我一定會知道。奧克蘭是我的地盤，當有人想要接近我的時候，我知道該怎麼處理，比方說什麼時候要過馬路，什麼時候要看地上，繼續走路。我也知道要怎麼認出膽小鬼。這就簡單了，他們的穿著打扮就像是手裡拿著「來堵我啊」標語一樣明顯。他們看我的眼神就像是我已經做了什麼壞事，既然是他們自找的，我當然也就不必客氣了。

瑪可辛告訴我，我是巫醫，她說像我這樣的人相當罕見，而且當我們出現的時候，知情的人明白我們之所以樣貌不一樣，正是因為我們與眾不同，他們會顯現尊重。不過，除了瑪可辛之外，從來沒有人對我表示過任何的尊重。她說我們是夏安族——當年在這塊土地的印地安人，這一切本來都是我們的，統統都是，靠。

想必他們那時候一定沒有混江湖的智慧，任由白人跑來這裡，從他們的手中就這麼奪走了一切。悲傷的是，這些印地安人應該都知道是怎麼一回事，但卻無能為力。他們沒有槍，而且還有傳染病，這都是瑪可辛說的，白種男人靠著自己的髒污與疾病殺死我們，逼我們搬到某些鳥不生蛋的地方，靠他媽什麼東西都長不出來的土地。要是我得被迫搬出奧克蘭，我一定恨死了，因為我對這裡熟到不行，從西區到東區，再到深東區，反方向也不成問題，不管是騎單車還是搭公車或是灣區捷運系統都可以，這是我唯一的家，其他地方都不可能讓我有歸屬感。

有時候，我會騎著單車逛遍奧克蘭，純粹就是東張西望，看人，看看不同的社區。我戴著耳機，聆聽MF・杜姆的歌，可以就這麼騎晃一整天。MF代表的是「鐵面具」，杜姆演唱的時候總是戴著鐵面具，自稱是惡徒，是我最愛的饒舌歌手。我之前什麼都不懂，只聽廣播電台，聽了杜姆之後才開竅。之前我搭公車的時候，發現有人把iPod忘記在座位上頭，而裡面只有杜姆的歌。當我一聽到「我得到的不只是個破洞襪子而已，還得到了更多的靈魂」那句歌詞的時候，我就知道我喜歡他。原因是因為我立刻就明白了它所有的意義，立刻就喜歡上它了。它象徵了靈魂，我喜歡襪子有洞為襪子帶來了個性，表示它被穿到破損，讓它有了靈魂，我也喜歡腳可以穿洞露出，直接碰觸鞋底的感覺。這微不足道，但卻讓我覺得自己並不是白痴，我的反應並不遲緩，我不是最底層的人。而且，它也激勵了我，因為給了我靈魂的是「駝峰」，而且「駝峰」也是已經被我戴到磨損的一張面具。

我媽媽在坐牢，有時候我們會講電話，但她總是會說出那種讓我後悔與她聯絡的話。她告訴我，我爸爸在新墨西哥州，他根本不知道有我這個小孩。

我跟她說：「那妳就告訴那廢物有我這小孩啊。」

「湯尼，事情沒那麼簡單。」

「別說我頭腦簡單，靠，不准妳這麼說，我頭腦簡單還不都是妳害我的！」

有時候，我會突然發飆，多半是和我的理解力有關。我因為打架被停學、被瑪可辛帶回家不知道有多少次了，但每次的狀況都一樣。我一生氣，然後接下來什麼都不清楚。我面孔發燙，整張臉硬邦邦，宛若鋼鐵，然後，我就暈過去了。我個子高大，而且身材粗壯，瑪可辛跟我說，實在太壯了。我自己是這麼覺得，既然我的臉這麼恐怖，那麼塊頭這麼大反而是加分，對我來說，長得像怪物也剛剛好，「駝峰」。當我一站起來，努力抬頭挺胸站起來的時候，沒有人敢搞我。大家都趕緊逃走，宛若見到鬼一樣。也許我就是鬼，也許連瑪可辛也不知道這一點。也許我是巫醫的相反人物。也許我哪一天可以做出什麼轟轟烈烈的事，大家都會知道我這個人。也許到了那個時候，他們終於能夠看著我，因為他們別無選擇。

大家都覺得會入行做這種事與錢有關，但靠，誰不想要錢啊？重點是為什麼要錢，要怎麼弄到錢，之後又要拿來做什麼。金錢從來不會害人，問題在於人自己。我從十三歲開始就在賣大麻，一直在外頭混，會遇到某些鄰居，他們可能早就覺得我在外頭，窩在街角啊什麼的就是一直在賣毒。但話說回來，他們應該是不清楚。要是他們知道我在賣毒，應該早就把我打得半死。他們應該是覺得我很可憐，髒兮兮的衣服、髒兮兮的臉孔。我賺的錢多半交給了瑪可辛。我竭盡所能想要幫助她，因為她讓我住在她家，奧克蘭西區十四街底，這是她許久之前在舊金山當護士時買下的房子。現在她自己需要護士，雖然有社會安全福利補助，她還是請不起。她需要我幫她完成各種任務，去商店、陪她一起搭公車去看醫生。現在我也會陪她一起下樓梯，真不敢相信人的骨頭居然會老殘到斷碎，像是玻璃一樣在體內斷裂為細屑。她跌斷髖骨之後，我幫忙她的次數也越來越頻繁。

瑪可辛會叫我在她睡前幫她朗讀。我不喜歡，因為我讀書的速度很慢。有時候我覺得那些字母就像小蟲子一樣在我身上亂爬，它們會隨時更換地方，有時候，那些字句動也不動。當它們沒有動靜的時候，我必須要等待，確定它們再也不會亂跑，所以，與那些一團散亂、我得要重組的字詞相比，這種狀況反而會拖得比較久。瑪可辛會叫我幫她唸一些我有時搞不太懂的印地安故事，不過，我其實很喜歡，因為當我能夠領會的時候，它就會直接通達心底的痛處，但感覺卻好多了，因為你可以感受到閱讀之前不曾體驗的某種情緒，會讓你覺得沒那麼孤單，好像就沒那麼痛了。有一次，她叫我唸她最喜歡的作家——路易絲．艾德列克——所寫出的某一個段落，等到我讀完之後，她所使用的詞彙是毀敗。

故事內容是有關生活如何把你壓垮，還有我們為何因此而存在人世間，坐在蘋果樹下面，聆聽果子落下、堆疊在你身邊的聲響，白白浪費了它的甜美。當時我不懂那是什麼意思，她也發現了，但也沒有對我解釋。不過我們後來又讀了那個段落，唸完了整本書，然後我就懂了。

瑪可辛一直很了解我，透徹的程度遠遠超過任何人，甚至也超越了我自己，比方說我連自己在世界面前展現的是什麼模樣都渾然不覺，我解讀真我的速度緩慢，因為我周遭一切顛倒錯亂，加上我周邊的人看我對待我的那種方式，而且，我花了許久的時間才搞清楚是否要把一切回歸正位。

這一切的起點，我之所以會捲入這場鳥事，都是因為這一群從奧克蘭丘陵下來的白種男孩，他們在西奧克蘭的某間酒品專賣店的停車場接近我，站得直挺挺，彷彿一點也不怕我。我看得出來，他們很怕站在那兒，待在那種社區，從他們那種頻頻轉頭的姿態就知道了。但是他們不怕我，他們彷彿覺得我長這樣也不可能搞什麼名堂，反正我動作太慢也沒辦法惹事。

頭戴 Kangol 牌的帽子、個頭跟我一樣高的那個人問我，「你有沒有雪花？」我真想大笑，他把古柯鹼稱之為「雪花」，媽的真是標準白人風格。

「我可以弄給你。」話雖這麼說，但我也沒把握。「一個禮拜後再過來，同樣的時間。」反正我之後會找卡洛斯。

卡洛斯真的是太不可靠了。他應該要給貨的那一晚，他打電話給我，跟我說他弄不到，我必須自己去找奧克塔菲歐。

我從競技場體育館站騎腳踏車過去。奧克塔菲歐的家在奧克蘭深東區，七十三街那裡，對面本來是伊斯蒙商場，後來治安實在糟到不行，他們就把它改為警察局。

我到達那裡的時候，一堆人從屋子裡衝出來，在街上狂奔，彷彿在打架。我坐在單車上、與他們相隔一個街區，看著那些醉鬼在街燈的光曜下亂竄，這些蠢蛋像是一群撲光的醉醺醺飛蛾。

我找到奧克塔菲歐，他喝得爛醉。每當我看到這樣的人，都會讓我想起我媽。不知道我在她肚子裡的時候，她喝醉的模樣是怎樣？她喜歡那樣嗎？我喜歡嗎？

不過，奧克塔菲歐雖然講話糊成一團，但腦袋十分清醒，他伸出手臂勾住我，把我拉到他家後院，某棵樹下放了張健身椅，我看他挺舉了好幾次的空槓，沒有加任何槓片，他似乎根本沒發現異狀。我在等他，看他什麼時候會問我長相的事，但他並沒有。我靜靜聆聽他說出他外婆費娜的事，他的家人離世之後，她拯救了他的整個過程。他說她靠著獾毛為他破除了咒語，還有，她把墨西哥或印地安人以外的人都稱之為臭殖民者，這是西班牙人到來時傳給原住民的一種疾病——她老是告訴他，他們帶進來的病就叫做西班牙。他還告訴我，他從來就不想變成現在這種樣子，我不確定他指的到底是什麼？酒鬼？還是毒販？或者兩者都有？還是其他？

「就算為了她，我掏心淌血也不成問題。」我對瑪可辛也有相同的情感。他說他不想把自己搞得這麼感傷又窩囊，但從來沒有人願意好好聽他說話。我知道這都是因為他喝醉了，之後他應該什麼都想不起來。不過，自此之後，我跟奧克塔菲歐就一切坦誠相待。

後來，靠著那些住在山丘上的白人蠢男孩還有其他朋友，我們光是一個夏天就賺進大把鈔票。某天，我要去取貨的時候，奧克塔菲歐呼喚我進去，還叫我坐下來。

他問道：「你是原住民吧？」

「嗯，」我覺得納悶，他怎麼會知道？「我是夏安族。」

「你告訴我豐年祭是什麼吧？」

「問這個幹什麼？」

「反正跟我講就是了。」

瑪可辛在我小時候帶我四處參加過灣區的豐年祭，我現在已經不去了，但我以前會跳舞。

「我們打扮成印地安人，有羽毛珠珠啊什麼的。然後大家跳舞唱歌，拍打大鼓，買賣珠寶衣服藝品啊那些印地安鬼東西。」

奧克塔菲歐問我：「但做那個是為什麼？」

「錢。」

「不是，我是要問真正的目的？」

「我不知道。」

「媽的你說你不知道是什麼意思？」

「媽的就是要賺錢啊。」

奧克塔菲歐側頭看著我，意思似乎就是：你可別忘了你在跟誰說話。

他回我：「所以我們也要在那一場豐年祭賺錢。」

「他們要在競技場體育館辦的那一個嗎？」

「對。」

「賺錢？」

奧克塔菲歐點點頭，轉身，拿了一個東西，我沒辦法第一眼就看出那是槍，它很小，而且是純白色。

我問道：「媽的那什麼啦？」

奧克塔菲歐回我：「塑膠槍。」

「能用嗎？」

他問我：「3D列印的，要不要看一下？」

「看一下？」

我們走出去，到了後院，我拿槍瞄準綁在繩子上的某個百事可樂瓶，雙手持槍，吐舌，緊閉單眼。

「你以前有沒有開過槍？」

我回道：「沒有。」

「靠，它會害你耳鳴。」

「會嗎？」我還沒等到他回答，發覺自己的手指頭早已壓了下去，轟響流竄全身。有那麼一瞬間，我不知道到底出了什麼事。只不過壓了那麼一下，就引發轟然巨響，我全身嗡個不停，急遽下墜，不由自主蹲下來。體內體外，都出現了嗚響，單一音調在遠方飄忽，也可能是來自於身體深處。我抬頭望著奧克塔菲歐，看到他嘴巴動啊動的在講話。我問了他一句「什麼？」但我連自己的聲音也聽不見。

我終於能夠聽到奧克塔菲歐說什麼了，「我們就是要靠這種方法在那場豐年祭搶錢。」

我記得競技場體育館入口有有金屬探測器。瑪可辛跌傷髖骨之後所使用的助行器，曾經引發機器警鳴。我和瑪可辛是在某個週三夜晚——門票一美元之夜——觀賞奧克蘭運動家隊與德州遊騎兵隊的比賽，瑪可辛小時候住在奧克拉荷馬州，死忠支持遊騎兵，因為奧克拉荷馬州沒有自己的棒球隊。

奧克塔菲歐交給我一張傳單，上面列有每一種舞蹈項目的獎金，有四個是五千美元，有三個是一萬美元。

我開口：「獎金很不錯。」

奧克塔菲歐說道：「我才不想惹這種麻煩，但這是我欠某人的債。」

「誰？」

奧克塔菲歐回我：「關你屁事。」

我問道：「那我們可以和好了嗎？」

「你回家去啦。」

在豐年祭的前一晚，奧克塔菲歐打電話給我，吩咐我必須要負責藏子彈。

我問道：「藏在草叢裡？真的嗎？」

「對。」

「把子彈放在襪子裡，然後丟進樹叢？」

「我要把子彈丟進入口附近的灌木叢裡面？」

「要先放在襪子裡。」

「把子彈塞進襪子，然後丟進樹叢嗎？」

「我剛剛是怎麼說的？」

「我只是覺得——」

「怎樣？」

「沒事。」

「到底聽懂了沒有？」

「我要去哪裡弄子彈？要哪一種？」

「沃爾瑪，點二二五。」

「難道你就不能列印出來嗎？」

「子彈不能這樣搞。」

「好吧。」

奧克塔菲歐說道：「還有一件事。」

「什麼？」

「你還有那種什麼印地安鬼衣服吧？」

「你說印地安鬼衣服是什麼意思？」

「我不知道，就他們會穿的那種衣服，羽毛裝啊什麼的。」

「知道了。」

「你要穿那種衣服。」

「很難穿得進去。」

「但可以穿吧？」

「對。」

「豐年祭的時候要穿。」

「好啦。」掛了電話之後，我拿出我的傳統服飾，穿上了它。我走進客廳，站在電視機前面，這是我唯一能夠看到自己全身的地方。我搖動身體，抬腳，望著羽毛在螢幕裡抖晃。我伸出雙臂，放鬆肩頭，然後走到電視機前面。我緊縮下巴，望著自己的臉。「駝峰」，我沒看到。眼前所見的是一個印地安人，一個舞者。

迪恩・奧克森登

迪恩・奧克森登兩步併作一步、衝上停用的手扶梯，等到他到達月台的時候，原本以為趕不上的那班列車卻停在相反的另一側。他的豆豆帽裡流出一滴汗珠、從臉側滑落而下。迪恩伸出手指抹去汗珠，脫掉豆豆帽，把它用力甩了幾下，整個人爆氣，彷彿汗水是從帽子裡冒出來，而不是他的頭。他低頭望著鐵軌，吐氣，望著它飄升，然後消失無蹤。他聞到了菸氣，讓他現在也好想哈一根。不過，現在他已經對香菸感到厭煩，他想要的是一種能夠提振元氣的香菸，他需索的是一種能夠發揮作用的毒品。他不肯喝酒，他呼了太多的大麻，完全沒有效果。

迪恩望向鐵軌對面月台下方、那一小塊底層空間的塗鴉。在奧克蘭住了這麼多年，老是看到它，總令他想起他在中學時那個其實根本沒搞頭的名字：蘭斯。

迪恩第一次看到有人在玩標名遊戲的時候，他正坐在公車裡。是個下雨天，那孩子坐在後面，迪恩發現那小孩注意到迪恩在回頭看他。迪恩剛開始搭奧克蘭公車時所學到的第一課之一，就是不要盯著別人，就連偷瞄也不行，但也不能完全無視。基於尊重，必須要承認對方的存在。面對這種問題，很難想出什麼好答案。反正就是要想辦法不要讓人對你開嗆逼問：你在看三小？被人問到這種問題，表示你已經完蛋了。迪恩等到適當時機，盯著那小孩在公車結霧窗戶寫下了三個字母：emt。他立刻就明白那是什麼意思，中空（empty）。他喜歡對方在霧面窗玻璃寫字的創意，留印在雨滴之間的中空地帶，還有一點也讓他很喜歡，它不會持久，就像是標名遊戲與塗鴉一樣。

列車頭出現了，然後是車身，彎口疾風朝車站撲來。有時候，自我憎惡感出現的速度就是這麼快。他不知道如果他跳下去、倒臥鐵軌，等待急快的沉重車體奪走性命，到底應該是在哪一刻？他可能會抓不準時點，跳下去的時候太遲了，撞到列車的側邊，最後只是毀了一張臉。

上了車之後，他開始想的是等一下得面對的評審團。他腦中浮現的畫面是他們在六公尺處居高臨下盯著他，全都是插畫家拉夫．史戴德曼那種風格的狂放長臉，白種老男人，都是大鼻子，長袍打扮。這些評審會立刻發現他資格嚴重不符，他們會以為他是白人——只對了一半——這樣就不符合文化藝術獎助資格。迪恩不是那種一看就知道的原住民，他是膚色模糊難辨的非白種人。在過去這些年當中，許多人都誤以為他是墨西哥人，或者被問是不是中國人？韓國人？還是日本人？甚至還有一次被當成薩爾瓦多人，但大多數的人提出的問題都是：你到底是哪裡人？

列車上的每一個人都在看手機，十分入神。他聞到了尿味，起初他以為是自己身上的味道。他一直很擔心身上散發出屎尿味，而自己卻渾然不覺，大家都不敢告訴他真相。他五年級的同學凱文．法雷就是這樣，在高三那年暑假發現真相就自殺了。他望向左邊，看到有個老人癱坐在椅子上。那老頭突然回神，挺直身體，然後雙臂四處亂摸，彷彿在確定自己的東西還在身邊，但明明本來就什麼都沒有。迪恩走到了下一節車廂，他站在門口，望向窗外，列車沿著快速道路飄行，旁邊就是一台台的車輛，速度各異：急躁，斷斷續續，節奏不一。而迪恩與列車在軌道順行的動作一氣呵成，速度維持一致。它們速度錯落，產生了一種電影感，宛若電影中會讓你有所感觸、但卻無法解釋的某個時刻。某種巨大到無法體會，深層，內心的東西，明明總是在你的前方，太熟悉而認不出來。迪恩戴上耳機，在手機裡快速找尋歌曲，跳過好幾首，最後選定的是「電台司令」樂團的〈好了，好了〉，重點就是那一句歌詞：「只是因為你有感覺，未必表示它在那裡。」在進入水果谷與美麗湖之間的地下路段之前，迪恩仔細張望，看到了那個字，那名字又出現了，蘭斯，就在他進入地下層之前的右側牆壁。

✦

他舅舅魯卡斯到訪的那一天，在他搭公車回家的路途中，他想到了標名遊戲的名稱：蘭斯。快要到他的下車站的時候，他望向窗外，看到了一道閃光。有人在對他拍照，不然就是在對巴士拍照，那一道閃光，藍、綠、紫、粉紅的餘光，讓他想到了這個名字。他在下車之前，拿簽字筆在公車椅背寫下了「蘭斯」❶。他從後門下車的時候，還看到駕駛後照鏡裡的那雙眼睛正在細瞇打量他。

迪恩進家門，他媽媽諾瑪告訴他，他的魯卡斯舅舅要從洛杉磯過來，他應該要整理一下家

❶ 意義為相機鏡頭 Lens。

裡，擺好晚餐的餐桌。迪恩對於舅舅的記憶只有他老是喜歡把迪恩拋到空中、幾乎快要落地的時候才接住他。他對於那種動作並沒有特別喜歡還是不喜歡，但記憶很鮮活，那種腹部騷動感，那種混合了恐懼與開心的體驗，在半空中忍不住爆出的歡笑聲。

迪恩一邊忙著擺桌，一邊詢問母親：「他最近在幹什麼？」諾瑪沒回答。然後，迪恩在餐桌上問了舅舅同樣的問題，諾瑪替他回答。

「他忙著拍電影……」她看到迪恩挑眉的神情，又加了一句，「似乎是這樣。」

他們吃的是家常菜：漢堡肉、馬鈴薯泥，還有罐頭青豆。

魯卡斯說道：「我不知道我是不是似乎在忙著拍電影，但似乎你媽媽覺得我一直在撒謊。」

諾瑪說道：「迪恩，要是害你誤以為我弟弟不算是個誠實的印地安人，很抱歉。」

「迪恩，」魯卡斯問道，「想不想了解我最近在進行的電影？」

諾瑪接口：「迪恩，還是先提醒你，他說的進行，其實是在他的腦袋裡胡思亂想而已。」

迪恩盯著他舅舅，「我想聽。」

「這故事發生在不久之後的未來。我打算安排某種外星人科技殖民美國，我們會誤以為是自己創造出來的，彷彿把它當成自己的東西。久而久之，我們就融入了那樣的科技之中，我們變得像是機器人一樣，失去辨識彼此的能力，我們本來看待事物的那種態度，我們的舊有方式。我們根本不覺得自己是人類與異形的混種，因為我們覺得那是自身科技。然後，我會讓一個混血英雄崛起，鼓舞剩下的人回歸自然，遠離科技，回到我們昔日的生活方式，再次成為昔時那種人類。它的結局就像是庫柏力克《二〇〇一太空漫遊》慢動作版。你有沒有看過《二〇〇一太空漫遊》？」

迪恩回道：「沒有。」

「《金甲部隊》呢？」

「應該是沒有吧？」

「我下次把我的庫柏力克全套作品集帶過來給你。」

「最後怎麼了？」

「什麼？你是問電影嗎？當然是外星殖民者贏了。我們回歸自然，回到石器時代，就此誤以為自己得到了勝利。反正，我現在已經脫離了『胡思亂想』階段。」他伸出雙手的食指與中指勾了兩下，做出空中引號，特意望向廚房。剛才他一開口說起自己的電影，諾瑪就溜進去了。

迪恩問道：「但你到底有沒有真的拍過電影？」

「我是以那種思考的方式拍電影，有時候是寫下來。不然你覺得電影是從哪裡冒出來的？不過，外甥啊，沒有，我沒有拍過電影，應該永遠沒那個機會。我的工作就是，在電視劇與電影拍攝的現場幫點小忙，我拿收音桿、高舉在鏡頭上方，要持久穩定，你看看我的前臂。」魯卡斯舉起手臂，彎腕，檢視自己的前臂。魯卡斯繼續說道，「我工作的時候不是很記得那些場景，記憶力不好，我喝酒喝太兇了，你媽媽有沒有跟你說這件事？」

迪恩沒反應，只是繼續吃盤內剩下的食物，然後又望著他舅舅，等待他繼續聊下去。

「其實，我現在正在進行的是一個幾乎沒辦法賺錢的計畫。去年夏天，我來這裡做訪問。我自己可以做一點剪接，接下來打算要在這裡多找一些人受訪，主題是有關印地安人來到奧克蘭、生活在奧克蘭的故事。我透過一個認識許多印地安人的朋友，才剛剛訪問了這些印地安人，我想，依照印地安人的習俗，她應該算是你的阿姨吧，但我不知道你有沒有見過她？你認識奧珀兒嗎？熊盾牌家族的人？」

迪恩回道：「可能吧。」

「反正，我詢問了一些住在奧克蘭已經有一陣子的印地安人，還有一些是不久之前才來的印地安人，我問的是分為兩大部分的問題，其實，不能算是問題，我想要請他們對我講故事，告訴我為什麼最後會到奧克蘭，或者，是否在這裡出生？然後，我詢問他們在奧克蘭過著什麼樣的生活。我告訴他們，這種問題的用意是希望他們以故事的形式作答，他們想要說什麼都可以，然後，我離開房間。我決定要採取告解風格，所以那看起來幾乎就像是他們在對自己講故事，或者，對象是鏡頭後方的每一個人，我不想待在那裡礙事，我可以自己做剪接，我只需要能夠支付我自己薪水的預算就夠了，基本上就是零成本。」

等到盧卡斯講完這段話之後，他深吸一口氣，發出類似咳嗽的聲響，清了清喉嚨，然後從外套的內裡口袋拿出小酒壺。他望向遠方，目光穿透客廳窗戶，越過了街道，甚至更遠，直達日落之處，或者，還要更遠一點，也許是在回顧自己的過往，接下來，他的雙眸之中出現了那一種神情，迪恩也曾在母親目光中看過，某種在緬懷又害怕的模樣。魯卡斯起身，準備進入前面的門廊抽菸，走出去的時候還開口說道：「小外甥，趕快去寫功課了，我和你媽媽有事情要好好討論一下。」

✦

迪恩此刻才驚覺，自己這班列車被卡在兩站之間的地下層十分鐘之後，又繼續被卡了十分鐘。一想到參加評審會可能會遲到，甚至是完全錯失機會，他的額頭上方不禁滲出了汗珠。他並沒有繳交樣本，所以他得浪費一點時間必須解釋原由。包括了這原本是他舅舅的創意，他真正的計畫是如何，還有他計畫的泰半內容來自於在他們相處的短暫時光當中、舅舅所告訴他的那些事。然後，接下來是最彆扭的部分，他完全無法具體說明，因為，他其實不是很了解，由他舅舅所主導的那些所有的訪談，其實都有劇本。不是口述謄稿，而是劇本。所以他舅舅寫出了提供拍攝的劇本？還是是他抄錄了真正的訪談稿，然後把它們轉化為劇本的形式？或者，他訪談了某人之後，根據訪談內容寫出了重製腳本，然後再叫某人表演那一套重製腳本？永遠沒辦法知道答案了。列車動了一下，然後又停下來，上頭傳出了模糊難辨的靜電嗡嗡聲響。

✦

迪恩就學的時候，曾在每一個能夠塗鴉的地方寫下蘭斯。每一個被他留下那個標名的地方，似乎都能夠讓他留神關注，想像有人盯著他的標名；他可以想像眾人觀看的模樣，在他們置物櫃的上方、廁所門內側，還有桌面。當他在廁所門裡面寫下那個標名的時候，迪恩覺得好悲哀，他希望大家都看到某個不屬於他、也不屬於任何一個人的名字，想像大家凝視著它，彷彿那個標名真的就是相機的鏡頭。他在中學時沒有交到任何朋友，也就不足為奇了。

他回家的時候，沒看到舅舅，母親待在廚房裡。

迪恩問道：「盧卡斯呢？」

「他們要留他過夜。」

「哪裡？」

「醫院。」

「為什麼？」

「你舅舅快死了？」

「什麼？」

「親愛的，抱歉，我正想要告訴你這件事。我萬萬沒想到會這樣，本來以為會是一場開心的相聚，但他後來離開就──」

「他為什麼快死了？」

「他長時間酗酒，他的身體，肝臟已經不行了。」

「不行了？但他才剛來這裡啊……」迪恩發現自己這句話害母親哭了出來，不過，也就只有那麼一下而已。

她以手背擦去淚水。「親愛的，到了這種時候，我們現在也無能為力。」

「但還有機會挽救的時候，不是該努力修補嗎？」

「有些事超出了我們的控制範圍，有些人我們就是愛莫能助。」

「他是妳弟弟啊。」

「迪恩，你說我該怎麼辦？我早就無計可施了，他這一生幾乎都是這樣。」

「為什麼？」

「什麼？」

「我不知道，我真的不知道，拜託！」諾瑪拿著正準備要擦乾的盤子，卻不小心失手摔落，兩人低頭盯著散落在彼此之間地面的碎片。

✦

當迪恩到達奧克蘭第十二街市中心站的時候，他衝上階梯，但他看了一下手機，發現其實並不會遲到。等他到達地面層之後，他放慢腳步，轉為正常行走速度。他抬頭，看到了論壇報大樓，那是一種顏色曾為正紅、在漫漫過程中不知何時失去元氣而褪淡的粉紅色澤。除了在I-980

州際公路進入西奧克蘭之前的隆納德．V．迪魯姆斯州聯合辦公大樓雙子星建物之外，奧克蘭的天際線缺乏特色，而且疏密不均，所以雖然這家報社後來搬到了十九街，最後已經完全消失，但他們還是讓「論壇」的霓虹燈繼續閃耀下去。

迪恩過街，朝市政府方向走去。一群男人聚集在十四街與百老匯大道交接口的公車站後方呼麻，他從那團雲霧穿過去，他一直不喜歡那種味道，除非自己吸食的時候那就另當別論。他昨晚不該呼麻才是，他在清醒的時候整個人比較敏銳。他只是身邊有麻的時候就會習慣吸幾口，而且總是找在市政府對面徘徊的那個傢伙買貨，就這樣。

✦

當迪恩第二天放學回家的時候，發現舅舅又出現了，正躺在沙發上。迪恩坐下來，手肘支住膝蓋，盯著地板，等待舅舅開口說話。

魯卡斯說道：「你一定覺得我爛斃了，我的習性讓我變成躺在沙發上的殭屍，靠酒精慢性自殺，她是不是這樣告訴你的？」

「其實，她沒有對我特別說什麼。我是說，我知道你為什麼生病。」

「我不是生病，我快死了。」

「對，但你是生病了。」

「我是因為快死了才生病。」

「還有多少時間——」

「外甥，我們從來不曾擁有時間，一直是時間擁有我們。它緊緊抓住我們，就像是貓頭鷹把田鼠含在嘴裡，我們全身顫抖，想要掙脫，然後，它啄出我們的眼珠與內臟當成食物，我們就會像田鼠一樣死去。」

迪恩吞了一下口水，覺得自己心跳得好快，就像正在和別人激烈吵架一樣，不過，無論是氣氛或感覺都不像是吵架。

「天哪，舅舅……」

這是迪恩第一次開口喊「舅舅」，他沒有多想，直接脫口而出，魯卡斯沒有回應。

迪恩問道：「你知道多久了？」

魯卡斯打開兩人之間的那盞檯燈，當迪恩看到舅舅眼白的部分已經變成了黃色，他的腹內不禁湧起一股難受的哀傷感。看到他舅舅拿出小酒瓶、喝了一大口，讓他又是一陣心痛。

「外甥，很抱歉必須要讓你目睹這一切，這是唯一能讓我比較好過的東西。我喝酒已經喝了很長一段時間，很有用。某些人靠吃藥求得舒坦，久而久之，藥丸也會取走你的性命，某些藥其實是毒物。」

「我想也是。」迪恩現在腹中的感覺就像是小時候舅舅把他拋到空中時一樣。

「我還是能撐一陣子，不要擔心。這種事要奪你性命還得花上好幾年的時間。好，我現在要睡一下，不過，明天等你放學之後，我們來討論一起拍電影的事。我手持攝影機的時候，就像拿槍一樣。」魯卡斯以手擺出舉槍姿態，對準迪恩。「我們來想一個簡單的概念，可以在幾天內就可以搞定的計畫。」

「好啊，不過你明天沒問題嗎？媽媽說——」

「我不會有事的。」魯卡斯說完之後，將手平放，撫弄整片胸腔。

✦

迪恩進去之後，看了一下手機裡的行事曆，發現還有十分鐘。他沒有脫外衣，將裡面的汗衫扭脫下來，可以在進入委員會之前把它當成抹布擦汗。他得要進去的那個房間的門口外頭，站了一個人，迪恩不想知道對方是誰，為什麼要站在那裡。他是那種明明禿頭還要天天刮毛的人，彷彿禿頭是他的個人選擇，不過，太陽穴兩側的微小細髮，加上頭頂完全無毛卻露了餡。他留了一大坨濃密但整齊的淡棕色鬍子，顯然是頂上無髮的某種彌補，而且，也符合了現在的流行趨勢，到處都會看到這類企圖展現自信，但同時又以濃密的大鬍子與黑色粗框眼鏡掩藏臉孔的白種嬉皮。迪恩不知道是否一定是有色人種才能拿到獎助金。這男的可能是陪小孩玩垃圾藝術的那種人。迪恩拿出手機，不想和對方講話。

那男人主動開口找迪恩攀談。「你來申請獎助？」

迪恩點點頭，伸手打招呼。「我是迪恩。」

「我是羅伯。」

迪恩問道：「你從哪裡來？」

「其實我現在居無定所，但我和一些朋友下個月會在西奧克蘭找到住處，那裡便宜到爆。」

迪恩緊咬下巴，緩緩眨眼，因為他聽到了這句話：便宜到爆。

迪恩問道：「你在這裡長大的嗎？」

羅伯反問：「我想，沒有人是真的出身於此吧？」

「什麼？」

「你明明知道我的意思。」

迪恩回他：「我還真知道你是什麼意思呢。」

羅伯問道：「你知道葛楚．史坦是怎麼說奧克蘭嗎？」

迪恩搖頭，但他其實知道，他在研究自己計畫的時候已經在谷歌找到了那一段引言，他很清楚這傢伙打算說什麼。

「那裡已經沒有歸屬了。」他輕聲細語，還露出了讓迪恩很想揍他一拳的那種張口傻笑。迪恩很想要告訴對方，他自己早就查過了原文出處脈絡，就在她的《每個人的自傳》作品之中，而且他發現她所說的是她奧克蘭的兒時成長之地變化劇烈，到處都在開發，她的童年歸屬，那裡的歸屬，已經消失無蹤，那裡已經再也沒有歸屬了。迪恩想要告訴他，原住民處境亦復如此，他想要向對方解釋，他們兩人並不一樣，迪恩是原住民，在奧克蘭出生、長大，出身奧克蘭。羅伯應該是沒有進一步深究那句引言，因為他已經找到了他自己想要從中得到的意義。他可能會在參加晚宴派對的時候講出那句引言，讓那些與他相似的其他同類佔領那些自己從十年前就沒膽開車進去的那些區域之後，可以保持感覺良好。

那引言對迪恩來說很重要，這種歸屬感。除了這句話之外，他沒有看過葛楚・史坦的任何作品，不過，對於身處在這個國家、散佈在全美洲的原住民來說，土地被四處開發，被燒毀的祖先土地，玻璃水泥與管線鋼鐵，再也無法恢復的記憶，他們沒有歸屬。

那男的說輪到迪恩了，現在得進去。迪恩再次拿內衣抹頭，然後把它塞入後背包。

原來評審團是四張桌子組成的方陣。當他坐下來的時候，他才發覺他們正在討論他的計畫，迪恩不知道該怎麼說自己接下來要做什麼，他的腦袋現在是一片啞火狀態。他們講到了他沒有工作樣本。大家都沒看他，是不是有禁止他們看他的規定啊？這個小組的成員背景各異，一位年長白人女子、兩名中年黑人男子、兩名中年白人女子、一個貌似年輕的西班牙裔男人、一個印度人——不是印地安人❷——年紀可能是二十五或三十五或四十五歲的女子，還有一個看起來絕對是原住民、年紀較長的男人，一頭長髮，兩個耳洞佩戴了藍綠色與銀色交雜的羽毛。他們轉頭面向迪恩，現在他有三分鐘的時間可以表述沒有含括在申請表格當中、一定要讓他們明瞭的內容，他想要說服他們此項計畫值得贊助，這是最後的機會。

「大家好，我是迪恩・奧克森登，是奧克拉荷馬州夏安族與阿拉帕霍族的註冊原住民。早安，也謝謝各位願意撥冗關注。要是等一下語無倫次，先向各位說聲抱歉。對於這次機會，我十分感激。我知道大家時間有限，所以要是可以的話，我直接切入正題。這一切的起點是在我十三歲的時候，我舅舅死了，算是繼承了他的遺作。他生前想做的，我現在想做的，就是記錄奧克蘭的印地安人故事。我想要把攝影機放在他們的面前，錄影、錄音。如果他們願意，我會在他們說話的時候謄寫下來，將話語轉為文字，在現場沒有其他人的狀況下，讓他們說出自己的故事，沒有任何的指引、操弄或是計畫大綱。我希望他們能夠暢所欲言，讓內容引導觀點。這裡有許多的故事，我知道這得要花費許多剪輯工作，花許多時間看片聽帶，不過，我們的社群需要的正是去好好思考它被長期忽略、一直處於隱形狀態到底有多久了。

我會在印地安中心設置一個房間，我想要付錢給這些講故事的人，故事是無價的，但付錢是表示尊重。這並不是質性數據收集，我想要為原住民的螢幕形象體驗注入一些新的觀點。我們一直沒有看到都會印地安人的故事，我們所見到的都是各式各樣的刻板印象，所以沒有人對於原住民的一般故事有興趣，太悲傷了，悲傷得根本令人無法承受。

但更重要的是它所呈現的方式，很卑微，我們就這麼定型了，但才不是這樣，幹，抱歉我爆粗口，不過這一點讓我很生氣，因為我們並不是卑微的整體，而且你所遇到的每一個人及其故事

❷ 英文正好為同一個字。

都並非可悲軟弱或是需要憐憫，裡面有真正的熱情，還有憤怒，那正是我要提出這計畫的原因之一，因為我也有那種感覺，我想要為它付出同樣的能量，我的意思是，要是這計畫能夠得到大家的認可，一切順利，要是我可以募到更多款項，那麼也許並不需要花那麼多錢，也許光是靠這份贊助就夠了，我應該幾乎可以完成全部的任務。要是我講太久，先說聲抱歉，謝謝各位。」

迪恩深呼吸，屏息。這些評審根本沒有抬頭，他慢慢吐氣，很後悔剛才說出了那一切。他們盯著自己的筆記型電腦，宛若速記員一樣拚命打字。接下來是提問時段，沒有人問迪恩問題，他們在互相詢問，討論這個計畫的可行度。

幹，就連他自己也不知道自己剛才講了什麼鬼東西。那個原住民男人整理了一下迪恩的那疊申請書，清清喉嚨。

對方說道：「這個概念很有意思。但是我很難搞懂申請者的意圖到底是什麼，而且，要是我漏了什麼的話請糾正我，而且我也不知道這到底有沒有真正的觀點。我的意思是，他連個工作樣本都沒有。」

迪恩知道會講這種話的一定是那個原住民男人，他搞不好根本不覺得迪恩是原住民，幹，工作樣本。迪恩沒辦法說什麼，他本來應該是牆上的蒼蠅，但是那傢伙卻朝他巴下去。在那兩名黑人當中，年紀比較大、穿著比較體面、留白鬍鬚戴眼鏡的那一個開口了：「我覺得很有趣，要是他能夠做出我心目中的成績，也就是說，放下紀錄片的虛矯。他要跳脫那種作風，也就是說，如果他採行了正確方式，那麼幾乎像是根本沒有攝影師一樣。我的主要疑問是他是否能夠找到人，而且取得他們的信任說出故事。要是他真能達成目標，我認為無論他是否能把它轉化為屬於自己的具體內容、是否看得出觀點，這都將會成為重要之作。有時候我們太關注導演對於故事的觀點，這樣太冒險了。我喜歡他放任內容去引導觀點的作法，無論最後成果是什麼，這些都是值得留下紀錄的重要故事，就這樣。」

迪恩看到那個原住民評審在座位裡不安蠕動，把迪恩的申請文件攏整之後，將它放到更厚的某疊資料後方。那位貌似蒂妲．史雲頓的年長白人女子開口：「要是他能夠募款，拍出一部具有新意的影片，我覺得很棒，我不知道還需要討論什麼。等一下還有二十多個申請者需要審核，我想至少還有一些人需要大家仔細審視與討論。」

在搭乘灣區捷運返家的途中，迪恩望著自己在列車窗戶裡的暗沉映影，他面露喜色，看到自己的歡樂笑容，趕緊抹了一下臉。拿到了，顯然他會拿到這筆贊助。五千美元。他這輩子從來沒有拿過這麼多錢。他想到了舅舅，眼眶泛淚。他緊閉雙眼，把頭往後一仰，什麼也沒想，就讓列車帶他一路歸返。

✦

迪恩回到空蕩蕩的屋內，沙發前的咖啡桌上頭擺了一台狀甚老舊的攝影機。他拿起來，然後帶著它一起坐下來。這是他舅舅曾經提過的槍式攝影機，有一個宛若手槍的握把。他把攝影機放在膝蓋上面，坐在那裡，等他母親一個人回來宣布消息。

當她走進來的時候，臉上的神情說明了一切，她根本不需要對他說什麼。迪恩彷彿完全沒料到一樣，起身，手裡拿著攝影機，鑽過他母親身邊、衝出了大門。他一直跑，跑下了他們家的山丘，直達狄蒙德公園。公園下面有一條隧道，大約有三公尺高，長度約兩百公尺左右，要是身處在約五十公尺的中段，什麼也看不到。他母親曾經告訴過他，這裡有條地下水道直通海灣。他不知道自己為什麼要過來，也不知道為什麼要帶著那台攝影機，他連怎麼使用都不知道。狂風在隧道裡咆哮，朝他直撲而來。它似乎在呼吸，宛若口喉。他想要打開攝影機，但是卻無法成功，但最後還是把它對準了隧道。他不知道自己最後會不會與舅舅的下場一樣。然後，他想到了還在家裡的母親，她沒有做錯任何事，沒有任何人應該遭到遷怒。迪恩覺得他聽到隧道裡有腳步聲朝他而來，他趕緊爬上了小溪邊坡，準備回頭奔向山丘，回家，但這時候卻有件事讓他停下腳步，他發現攝影機側邊的「寶萊克斯　派拉德」字樣旁有一個開關。他拿著攝影機對準路燈，鏡頭面街朝上，他走過去，將它對準隧道口，走路回家的時候，他就讓它一直全程錄畫面。他想要相信當他打開攝影機的時候，他的舅舅也在他身邊，全程看顧。快要到家的時候，他看到他母親在門口等他，她在哭，迪恩躲到了某根電線桿後面。她失去了自己的弟弟，他在思索這件事可能對她具有什麼意義，他居然就這麼拋下她，宛若這是他自己一個人的喪親之痛一樣。諾瑪蹲下來，雙手掩面，攝影機依然在錄影。他將它舉高，以持槍姿勢對準了她，自己別開了目光。

奧珀兒·薇拉·維多莉亞·熊盾牌

那天，當媽媽回家、宣布我們即將要搬到惡魔島的時候，我和我姊姊賈姬正在客廳裡做功課。

媽媽說道：「趕快打包，我們馬上要過去了。就是今天。」我們都明白她這段話的意義，我們搬到那裡之後，就可以大肆慶祝從此不需慶祝感恩節了。

我們當時住在東奧克蘭的某間黃色屋子裡，那條街最耀眼的房子，也是最小的一間。兩個臥房，還有一個勉強能塞下餐桌的小廚房。我不喜歡那裡，地毯太薄，而且聞起來有泥巴與菸味。一開始的時候，我們根本沒有沙發或電視，但這絕對是比以前的住所好多了。

某天早上，媽媽匆匆喚醒我們，她的臉被打得好慘。她披了一件過大的褐色真皮外套，雙唇腫脹，看到那肥大的嘴唇，真的把我嚇壞了，她沒辦法好好講話，但也同時吩咐我們要趕快打包。

賈姬的姓氏是紅羽毛，而我的是熊盾牌，我們自己的爸爸都拋棄了我們的媽媽。那天早晨，我們的媽媽被揍得鼻青臉腫回家，我們搭乘巴士到了新家，黃色的那一間。我不知道她是怎麼為我們找到那個地方。坐車的時候，我挨到母親身邊，把手伸入她的外套口袋裡。

我問道：「我們為什麼會有這種名字？」

「它們源於古老的印地安姓氏。我們本來有自己的命名方式，後來那些白人來到這裡，為了要鞏固父親的權力，到處散播那種父系的姓氏。」

這種關於父親的解釋方式，我真的不懂，而且我也不懂熊盾牌到底是熊保護自己的盾牌？還是人們為了自保而拿去對抗熊的盾牌？或者是拿熊的身軀做的自衛盾牌？總而言之，我在學校裡的時候很難向大家解釋清楚為什麼我叫熊盾牌，但這還不是最難堪的部分，最可怕的是我的名字，一共有兩個部分：奧珀兒與薇拉，所以我的名字成了奧珀兒．薇拉．熊盾牌。維多莉亞是我們媽媽的名字，不過平常大家都喊她維琪，奧珀兒．薇拉這名字源於我們從來沒見過的外婆。

媽媽告訴我們，她是一位巫醫，而且是著名的聖樂歌手，所以我能夠擁有這麼一個隆重又古老的名字，應該要懷抱敬意才是。幸好，小朋友們也不需要拿我的名字大做文章來嘲笑我，不需要搞押韻或是變音，他們只需要把名字完整唸出來，就覺得好好笑。

一九七〇年一月下旬的某個冷洌幽灰早晨，我們搭上了公車。我和賈姬有兩個相似的破舊帆布袋，容量不大，但反正我們東西也不多。我拿了兩套衣服，把我的泰迪熊「兩隻鞋」，夾在我的腋下。「兩隻鞋」這名字是我姊姊取的，因為他們在她小時候給她的那隻泰迪熊只有一隻鞋，但她那隻熊的名字並不是「一隻鞋」。也許我應該要覺得自己很幸運，能夠擁有穿了兩隻、而不是單隻鞋的熊，但話又說回來了，熊也不穿鞋，所以我恐怕也不能算是幸運，而是另有其他意義。

我們走到人行道的時候，媽媽面向那棟房子，對我們說道：「女兒啊，向它道別吧。」

我一直很注意我們家的大門，我看過多次被貼上了驅逐令。當然，現在就有一張。我們的媽媽為了拖延時間，總是把它們藏起來，這樣一來就可以堅持自己從來沒看過那東西。

我和賈姬抬頭望著那間房子，黃色的小屋，不管怎麼樣，一直是不錯的地方。這是我們的第一個沒有爸爸們的住所，所以一直很安靜，甚至可以說好甜蜜，就像是媽媽在我們入住的第一夜為我們做的香蕉奶油派一樣，當時有瓦斯可用，但還沒有接電，所以我們是在燭光搖曳的廚房裡站著吃東西。

我們還在苦思該說些什麼的時候，媽媽對我們大吼：「公車來了！」我們慌慌張張跟過去，後頭拉著我們的紅色帆布袋。

當時是中午，公車上幾乎沒人，賈姬坐在後面，與我們相隔了好幾排座位，彷彿她不認識我們，她是自己一個人搭車。我想要追問媽媽有關那座島嶼的事，但我知道她搭公車的時候不喜歡說話。她像賈姬一樣，臉轉向另外一側，彷彿我們根本不認識彼此一樣。

她以前曾經這樣說過：「為什麼我們要在一群陌生人裡頭討論自己家的事？」

過了一會兒之後，我再也忍不住了。「媽媽，」我問道，「我們要去哪裡？」

「我們要去投靠我們的親戚，所有種族的印地安人。我們要去佔領他們建造那座監獄的地方。我們要從囚室裡面開始，我們印地安人，現在就是這樣的處境，不過他們害我們變成這樣，他們卻佯裝這不關他們的事。我們必須要利用湯匙、從囚室裡面挖道逃出去。好，妳看看這個。」

她從她的包包裡取出一張撲克牌大小的塑膠卡片，那是大家到處都可以看到的圖像，憂愁印地安人的騎馬剪影，另一面寫的是「瘋馬預言」，我把它大聲唸出來：

受苦受難已達極限，「紅色國度」應該要再次崛起，它應該成為獻給某個病態世界的祝福，那是一個充滿了背棄的許諾、自私，以及分裂的世界，一個再次渴望光明的世界。我看到橫跨七代的歷程，所有顏色的人類將會聚集在神聖的「生命之樹」之下，整座地球會再次融合為一。

她講這張卡片或是湯匙到底是要告訴我什麼，我並不知道，但媽媽就是這樣，總是以她自己的獨特語言說話。我問她那裡會不會有猴子，也不知道為什麼，我覺得所有的島嶼都會有猴子。她沒有回答我的問題，只是微笑凝望公車窗外不斷川流而逝的奧克蘭灰暗長街，宛若把它當成了她喜歡的某部老電影，不過已經觀賞了太多次，再也不會凝神細看。

✦

某艘快艇載我們前往那座島嶼，我一直把頭埋在媽媽的大腿間。帶我們上船的那些人都穿著軍裝，我不知道我們接下來會到什麼地方。

我們圍繞在某堆營火旁邊，吃著保麗龍碗裡稀淡的燉牛肉，某些年輕男人一直添加木柴，保持焰光旺熱。媽媽站在火堆的遠方抽菸，與兩個大塊頭的印地安老太太在高聲談笑。桌面擺了一堆「旺德」牌吐司與奶油，還有一鍋鍋的燉菜，火光太熱，我們往後退，坐了下來。

「我不知道妳覺得怎樣，」我滿嘴麵包奶油，對著賈姬說道，「但我可以過這樣的生活，不成問題。」

我們哈哈大笑，賈姬朝我挨過來，我們不小心撞到了頭，兩人又笑得更大聲了。時間已晚，當媽媽回頭來找我們的時候，我已經在打瞌睡。

她告訴我們：「大家都睡在囚房裡，那裡比較暖和。」我和賈姬睡在媽媽對面的囚室。她一直個性瘋狂，工作換個不停、帶著我們在奧克蘭四處遷徙、與我們的爸爸們相好又分手、在不同的學校進進出出、在各個庇護中心來來去去，但這一次不一樣，我們以前的落腳處是某間屋子，某個房間，至少會有張床。

我與賈姬躺在印地安毯子上面，依偎在一起，睡在母親對面的那間老監獄牢房。

要是在那些囚室當中發出任何聲響，都會聽到一百次的回音。我們的媽媽唱出她常唱的那首夏安搖籃曲，哄我們入睡。我好久沒聽到了，差點就忘了這首歌，雖然牆面之間的回音亂七八糟，但那是媽媽的聲音在迴盪，我們很快就入睡，而且一夜酣眠。

賈姬的適應能力比我厲害多了，她很快就打入某個在島上到處鬼混的青少年團體之中。大人們忙得要命，根本沒時間盯著他們。我一直黏在媽媽身邊，我們四處與人談話，參加正式會議，對於我們接下來要做些什麼，有哪些需求、訴求又是什麼，大家想要努力達成共識。看起來越重要的印地安人，越容易發脾氣，而他們都是男人。女人的意見就不是很受重視，媽媽很不喜歡這一點。一開始的那幾天，簡直就像是過了好幾個禮拜的感覺一樣，感覺我們要在那裡待一輩子，就此脫離美國聯邦政府，為我們自己建立學校、醫療場所，還有文化中心。

不過，有一次，我媽媽叫我出去，看看賈姬在做什麼。我不想一個人到外頭，但最後覺得無聊透頂，還是出去了，想知道會有什麼新發現。我隨身帶著「兩隻鞋」，我知道自己都快十二歲了，不適合玩熊寶寶，但我還是帶著他。我走到燈塔的另一頭，似乎是我不該去的地方。

我在最靠近金門大橋的岸邊找到了他們。他們全都站在石頭上，互指彼此，哈哈大笑，流露出狂野殘暴的青少年風格。我告訴「兩隻鞋」，來到這裡似乎不太好，我們還是直接回去好了。

「兩隻鞋」對我說道：「妹妹，妳不需要擔心，這些人，甚至是這裡的年輕人，全都是我們的親戚，所以不要害怕。而且，要是有人敢欺負妳，我會立刻跳下來狠咬他們的腳踝，他們絕對想不到我有這一招。我會拿出我的神聖熊藥，塗抹在他們的身上，他們就會睡著，效力宛若瞬間冬眠一樣。我會使出這個方法，妹妹，所以千萬不要擔心，造物者把我生得強壯，就是為了保護妳。」

我告訴「兩隻鞋」，不要再學印地安人講話了。

他回我：「我不懂妳說不要學印地安人講話是什麼意思。」

「你不是印地安人，兩隻鞋，你是泰迪熊。」

「妳知道嗎，我們之間的差異其實沒那麼大，我們的名字都是來自豬頭人。」

「豬頭人？」

「豬頭的男人。」

「哦，意思是？」

「哥倫布把你們稱之為印地安人，而我們會有這種名字都是泰迪．羅斯福的錯。」

「怎麼說？」

「有一次，他去獵熊，遇到了一隻餓得半死的瘦弱老熊，然後他不肯開槍，然後報紙就出現了一則有關獵熊故事的漫畫，把羅斯福先生講得像是生性慈悲、真正熱愛大自然啊什麼的。然後，大家就搞出了填充玩具小熊，把它命名為『泰迪熊』，之後就成了現在的泰迪熊。他們沒說出口的是他割斷了那頭老熊的喉嚨，這就是他們不希望被大家知道的那種慈悲。」

「你又是怎麼知道這段故事的？」

「妳必須要了解自己族人的歷史。妳會來到這裡，都是因為別人把妳逼來的。我們熊族，你們印地安人，都曾經飽受磨難。他們想要殺死我們，然後，等到妳聽到他們提到這段故事的時候，又把它講成是什麼英雄橫越空荒森林的偉大冒險故事。妹妹，本來到處都有熊與印地安人，他們把我們的喉嚨全都割斷了。」

我問道：「為什麼我覺得媽媽早就講過這些故事了？」

「羅斯福說過，『我不想言過其實，說什麼好印地安人全都死光光了，但我相信十個裡面有九個都是如此，而第十個的死因我也不想去深究。』」

「兩隻鞋，靠，你弄錯了，我只聽說他提過巨棒。」

「巨棒是有關慈悲的謊言。輕聲細語說話，手持巨棒，那是他提到外交政策時所說的話，也就是針對我們的方法，熊與印地安人都一樣。站在我們土地之上的外國人，帶著棍棒，朝我們邁步走來，直逼西端，害我們幾乎完全滅絕。」

然後，「兩隻鞋」陷入沉默。那就是他的風格，他如果不是滔滔不絕，就是安靜無語，我從他的黑眼珠光澤可以判斷是哪一種。我把「兩隻鞋」藏在岩堆後面，準備去找姊姊。

他們全都聚集在佈滿石頭的某處濕漉小沙濱，到處都是石頭，有的露出，有的則被比較深的水窪所遮蓋。我距離他們越來越近，發現賈姬行為舉止好怪異——講話超級宏亮，表情扭曲。她對我的態度很好，好過頭了。她把我叫過去，擁抱我的時候好用力，然後，以過大聲量向那群人介紹她的妹妹。我撒謊，告訴大家我已經十二歲了，但他們根本沒聽到我講話。我看到他們在互傳一瓶酒，才剛剛傳到賈姬手中，她狠狠灌了一大口。

「這是哈維。」她拿酒瓶敲了一下他的手臂，哈維接過去，似乎沒注意到賈姬有開口講話。我避開他們，看到有個男孩也與人群隔得好遠，他看起來與我年紀相仿，他一直在丟石頭，我問他在做什麼。

他反問我：「妳覺得這像是在幹什麼？」

「你一次丟一顆石頭，似乎想要慢慢消滅這個島。」

「我真希望我可以把這座愚蠢的島嶼丟入海中。」

「它已經在海裡了啊。」

他回我：「我的意思是，把它整個沉入海底。」

「為什麼？」

「因為我爸爸逼我和我哥哥來這裡，」他說道，「把我們拖出學校。這裡沒有電視，沒有好吃的食物，大家跑來跑去，喝酒，嚷嚷一切都會變得不一樣。對啦，是不一樣，我們以前在家的時候比較好。」

「你不覺得我們可以挺身而出爭取些什麼很好嗎？自從他們來到這裡之後，這幾百年來對我們做了那種事，我們要努力導正啊？」

「哦，對啦，我爸爸老是喜歡講這個，他們對我們做了那種事。美國政府哦，我什麼都不知道啦，我只想要回家。」

「我覺得我們已經根本沒有自己的家了。」

「佔據一個根本沒有人想要待的地方，一開始建造的時候就讓大家拚命想逃出去的地方，這樣是有哪裡好？」

「我不知道，搞不好這樣也不錯，誰知道呢。」

「對啦對啦。」他朝那群年齡比較大的小孩丟出一塊超大的石頭，水花噴濺到他們身上，他們對我們破口大罵，但我聽不懂那些髒話的意思。

我開口問道：「你叫什麼名字？」

「洛基。」

我問道：「所以是石頭在丟石頭[3]？」

「閉嘴。那妳又叫什麼名字？」

我好後悔居然把話題引到了名字，拚命想要擠出其他問題或話語，但就是生不出來。

我快馬加鞭一口氣唸完，「奧珀兒・薇拉・熊盾牌。」

洛基的反應只是又丟了一塊石頭。我不知道這是因為他沒在聽我說話？還是他跟大部分的小孩不一樣，覺得這沒什麼好笑？我沒有答案，因為過沒多久之後，有艘船轟隆隆從外頭不知哪個地方駛進來。某些年紀比較大的小孩從島上某處偷了它，船隻逐漸接近，每個人都走過去，我與洛基也跟在後頭。

[3] Rock意為岩石。

我詢問洛基：「你要離開嗎？」

「嗯，應該會。」

我去找賈姬，問她要不要一起離開？

「靠——好啊！」她喝得爛醉，我知道我該走了。

水波立刻變得洶湧，洛基問我是不是可以牽我的手，我上了船，而且控船的是那些恐怕這一輩子從來沒開過船的大孩子，速度超快，我的心臟本來就在怦怦跳，他這麼一問讓我更加緊張。當我們衝上某個浪尖的時候，我緊抓洛基的手，我們就這麼手牽著手，直到遇到另一艘朝我們駛來的船才放開，彷彿那艘船過來的目的就是為了抓我們兩人牽手。起初我以為是警察，但過沒多久之後，我才發現是兩個年齡較長的男人開著另一艘船，在小島與內陸之間來回運補。他們對我們大吼大叫，不知道在說些什麼，把我們的船逼到了島嶼前方。

等到他們停靠碼頭之後，我才聽懂他們在吼什麼。我們被罵了，那些比較年長的孩子全都喝得醉醺醺。賈姬和哈維帶頭亂跑，也刺激其他人跟著跑。我和洛基待在船上，看著那兩個男人匆匆下船，想要逮住那些摔倒、奔跑、發出莫名愚蠢醉笑的小孩。最後他們發覺自己抓不到任何人，而且也沒有人會聽他們的話，他們離開了，如果不是放棄，那就是去找尋援手。太陽逐漸西沉，一陣冷風吹來。洛基下船，把它綁好，我很好奇，不知道他是在哪裡學到這種技術。我也跟著下船，離開的時候感受到船身劇烈搖晃，濃霧低垂，慢慢逼近那種令人毛骨悚然的程度，寒意爬上了我們的膝頭。我盯著濃霧應該有好幾分鐘之久，然後我走到洛基後面，抓住他的手，他依然背對著我，但卻讓我一直握住他的手。

「我還是很害怕天黑。」我覺得他像是要告訴我別的事。但我還沒來得及弄清楚是什麼，就聽到了尖叫聲。是賈姬。我放開洛基的手，奔向傳出聲響的方向。我聽到了「靠，混帳」的話，然後，我停下腳步，回頭望著洛基，表情就像是：你還在這裡等什麼？洛基轉身，又朝停船的方向跑過去。

我找到他們的時候，賈姬正在走路，離開了哈維身邊，而且她每隔幾步就撿起石頭，朝他丟過去。哈維坐在地上，大腿之間放著酒瓶，他的頭左搖右晃——重得快斷了一樣。我在此時才驚覺他們面容的相似度，我也不知道自己先前怎麼完全沒注意到這一點，原來哈維是洛基的哥哥。

「來啦。」賈姬呼喚我，然後又罵哈維，「超噁爛。」她說完之後還朝他那個方向的地面吐口水。我們開始爬上通往監獄入口階梯的那道斜坡。

我問道：「怎麼了？」

「沒事。」

「他做了什麼？」

「我跟他說不要，但他還是繼續下去，我叫他住手。」賈姬拚命搓揉某隻眼，「靠，不重要啦。」她的腳步變得更快了。

我讓賈姬走在前面。我停下來，抓住燈塔旁的階梯頂端欄杆。我本想要回頭找尋洛基，但卻聽到姊姊對我大吼，叫我趕緊跟上腳步。

我們回到自己囚區的時候，媽媽已經睡了。從她躺在那裡的姿勢看來，似乎有些不太對勁。她是仰睡，但她平常明明都是趴睡，而且似乎睡得太熟了，她的那種姿勢，似乎不是自然而然入眠，而且她還在打呼。賈姬睡在我們對面的囚室，而我則鑽進媽媽的毯子裡。

外頭起風，對於剛才發生的一切，我覺得害怕不安，我們幹嘛還待在這座島上？不過，我一閉上眼睛，幾乎是立刻睡著。

✦

我醒來的時候，賈姬睡在我旁邊，不知道是在什麼時候，賈姬佔據了我們母親的位置。陽光透了進來，在我們身上留下了一成排的鐵條狀陰影。

自此之後，我們除了搞清楚三餐在哪、什麼時候供應之外，每天都無所事事。我們留在島上，因為也沒有其他選擇。我們沒有可以回去的住所或是生活軌道。對於自己的需求可能會得到回應——政府會對我們大發慈悲，給我們一條生路，派食物補給小船過來，還有電工、建築工人，以及承包商修好這個地方——我們早已不抱任何希望。日子就是一天天過去，什麼事也沒有發生。小船來來去去，供給品越來越少。有一次發生火災，我看到許多人從建物牆壁中拔出黃銅電線，拿著那一捆捆東西帶到船上。男人們的神色益發疲倦，而且喝得爛醉的次數更加頻繁，女人與小孩的人數越來越少。

「我們會離開這裡，妳們兩個千萬不要擔心。」某天晚上，媽媽的聲音從對面囚室傳來，但我已經不相信她了。我不確定她到底是站在哪一邊，甚至到底還有沒有可以選邊站的機會都很難說了。也許所謂的選邊，只不過是島嶼邊緣巨石的兩側而已。

我們待在島上的最後那幾天，我和媽媽登上了燈塔。她告訴我，她想要仔細看看這座城市，還說有事情要告訴我。有人在到處亂跑，彷彿自己的生命已經進入倒數，彷彿世界已經進入末日，但我和我媽媽卻坐在那裡的草地，宛若一切無恙。

「奧珀兒・薇拉，我的寶貝女兒，」她把我的頭髮攏到耳後，她從來不曾喊過我寶貝女兒，一次都沒有。

「妳必須要明白這裡出了什麼狀況，」她說道，「現在妳的年紀也夠大了，了解情勢也不成問題。很抱歉，我先前什麼都沒有告訴妳。奧珀兒，妳要知道，我們一直被迫不能說出自己的故事，就算年紀小也應該要明白。我們大家會來到這裡，都是因為某個謊言，自從他們來到這裡之後，就一直對我們撒謊，現在也是！」

她講出「他們一直對我們撒謊」的那種語氣，讓我嚇得半死。似乎有兩種截然不同的意義，而我不知道哪一種才是真相。我問媽媽謊言到底是什麼，但她卻只是遠眺太陽，整張臉只看得到瞇緊的雙眼。我不知道該怎麼辦，只能坐在那裡等待，看看她接下來會說什麼。一陣冷風吹襲我們的臉龐，我們只能閉眼迎風。我緊閉雙眼，詢問媽媽接下來該如何是好。她告訴我，我們能怎麼辦就怎麼辦，那個禽獸是完全無意放慢腳步、真正回頭顧看過往歷史的政府機器，完全不願意修補過失。所以我們所能做的就是竭盡一切努力了解我們從何而來、我們的族人發生了什麼事，還有，以好好過生活、說出自身故事的方式榮耀他們。她還說這世界就是由故事所組成，沒有別的，只有故事，有關故事的故事。

然後，彷彿這一切都是為了鋪陳接下來的那段話。媽媽停頓許久，遠眺城市，說出她罹患了癌症。就在那一刻，整座島都消失了，一切化為無形。我起身走開，不知道何去何從，只記得自己許久之前把「兩隻鞋」丟在岩塊那裡。

等到我去找「兩隻鞋」的時候，他是側躺姿勢，狀況淒慘，彷彿像是被什麼東西啃得亂七八糟，或者，是強風與海鹽害他變得黯淡。我把他拿起來，盯著他的臉，已經看不到他眼中的神采。我把他放回原位，就讓他繼續待在那裡吧。

過了幾個月之後，我們在某個豔陽天回到了內陸，我們搭上巴士，回到我們在搬到黃色小屋之前的住處附近，就在奧克蘭市中心的外圍，電信大道。我們住在媽媽的養兄弟隆納德那裡，我們剛認識這位舅舅的第一天，就住進了他家。我和賈姬根本不喜歡他，但媽媽說他很了不起，是貨真價實的巫醫。媽媽不想接受醫生們的建議，我們有好一陣子經常向北爬坡跑步，隆納德總是跑得滿身大汗，那裡對我來說太熱了，但賈姬會和媽媽一起跑。我和賈姬都勸她也該聽從醫生的指示。她告訴我們，她沒有辦法，她只能依循自己習慣的方式，她就一直這樣下去，宛若那些神聖美好、再也無法復原的事物一樣，緩緩凋零。到了某一天，她就只能窩在隆納德的客廳沙發裡，整個人變得越來越虛弱。

✦

經過了惡魔島事件、母親過世之後，我一直過得很低調，專注學業。媽媽總是告訴我們，我們最重要的努力目標就是接受教育，唯有如此，別人才會認真聆聽你的意見。最後，我們在隆納德家裡的時間並不長。情況真的很糟糕，惡化得很快，但這就容後再說了。當她還在那裡的時候，甚至是她死後，他有好一陣子都是讓我們自生自滅。我和賈姬只要一離開學校，兩人就黏在一起，只要有空就會想辦法去媽媽的墳前。有一天，我們從墓地回家，賈姬突然停下來，轉頭望著我。

她問我：「我們在幹嘛？」

「回家啊。」

「什麼家？」

「我不知道。」

「我們接下來該怎麼辦？」

「我不知道。」

「妳通常都會想出一些機靈的招數。」

「就繼續這樣下去吧，我覺得——」

賈姬說道：「我懷孕了。」

「什麼？」

「媽的哈維留下的種。記得他嗎？」

「什麼？」

「沒關係，反正我打掉就是了。」

「不可以，妳不能就這樣——」

「我有認識的人，我朋友亞德里安娜的哥哥在西奧克蘭有認識的人。」

「賈姬，妳不可以——」

「不然怎樣？我們和隆納德一起養小孩？不要！」賈姬哭了，彷彿之前喪禮沒哭夠一樣。她停下來，把手放在某個停車計費柱的上面，別開目光不肯看我。她以手臂狠狠抹了一下臉，繼續往前走。我們就這樣走了好一會兒，太陽在背後，影子落在我們的前方，又斜又長。

「我們還在那裡的時候，媽媽對我說過某段遺言，我們一直被迫不能說出自己的故事……」

「媽的這什麼意思？」

「我是說生寶寶。」

「那不是故事，奧珀兒，這是真實情節。」

「有可能兩者都是。」

「我們的生活不可能跟故事一樣。媽媽死了，再也不會回來，現在只剩下我們相依為命，和一個我們根本不知道是不是該喊他舅舅的男人住在一起。這是哪門子的鬼故事啊？」

「對，媽媽死了，我知道，我們孤苦無依，但我們又沒死。還沒有結束，賈姬，我們不能就這麼放棄，好嗎？」

一開始的時候，賈姬沒有理我。我們繼續往前走，經過了派德蒙特大道每一間商店的櫥窗。我們聆聽周遭持續不斷的車流，宛若潮浪拍擊著我們不定未來岸礁的聲響，這個奧克蘭已經不復以往，不再是母親突遭狂風捲走之前的模樣。

我們遇到了紅燈。等到燈號轉綠的時候，賈姬牽起我的手，我們走到了馬路的另一頭，她依然沒有放開。

艾德溫・布萊克

我在蹲馬桶，但完全沒有動靜。既然來了，就要努力一試。必須要全神貫注，不只是在那裡喃喃自語而已，要真的坐在那裡凝神集氣。我已經六天沒有上大號了，這正是醫療諮詢網站上面會以黑點標註的那種症狀之一：一切都出不來的感覺。對於我自己不知該從何說起的人生，這種感覺還真是形容得恰如其分，或者，這也可以是等到哪天一切都出來的那一刻，我寫出來的短篇小說集的書名。

信念的問題在於你得要認定信念一定會成真，必須深信不疑。自從我的心窗被網路侵入，讓我成為網路的一部分之後，我所抱持的那一小坨信念早就被我挖得一滴不剩。我不是在開玩笑，我覺得自己正處於網路戒斷階段。我曾經看過一些文章，提到了賓州有網路治療長住機構，亞利桑那州還有數位戒癮靜修中心與沙漠地底基地。我的問題不只是電玩、賭博，也不只是一直在滑自己的社群媒體網頁，或是不斷搜尋好聽的新音樂，而是綜合症狀。我真的進入第二人生已經有好一陣子了，我應該是兩年前登入的吧。真實生活中的我長大、變胖，至於裡面的那個艾德溫・布萊克，網路上的那一個，我讓他變得比較瘦，而且我的真實人生越貧乏，網路人生就越豐富。裡面的那個艾德溫・布萊克有工作、女友，而他的母親在他出生時因難產而慘死。那個艾德溫・布萊克與父親相依為命，在保留區長大。第二人生的那個艾德溫・布萊克充滿驕傲，人生有望。

這個艾德溫．布萊克，也就是此刻蹲坐馬桶的我，沒有辦法到達那裡，進入網路世界。昨天我的手機不小心摔入馬桶，而我的電腦死當，完全不動，就在他媽的同一天，連滑鼠游標也動不了，也沒有看起來像是在下載中的旋轉圈圈。拔掉插頭之後，也沒有重啟，就是突然變成了安靜的黑畫面——可以看得到我臉孔的映影，一開始是望著電腦完蛋的驚恐神情，接下來，是我目睹電腦掛掉的自身面孔之後的臉部反應。我的某一部分也死去了，看到自己的臉，思考自己陷入了這種病態成癮，整整四年坐在這裡盯著電腦一直上網，要是不把睡覺的時間算進去，應該是三年。不過，我做夢的內容也是網路，還有讓夢境合情合理的搜尋關鍵字，它們是賦予夢境意義的關鍵，但到了一早醒來，就完全沒有任何意義了，就像我所有做過的夢一樣。

我曾經發夢要成為作家。事實上，我拿了比較文學碩士，研究主題是原住民文學，我的確看起來像是朝向某個目標不斷邁進。我的學位，再加上我貼在臉書上的最後一張照片。裡面的我戴著碩士帽、身穿學士服，那時候的我比現在少了二十五公斤，我媽媽笑得合不攏嘴，流露一種毫無保留的疼愛凝望著我，照理說那應該是她盯著她男友比爾時才會出現的表情，我告訴她不要帶他來，但他出現了，而且我叫他不要拍照，他還堅持不退讓。最後，我反而很喜歡那張照片，那一直是我的主照，最近才換掉，因為掛在上面幾個月，甚至是一年都沒關係，不算異常，但經過了四年之後，那就成了社群無法接受的某種悲劇。

當我搬回家與我媽媽同住的那一刻，通往我舊房間的那道門，通往那房間之中過往生活的那道門，一將它打開之後，它就宛若一張大嘴將我吞沒。

現在，我已經不再做夢，就算有夢，也只是幾何形體在一片粉紅色、黑色、紫色的像素化的幻色空間中無聲飄浮，螢幕保護程式之夢。

我必須要放棄，什麼都出不來。我起身，拉起褲子，一臉挫敗步出浴室，我的肚子跟保齡球一樣大。一開始的時候，我不敢相信自己的眼睛，還看了兩次，我的電腦。看到它回魂過來，我差點跳起來，鼓掌歡呼。想到自己這麼興奮，讓我好難為情。我確定是因為病毒，我先前點了某個連結，下載了《獨行俠》，大家都覺得這電影糟糕到不行，從各方面來看都一樣。但看了它還是讓我心情激昂，看到強尼．戴普潰敗也就賜予了我力量。

我坐下來，等待電腦恢復正常。我發覺自己在搓揉雙手，趕緊停下來，把雙手擱在大腿上。我抬頭望著自己貼在牆上的那張海報，是荷馬．辛普森在某台微波爐前面陷入沉思：上帝會不會把墨西哥捲餅以微波爐加熱到過燙不能吃？我開始思考全能悖論，無堅不摧的力量與無可撼動的物體怎麼可能同時存在？不過，我那堵塞盤繞很可能還打結的腸子是怎麼一回事？這是不是源於某種古老悖論？如果大便功能莫名其妙中止，那麼接下來視力、聽力、呼吸難道不會跟著停擺嗎？不對，這都是因為那些亂七八糟的食物，悖論講不通，它們會彼此抵銷，我想太多，心心念念放不下。

有時候，網路會與你同步思考，甚至會為你設想，以神秘的方式帶引你找到你需要、而你自己卻永遠想不到或研究不出來的資訊。我就是因為這樣找到了糞石的資料。糞石是卡在消化系統的團塊，不過，當你開始搜尋「糞石」這個字的時候，卻會被導引到《皮卡奇克斯》，這是在十二世紀以阿拉伯文寫成的魔法與占星術之書，書名為《Ghāyat al-Ḥakīm》，意思是「智者的目標」。糞石在《皮卡奇克斯》中有各式各樣的功能，其中一項是做成輔助某些巫術的護身符。我找到了《皮卡奇克斯》的英文PDF版本，當我隨機下拉的時候，「通便」這個字詞吸引了我的目光，我開始閱讀接下來的段落：「印地安人指出，當月亮到達這個位置的時候，他們會旅行，使用通便藥物。因此，可以利用這個當成護身符的基石，保障旅人及其安全。還有，當月亮到達這個位置的時候，護身符也可以拿來引發伴侶之間的不和與仇恨。」要是我本來根本不信魔法，但卻願意相信讓我找到這項特殊條目的巫術；要是我能夠想辦法以外科手術的方式取出糞石，那麼我就可以把它變成護身符——假設月亮走到了對應位置——不但可以搞定我的便秘，同時有機會可以破壞我媽媽與比爾的關係。

比爾不是大壞蛋。至少他想盡辦法當好人，和我聊天，這種互動很牽強，我不確定是否要善待他，這個陌生人。我媽是在奧克蘭市中心的某間酒吧認識了比爾，我媽把他帶回來，在過去這兩年當中，一直讓他待在我們家。逼我得要認真思考是否要喜歡這傢伙，該要好好認識他還是把他攆走。但後來我就陷入了天人交戰，不知道該不該繼續反抗比爾，因為我不想當一個嫉妒媽媽男友、只想獨佔她的古怪媽寶。比爾是在奧克蘭長大的拉科塔族原住民，他幾乎每天晚上都住在這裡，只要他出現，我就會窩在自己的房間裡。現在我沒辦法大便，也不能不大便。所以我在房間裡藏了一些食物，一直不出房門，閱讀對於我可能面臨的便秘新階段，和自己到底能做些什麼的各種資料，我不久前在某個便秘論壇的討論串發現這可能是頑固性便秘，很嚴重，或可說是完全便秘，死路一條。

社團成員「低卡凱特．摩絲」說大便大不出來可能會要了你的命。她說她有一次必須得從鼻子插管子進去，想辦法把它吸出來，還說要是覺得噁心腹痛，必須趕緊前往急診室。一想到得靠管子把大便從鼻子裡吸出來，就讓我開始想吐了。

我打出「大腦與便秘」關鍵字，按下輸入鍵。我點了好幾個連結，滑了好幾頁。看了許多資料，但是卻一無所獲。時間就是這樣溜走的，連結只會帶你通往更多的連結讓你一路回到十二世紀，這就是為什麼突然之間時間就成了早上六點。我媽媽敲我的房門，等一下她要前往印地安中心工作——她一直想要替我在那裡找工作。

「我知道你還醒著，」她開口說道，「我聽到你在敲鍵盤的聲音。」

我最近對於人腦有點著迷，想要找尋與人腦和它各個部分的所有解釋。裡面的資料實在太多了，網際網路就像個拚命要搞清楚腦袋是怎麼回事的某個腦袋。我現在都靠網路記憶一切，既然資料都在那裡，當然沒有理由要靠腦袋記下來，就像是大家以前都會背電話號碼，現在連自己的電話號碼也想不起來，就連記憶本身也開始變得不合時宜。

海馬迴是與記憶有關的腦部組織，但我有點忘了這到底是什麼意思。是記憶儲存在那裡嗎？或者海馬迴就像是伸入腦部其他部分的記憶四肢？其實記憶儲存在小節點或皺摺還是囊袋裡？還有，記憶是隨時可觸及的吧？不需要問就可以回想記憶，過往？我根本沒多想就直接在搜尋框裡面打下了這些字，根本還沒想到自己在思索這些事。

我發現牽涉快樂幸福感的相同神經傳導物質應該與腸胃系統有關聯，我的血清素濃度出了問題。我看到了選擇性血清素再吸收抑制劑的資料，也就是抗憂鬱藥物。我到底是要服用抗憂鬱藥？還是要再吸收血清素？

我站起來，再次離開電腦前，頭來回扭動，伸展脖子。我想要計算一下自己在電腦前待了多久，不過，當我把已經放了兩天的披薩塞入嘴裡的時候，我想到了自己在進食時的腦部活動狀況。我曾經看過資料，腦幹是人類意識之基礎，而舌頭幾乎是直接連結腦幹，所以吃東西是連通生存感的最直接路徑。不過，這種感覺或思緒突然中斷，因為我好想喝百事可樂。

當我舉起瓶子，把百事可樂直接送入口中的時候，我盯著我媽媽貼在冰箱前的那面鏡子。她這麼做的原因，是不是為了要讓我在開冰箱之前看到自己？她把那面鏡子放在那裡的意思是不是「小艾，你看看你自己，現在已經變成了怪物」？但真的是這樣，我全身發腫，總是特別注意自己的雙頰，就像是大鼻子的人老是看到自己的鼻子一樣。

我把百事可樂吐入我背後的水槽，伸出雙手撫弄臉頰，又伸手撫摸鏡像中的臉頰，我開始吸頰，咬住不放，想知道自己少了十幾公斤之後會是什麼模樣。

我還不算是胖子，沒有過重，也不是癡肥或是大尺碼胖子，那些你能想到的政治不正確、白目，或是非科學的字詞都和我沾不上邊。但我就是覺得自己很胖。這是否意味著我遲早註定變胖？或者，我明明不胖，但對於肥胖的執念終究會讓我變胖？我們避之唯恐不及的事物終究會找上門來，難道就是因為我們憂心忡忡而投以過多關注？

✦

我聽到電腦的臉書網站傳來通知聲響，又進入房間。我猜得出來是什麼事，我之前使用了我母親的臉書帳號，還沒有登出。

我媽只記得我爸的名字，他叫哈維，住在鳳凰城，是印地安原住民。我一聽到她說出「印地安原住民」的時候就覺得好討厭，只有在那種從來不知道真正原住民是什麼的白種人口中，才會聽到這種政治正確的包山包海式詞彙。這讓我想到都是因為她才害我與原住民這麼疏離，不只是因為她是白人，所以我當然也有一半的白人血統，還有，她從來不肯讓我與生父聯絡。

我使用的字詞是「原住民」，臉書上的其他原住民也都使用相同詞彙。我一共有六百六十個臉友，有一堆原住民朋友的動態。但大多數的臉友我都不認識，都是收到我的交友邀請之後就開心接受的網友。

我得到母親的許可之後，利用她的臉書帳號找到了十個「顯然」是原住民，而且住在鳳凰城的哈維，然後發信給他們。「你可能已經不記得我了，」這是我的開場，「多年前，我們曾經共度特別的一夜，我一直無法忘懷。從來沒有遇過像你這樣的人，之後也沒有。現在，我住在加州的奧克蘭，你還在鳳凰城嗎？能不能聊一聊，或是安排哪時候見個面？你願意來這裡嗎？我可以過去找你。」當初我以媽媽的角度，用魅誘的方式向我可能的爸爸努力寫信，如今我依然無法擺脫陰影。

但真的有回應，可能是我爸爸的人回了訊息。

嗨，凱倫，那狂野的一夜，我記得清清楚楚，我看到這段話好恐懼，希望裡面不會提到關於那一夜如何狂野的細節。訊息內容是這樣的：兩個月後我會前往奧克蘭，參加那一場奧克蘭盛大豐年祭，我將會擔任主持人。

我心臟狂跳，腹部出現一種下墜感。我打字回信：很抱歉我做了這種事，這樣的事，我想我是你兒子。

我靜靜等待，腳一直在打節拍，死盯著螢幕，做出無意義的清喉嚨動作。我在想像他的感受，和某個過往的一夜情對象搭上線，然後多了一個不知道從哪裡冒出來的兒子。我不該做出這種事，我應該要讓我母親見他一面才是，叫她拍一張照片不就好了嗎？

對話框跳出來：「什麼？」

「我不是凱倫。」

「我不懂。」

「我是凱倫的兒子。」

「哦。」

「嗯。」

「你是要告訴我，我有兒子，然後就是你？」

「對。」

「確定嗎？」

「我媽媽說非常可能，應該是百分之九十九。那段時間沒有其他人吧？我不清楚。」

「抱歉，她在你旁邊嗎？」

「沒有。」

「你長得像是印地安人嗎？」

「我的皮膚是棕色，淺淺的棕色。」

「你是不是想要錢？」

「不是。」

「你沒有大頭照。」

「你也沒有。」

我看到一個迴紋針符號，夾的是圖檔，我點了兩下，打開檔案。他拿著麥克風，站在那裡，後面是一群豐年祭舞者。我在那男人的臉龐中看到了自己，他塊頭比我大多了，比我高也比我胖，長髮，戴著棒球帽，但錯不了，就是我爸。

我開始打字，「你長得跟我好像。」

「寄照片給我。」

「我沒有。」

「拍一張啊。」

「好，等等。」我打字回訊，然後利用電腦的攝影機拍了自拍照，寄給了他。

哈維寫道：「哇靠。」

我心想，真的是哇靠。

我寫下問題：「你／我們是什麼族？」

「夏安族，南夏安族，源於奧克拉荷馬州，我註冊的是奧克拉荷馬州的夏安與阿拉帕霍族，我們不是阿拉帕霍族。」

「謝謝！」我打完這句話之後，馬上加了一句「得離線了！」這是裝的，這一切來得突然，對我來說太沉重了。

我登出臉書帳號，進入客廳看電視，等我媽媽回家。我忘了打開電視，盯著黑漆漆的平板螢幕，回想我們的對話內容。

我渴望知道自己的另一半血液是哪一族到底有多少年了？在這段時間當中，被別人問起時，我瞎編的部族答案又有多少個？我主修原住民研究長達四年，我剖析部落歷史，找尋線索，可能與我相似的蛛絲馬跡，感覺熟悉的人事物。我花了兩年念研究所，攻讀比較文學，重點是原住民文學。我的論文主題是血液圖譜政策對於當代原住民認同之必然影響，還有混血原住民作者對原住民文化認同造成影響之文學作品。這一切走來，就是不知道自己是哪一族。我一直在為自己辯護，彷彿我的原住民血統不夠純正。我這樣的原住民，就跟歐巴馬是黑人一樣。但還是有所不同。身為原住民，我懂，我不知道該怎麼自處。對我來說，我想到的自稱是原住民的每一種可能的方式似乎都有問題。

✦

「嗨，小艾，你在這裡做什麼？」我媽媽從門口進來，「我以為你現在已經跟機器融合在一起了。」當她說出「已經跟機器融合在一起了」那句話的時候，還舉起雙手，以嘲弄姿態搓弄手指。

我最近犯下大錯，居然告訴她有關獨一性的事，我說我們最後會融合在人工智慧之中，那是最終結果，不可能改變的事實。一旦我們看出它比較優越，而且它也確立了自身的優越地位之後，我們就必須要予以配合與融入，以免被其吞沒，接管。

她當時是這麼回我的：「對於每天窩在電腦前二十個小時、彷彿在等待賜吻的那種人來說，這種理論還真是方便省事。」

她把鑰匙扔到桌上，沒關大門，點了香菸在門口抽菸，嘴與菸氣面向門外。

「過來一下，我有事跟你說。」

「媽……」我知道我的語氣是在發牢騷。

「艾德溫……」她模仿我的語氣開玩笑，「我們以前討論過了，我想要知道最新狀況。你自己也答應過我要隨時報告進度。不然一晃眼又是四年過去，我得要請比爾敲掉一面牆，才能把你拉回來。」

「幹他媽的比爾，」我說道，「我早就告訴過妳，我不想聽妳提到我體重的事，我自己心裡有數。妳覺得我無感嗎？我知道自己是大塊頭，這種身材晃來晃去，弄翻東西，大部分的衣服都穿不下，能夠穿得下的都看起來超醜。」我做出不自覺的動作，雙臂在空中揮舞，彷彿要努力塞進再也穿不下的某件襯衫一樣。我放下手臂，雙手插在口袋裡。「我已經六天沒大便了，妳知道這對一個已經過重的人來說有什麼感覺嗎？我是大塊頭，一直掛記在心，超有感。這些年，我一直在減肥，妳難道不覺得那已經搞垮了我嗎？我們一直在思考我們的體重，我們是不是過胖了？好，我這個樣子，答案當然想也知道，何況當我看到冰箱前面鏡子裡的自己的時候，我更有自知之明，對了，我知道妳掛在那裡是為了我好。妳知道嗎，當妳知道想要對這種事開玩笑的時候，只是讓我想要變得更胖，腫得跟氣球一樣，一直吃一直吃。等到我卡在哪裡死翹翹，只剩下一大坨屍肉，他們必須要弄來吊車把我弄走，大家都會對妳說：『出了什麼事？』『可憐哪』，還有『妳怎麼能眼睜睜看他出這種事呢？』

比爾在妳後面，搓揉妳的雙肩，妳會想起妳嘲笑我的每一刻，妳不知道該和鄰居說什麼，他們一臉驚恐看著我的肥肉，吊車抖啊抖的，努力要把我拉出去。」我舉手比劃出搖晃吊車的模樣給她看。

「天哪，小艾，你夠了，過來找我談一談。」

我從水果籃裡拿了一顆綠蘋果，又為自己倒了一杯水。

「妳看到沒？」我差點失聲大吼，我舉高蘋果，拿到她的面前，讓她看個仔細。

「我一直在努力，這裡是現場即時更新，現在為妳做串流播報，好，我正在努力改善飲食，剛剛才把一些百事可樂吐到水槽裡，這是杯純水。」

「我希望你冷靜一下，」媽媽說道，「你這樣下去會得心臟病，放輕鬆就是了。我為了把你生出來整整撐了二十六個小時，過了二十六小時之後，卻還是得接受剖腹。小艾，他們得要對我開腸剖肚，你不想出來，已經晚了兩個禮拜。你想要說全身發腫的感覺，我到底有沒有告訴過你這件事啊？」

「希望妳不要再羞辱我了，講什麼生下我花了多少小時，我又沒說我要出來。」

「羞辱你？你覺得我在羞辱你？你這個不知感恩的——」

她朝我跑來，開始搔我的頸後。我嚇了一跳，卻忍不住大笑。「不要搔了。好啦好啦，夠了，妳冷靜一下，妳想要聽什麼？」我把自己的襯衫拉好，蓋住肚子。「我沒有最新進度，對於一個其實沒有工作經驗，只有比較文學藝術碩士的人來說，沒什麼太多機會。我找尋，挖掘，覺得挫折，當然，也會分心。有好多資料可以搜尋，當你思索某個新的事物，找到了某個新的事物，就好像以另一個腦袋在思考一樣，彷彿進入了某個更浩大的集體性智慧，我們正在某種狀況的邊緣。」我知道這番話在她耳中聽起來是什麼感覺。

「你在某種狀況的邊緣，集體性智慧？挖掘？聽起來你除了點網站與閱讀之外，還做了很多事。不過，沒關係，所以你在找什麼工作？我的意思是，哪些類型？」

「我找了寫作工作，他們幾乎都是找涉世未深、懷有抱負的作家為他們做免費工或是參加比賽的詐騙手段；我找了藝術組織，然後非營利組織的困境就讓我看得迷迷糊糊，還有寫作獎助啊，但妳也知道，大部分的地方都需要經驗或是——」

「寫作獎助？你可以的吧？」

「我一無所知。」

「你可以學啊，好好研究。應該是有網路教學影片啊什麼的是不是？」

「以上就是我的近況更新。」我感受到她的手的拉力鬆了。我剛剛說出了最近的事，讓我想起了自己曾經期盼作為的一切，然後又與我現在的感受做了對照。

「抱歉我真是個大廢物。」我根本不想當這樣的人，但我真心覺得自己超廢。

「別那麼說，小艾，你不是魯蛇。」

「我又沒說我是魯蛇，只有比爾這麼叫我，那是比爾損我的話。」我感受的真正哀愁已經全沒了，我轉身要走回自己的房間。

「就請你……等一下好嗎？拜託，不要急著回房間。等一下，坐下來，我們好好談一談，現在不只是談一談而已。」

「我已經坐了一整天。」

她嗆我，「那又是誰的錯呢？」我已經朝房間走去。

「好吧，那你就站著吧，但留下來。我們不需要講比爾的事。親愛的，那你的故事怎麼樣了呢？」

「我的故事？媽，拜託……」

「什麼？」

「只要我們一講到寫作的事，我就覺得妳想要安慰我的慘況。」

「小艾，我們大家都可以鼓勵人，每個人都是如此。」

「媽，沒錯，沒錯，妳也可以善用別人的鼓勵啊，但我一直叫妳戒菸，不要喝那麼多酒，不要每天晚上窩在電視機前面打發時間，應該要開發其他健康活動，尤其妳還擔任那種工作，妳的職稱是物質濫用諮商師，妳有聽進去嗎？不，我才不鳥這個，因為沒有用。現在我可以離開了嗎？」

「你知道嗎，你的行為依然像是十四歲，迫不及待要回去打電玩。小艾，我不會永遠在你旁邊。哪一天你一轉身，我就死了，你會希望自己當初曾經好好珍惜我們共處的時光。」

「哦天哪。」

「我只是要說，網路可以給你很多東西，但它們永遠生不出一個能夠取代你母親陪伴的網站。」

「所以我可以閃了嗎？」

「還有一件事。」

「什麼？」

「我聽說有個職位。」

「在印地安中心？」

「對。」

「好，是什麼？」

「有薪的實習工作，基本上就是幫忙處理與豐年祭相關的一切工作。」

「實習生？」

「有薪水。」

「把資料寄給我。」

「你真的有興趣嗎？」

「我可以閃了吧？」

「好啦。」

然後，我走到母親後面，親了一下她的臉頰。

我回到房間之後，戴上耳機，開始聽「被稱為紅的種族」的音樂。他們是「第一民族」的DJ與製作人，出身渥太華。他們搞電音，取樣的來源是豐年祭的鼓群。這是我聽過兼具了傳統與新樂聲的最現代，或是最有後現代風格的印地安音樂。原住民藝術的普遍性問題就是它一直死守過往。關於這個問題的陷阱，或者可說是進退維谷的困局就是：如果它並非由傳統而生，那麼怎麼能算是原住民的東西？而如果它固守傳統，怎麼可能與生活在現代的其他印地安人產生關聯？又怎麼可能具有現代意義？所以，為了要做出辨識度夠高的原住民與現代樂聲，必須要貼近傳統，但又保持足夠的距離。這三位「第一民族」的音樂製作人所組成的神奇小團體，在他們的同名專輯實現了成果。這音樂超好找，他們充滿了混音時代的精神，免費提供網路下載。

我趴在地上，勉強做了幾次伏地挺身，然後又翻身，想做仰臥起坐，但上半身卻不聽使喚。我想到了自己的大學時光，已經是好久之前的事，當時的我充滿了希望。對於當時的我來說，我現在過的生活實在難以想像。

我從來就不是個能夠運用身體使力的人。也許現在脫離自暴自棄的狀況，回到初始狀態已經為時晚矣。不行，失敗就像是坐回到電腦前面一樣。我還沒有失敗，我是夏安族印地安人，我是戰士，不，這真是超感傷，幹。我運用那股怒氣猛力一推，做了一個仰臥起坐，我使出全身氣力起身，成功。不過，我完成第一次仰臥起坐的歡喜，卻發生了爆裂，一坨鬆脫的濕臭物落在我的運動褲臀位。我上氣不接下氣，滿頭大汗，坐在自己的大便裡。我往後一躺，攤放兩隻手臂，手心朝上，聽到自己大聲說出「謝謝」，也不知道感激的對象是誰，我體會到某種不再無望的感受。

第二部

返還

羽毛被修整，被光線、小蟲以及木樁所修整，被微傾的角度與各式各樣的騎兵與巨聲所修整，這當然是一種凝聚。

——葛楚・史坦

比爾・戴維斯

比爾穿越露天看台區，流露出職場老鳥的仔細姿態。他步履艱難，速度緩慢，但依然充滿自傲。他完全投入在自己的工作之中，他喜歡找事情做，覺得自己有貢獻，即便那份工作，那個職位，目前僅僅是負責養護而已，亦是如此。他正在撿拾賽事結束後的第一批清掃人員沒注意到的那些垃圾。

這個工作是專門給工作太久而無法開除的老人家，這一點他很清楚。但他也知道他對他們的意義遠勝於此，因為當他們需要找人代班的時候，不都是找他嗎？無論是哪一天的哪一個時段都說沒問題的人，不就是他嗎？有誰比他更清楚競技場體育館的出入口？這些年來，只要有哪個位置出缺，他是不是都願意幫忙？從一開始進來時擔任的警衛，乃至花生小販——這他只做過一次，對此深惡痛絕。他告訴自己，他的意義不只是如此，他告訴自己，他可以對自己大聲說出口，深信不疑，但這並不是事實。對於類似比爾的這種老人來說，這裡已經沒有容身之地，其實哪裡都一樣。

比爾以手做出宛若帽簷的弓狀，放在額前遮擋陽光。他戴了淺藍色的乳膠手套，一手拿著垃圾夾，另一手則是半透明灰色垃圾袋。

他停下手邊的工作，覺得似乎看到有東西正在向體育館的最上緣移動，一個小東西，不尋常的移動法，絕對不是海鷗。

比爾搖頭，朝地面吐口水，然後踩過那一坨唾液，轉身，瞇眼細看，想要搞清楚上頭究竟是什麼。口袋裡的手機傳來震動，他拿出來看了一下，是他的女友凱倫，想必是要講她的媽寶兒子，艾德溫。最近她打電話來講的都是兒子的事，十之八九的內容都是需要有人接送他去工作。她這麼呵護兒子，讓比爾看不下去，他無法忍受三十多歲的巨嬰，無法忍受現在的年輕人被縱容成這種樣子。嬌生慣養的寶貝，全都一個樣，完全看不到外皮，沒有半點韌性。他們這世代就是有哪裡不對勁——永遠映照在臉上的手機螢幕反光或是他們點擊手機的過快速度、性別流動的服裝選擇、他們超級政治正確的溫軟生活方式卻欠缺了所有的社會美德與舊世界的舉止與禮貌。艾德溫也是這樣，當然，很懂科技，但一碰到冷硬艱困的現實世界——螢幕之外的地方——少了螢幕，他就成了嬰兒。

對，這就是當下的景況。大家都說越來越好，但明明就是這麼糟，反而讓這種說法的感覺更是悲涼。他自己的生活也是如此，凱倫總是告訴他要保持積極。但必須先擁有正面態度，才能繼續保持下去吧。他很愛她，百分百的愛，他真的嘗試過要平常心看待。雖然掌權的是老人，但年輕人似乎就是操控了一切，而他們的行為模式就像小孩一樣，沒有格局、沒有遠景、沒有深度。我們現在就要，而且一切都要新的。這個世界成了某個興奮過度、打滿類固醇的小屁孩投手所丟出的低劣曲球，對於比賽之整體性以及那些辛苦以手工縫製棒球的哥斯大黎加人，他們什麼都不在乎。

整座球場就是為棒球所設計，草坪超短，完全紋風不動，是球棒中心橡木塞的那種恆定。草坪有分隔界內球與界外球的粉筆直線，從看台區一路拉回到內野，也就是球員比賽的地方，他們在那裡丟球、揮棒、盜壘與觸壘；他們在那裡做暗號、打安打、選好壞球、跑壘得分；他們流汗，在休息區的陰影處等待，只是猛嚼口香糖，吐口水，等待賽局結束。比爾的手機又響了，這次他接了電話。

「凱倫，什麼事？我正在工作。」

「親愛的，真抱歉打擾你工作，但等一下得有人接他。他就是沒辦法，你也知道自從他發生那場公車——」

「妳也知道我的感受——」

凱倫說道：「比爾，拜託，就這一次。我之後會找他好好談一談，我會讓他知道以後再也不能靠你了。」再也不能靠你了，她光靠幾個重點字詞就可以成功煽動他，比爾覺得自己真是沒用。

「別這麼說，妳要讓他負起責任。他現在該自己想辦法，他——」

「至少他現在有工作了，每天去上班，對他來說，這意義非同小可。拜託，我不想要讓他氣餒，記得嗎，目標就是要讓他自己搬出去。然後，我們就終於能夠好好討論讓你搬進來的事了。」凱倫這時候的語氣變得可愛了。

「好吧。」

「真的嗎？親愛的，謝謝。不知道你可不可以帶一盒芳絲雅盒裝酒，粉紅色的那一款，家裡已經喝光了。」

「妳今晚欠我一個人情。」還沒等她回應，他就直接掛了電話。

比爾環顧空蕩蕩的球場，欣賞這一片寂靜。他需要這樣的寂靜——沒有任何的動靜。他想到了那場公車意外，艾德溫，光是回憶那段過往，就讓比爾哈哈大笑。艾德溫工作的第一天，和某個退伍老兵正好搭同一班公車，比爾不知道一切是怎麼開始的，但最後公車司機把他們兩個都趕下車。然後，對方坐在輪椅裡，在國際大道一路狂追艾德溫。所幸他追逐的方向正確，艾德溫雖然被趕下公車，但還是來得及上班——可能是因為後面有人在追他吧。一想到艾德溫在國際大道死命狂奔的畫面，就讓比爾笑得開懷。汗流浹背，剛好趕得及上班，哦，那就不好玩了，其實頗令人傷感。

比爾走向東牆的某個金屬光面，看到了自己的映影。他調整姿勢，讓凹陷金屬面板裡的晃動扭曲影像逐漸穩定下來。他挺直雙肩，抬高下巴，那個身穿黑色防風衣的男子，頭髮已經花白，髮線嚴重後退，大肚腩每年都往外逐漸擴張，當他站立或行走過久的時候，雙腳膝蓋都會疼痛。沒事，他還撐得住，其實要是哪個不小心，他就撐不住了，他已經有好長一段時間都差點撐不下去。

這個競技場體育館，這個球隊，奧克蘭運動家隊，曾經是比爾生命中最重要的事物，在奧克蘭的神奇歲月，一九七二年到一九七四年之間，運動家隊連續贏得了三次世界大賽冠軍，空前絕後。現在，對於一間企業來說，這實在太超過了，眾人絕對不容許。對比爾而言，那是一段糟糕可怕的詭譎歲月。一九七一年，他因為在越南擅離職守而回到美國，蒙羞退役。他痛恨這個國家，而這個國家也痛恨他。他當時嘗試了多種毒品，叫他現在隨便講出有哪一種，其實他也想不出來。這種話應該很難會有人相信吧。他大部分記得的都是比賽，當時他擁有的也就只有比賽。他有自己支持的隊伍，而且一直贏球，連續三年，剛好是比爾需要的時候，就在他覺得自己已然失去一生之後。那是有維達・布魯、鯰魚・杭特、瑞吉・傑克森，還有混蛋查理・芬利的年代。而且後來突襲者隊在一九七六年的時候大勝，拿下了舊金山四九人隊還不曾拿下的兩個冠軍。當時待在奧克蘭真的是一段舒暢時光，感覺自己出身美好之地，勝利之鄉。

他在聖昆汀監獄蹲滿了五年的牢之後，於一九八九年拿到了競技場體育館的工作，當初他是因為在水果谷站軌附近的某間騎士酒吧外頭拿刀刺人而入獄，但那根本不是比爾的刀。拿刀砍人純粹是意外，出於自我防衛。他不知道自己最後怎麼會握住那把刀，有時候你做就是做了，可能自己主動或是被迫採取行動，問題是比爾沒辦法把自己的版本講清楚，另外一個人醉的程度沒那麼嚴重，他的版本比較有連貫性。所以吃罪的是比爾，最後也不知怎麼地兇器成了他的刀。有暴力過往的人是他，擅離職守的瘋狂越南退伍老兵。

但對比爾來說，牢獄生活也是好事。他大部分的時間幾乎都拿來閱讀，只要是能借到的亨特・斯托克頓・湯普森的作品，他全都看過了。他也看律師奧斯卡・澤塔・阿科斯塔的作品，他深愛《棕色水牛自傳》以及《蟑螂人的反抗》。他看了費茲傑羅、海明威、卡佛以及福克納的小說，這些人全是酒鬼。他閱讀肯．克西的作品，喜愛《飛越杜鵑窩》。當他們把它改編成電影的時候，他很光火，而且擔任整本敘事者的那個印地安人，在電影中卻成了只在結尾出現、把水槽拋出窗外的漠然不語的瘋狂印地安人。他還看了理查．布羅提根與傑克．倫敦的書。他飽覽了歷史、傳記、獄政系統的各類書籍。關於籃球與足球的書籍，加州原住民史。他看了史蒂芬．金與埃爾莫爾．倫納德的作品。他不斷閱讀，低調行事。當你身處異方之際，看書、吸毒、做夢，盡量讓歲月以這種方式消融於無形。

比爾悲慘歲月中的另一個美好之年是一九八九年，當時奧克蘭四連勝橫掃舊金山巨人隊。就在世界大賽進行到一半，第三戰開打之前，地球滑動，下墜，搖晃。洛馬普里塔地震奪走了六十三條人命，或者，也可以說是有六十三個人因為這場地震而身亡。希普雷斯快速道路坍塌，還有開車的人直接掉落海灣大橋，因為中間有一段斷裂。原本要在那天舉行的比賽拯救了奧克蘭與大灣區的民眾。要不是因為大家都窩在家裡，坐在電視前面觀看比賽，不然大家早就跑出去了，開上快速道路，身處在正開始塌陷崩落的世界之中。

比爾回望外野，就在他的右前方，那東西飄到了與他眼睛同高的位置，飛進了露天看台區，是台小飛機。難道比爾以前沒看過嗎？他有看過，那是無人機。像是他們拿來飛入恐怖分子位於中東的窩藏地與洞穴的那種無人機。比爾拿著他的垃圾夾朝那架無人機亂揮了好幾下。那東西飛回來，然後轉頭，轉向，低飛到他看不見的地方。比爾對那架無人機大吼一聲「喂！」然後，他又繼續拾級而上，到達下通球場階梯的那一道走廊。

當他到達底部第一層的廣場內野區的階梯頂端時，他拿出望遠鏡，掃視整個球場，尋找那架無人機。找到了。

他走下階梯，想要繼續用望遠鏡盯著它，不過他一邊走路，望遠鏡跟著晃動，而且那小飛機一直動個不停，真的很難。比爾看到它飛往本壘板方向，他已經多年不曾以這麼快速的方式移動，或者，應該有好幾十年的時間了吧。

比爾現在光靠肉眼就可以看到它。他在奔跑，手裡還拿著垃圾夾。他一定會毀了那東西。比爾體內依然有戰性堅強的熱血在奔流——他還是可以展開行動。他登上紅土區，無人機在本壘板，當比爾跑過去的時候，它轉向比爾。他已經準備好了自己的垃圾夾，把手高舉到腦後，垃圾夾在半空中。它又飛回來，比爾打中了，讓那東西搖搖晃晃了一會兒。他再次舉起自己的垃圾夾，狠狠揮下去，但完全撲空。無人機迅速朝上直飛，不到幾秒的時間就爬升了三公尺、六公尺、十五公尺的高度。比爾又拿出了自己的望遠鏡，看著那架無人機飛出競技場體育館的邊緣。

卡文・強森

我下班回家的時候，發現桑妮與瑪姬在廚房裡等我，晚餐已經煮好，餐桌也已經就緒。瑪姬是我姊姊，我目前暫時和她住在一起，等到我存夠錢之後才能有其他打算，不過，我很喜歡和她與她女兒混在一起，感覺又像是回到了家，我們再也無法擁有的那種家。自從我們的爸爸離開之後，直接人間蒸發，但其實他之前也根本很少在家。不過媽媽的行為舉止卻像是他其實以前都在家，彷彿他離家出走是劃下了終點。這與他、和我們任何一個人都沒有關係，根據瑪姬的說法，媽媽罹患了沒有檢查出來的病，已經拖得太久了。

瑪姬說，罹患躁鬱症，就像是待在某個寒冷幽暗的森林裡，要使用某把準備拿來劈柴取暖的斧頭去磨另一把斧頭，而到了最後卻可能發現自己永遠逃不出這種困境。她和我一樣都有這問題——我哥哥沒有——不過，她有吃藥，控制得宜。

瑪姬，就像是我們生活歷史的鑰匙，我和我哥哥查爾斯對她是又愛又恨，就像只要是最親近的人都會有的那種問題、大家最後都會產生的那種感受。

瑪姬弄了肉捲、馬鈴薯泥、花椰菜——都是家常餐點。我們安靜用餐了好一會兒，然後，桑妮在餐桌下偷踢我，她假裝沒事，繼續吃她的晚餐，而我也假裝沒事。

「瑪姬，這很好吃，就像是媽媽煮的一樣。桑妮，妳說是不是？」我說完之後對桑妮露出微笑，但她沒有對我回笑。我彎身向前準備吃東西，在盤前舉高食物，然後伸腳輕觸了一下桑妮的小腿。

桑妮露出微笑，然後又哈哈大笑，因為她已經破功，然後，她又踢了我一次。

「好了，桑妮。」瑪姬說完之後，又對我說道：「幫我們大家拿一些餐巾紙好嗎？我弄了你喜歡的檸檬水。」

我說道：「謝謝，但我想要喝啤酒，我們應該還有吧？」

我起身，打開冰箱，雖然想喝啤酒，但取出的還是檸檬水，瑪姬沒看到我並沒有拿出啤酒。

她開口：「但你還是可以幫我們拿那壺檸檬水。」

「妳現在是要命令我什麼能做？什麼不能做嗎？」我剛說出口——就立刻想把話收回來。這時桑妮站起來，衝出廚房，接下來我聽到紗門開了又關起的聲音。我和瑪姬一起站起來，走到屋子前面，猜想桑妮應該是衝出了大門。

不過，我們的兄弟卻出現在我們的客廳裡，還有他的死黨卡洛斯——他的分身，孿生兄弟。瑪姬一看到他們，立刻轉頭進入桑妮的房間，我應該也要跟她一起進去才是。

兩人都手持四〇手槍。他們坐在客廳裡，流露出那種知道你欠他們的殘忍冷漠酷樣。我知道他遲早會來。我幾個禮拜之前打電話給他，我一定會還錢，但是我需要多一點寬限的時間。瑪姬讓我住下來的條件就是必須要遠離我們的兄弟查爾斯，不過，他卻在此現身。

查爾斯的外表就像是壞蛋，一百九十三公分高、一百零九公斤的身材，雙肩厚實，還有兩隻大手。查爾斯的高筒球鞋壓住咖啡桌，卡洛斯也把雙腳擱上去，打開了電視。

查爾斯對我開口：「卡文，坐啊。」

「我站著就好了。」

卡洛斯亂轉頻道，開口問我：「確定嗎？」

「好久不見，」查爾斯說道，「但我要說也他媽的太久了吧。你跑去哪裡了？度假啊？躲在這種地方一定很棒。家常料理，還有小孩跑來跑去玩扮家家酒。跟我們的姊姊住在一起。媽的這是怎樣？我必須要說，我忍不住心想你存的錢都到哪裡去了，你住在這根本不用付房租，對不對？」

卡洛斯接腔：「你就是住免錢的。」

「但是你有工作，」查爾斯說道，「你在賺錢，媽的那筆錢本來應該在昨天就進了我的口袋，進了奧克塔菲歐的口袋。你知道嗎？能當我弟弟真是算你走運。你運氣好，我沒有告訴任何人你躲去哪了，但我對於那件事已經是仁至義盡了。」

「我早就讓你知道我找到了工作。你幹嘛不請自來啊，而且還裝得好像跟那場豐年祭的事完全沒關係一樣。」我還沒有進去就被搶了。我不該隨身帶那東西，當時我身上有四百多公克的大麻。但話說回來，我不確定自己有沒有帶，或者是查爾斯放進了我的置物箱？我那時候也哈草哈得很兇，記憶像一坨滑落的屎，下去之後就再也上不來。

「好，我被你搞得無話可說，你講的一點都沒錯。我應該要趕緊把大麻錢還給奧克塔菲歐，雖然明明是他的死黨從我身上偷走了大麻。所以謝謝你，哥哥，多虧你幫我脫身，」我繼續說道，「但我忍不住懷疑，你為什麼告訴我應該要去看一下藍尼的那場豐年祭，了解我們的原住民文化遺產啊什麼的。你說媽媽會希望我們去那裡，你還說你會和我在那裡見面。我忍不住懷疑，你真的不知道有人在停車場堵我？我一直在苦思原因，你感興趣的究竟是什麼？這是為了要留住我？因為我說要退出？或是你們自己犯蠢偷吸，需要我的大麻彌補缺口？」

查爾斯起身，朝我的方向走了一步，然後停下來，雙手握拳。我張開雙手，舉高，向他示意一切放輕鬆，然後又退後兩步。查爾斯又向前一步，望著卡洛斯。

「我們去開車兜風一下吧。」卡洛斯起身，關了電視，我看到他們兩個從我面前走出去。我回頭望向通往桑妮房間的走道，右眼不由自主抽動了一下。我聽到查爾斯在前門對我大吼：「走啊！」

✦

查爾斯開的是深藍色的四門訂製雪佛蘭卡米諾。車子乾淨得像是下午才剛洗過一樣，搞不好他真的才剛洗車。像查爾斯這樣的人老是喜歡洗車，讓鞋子與帽子保持乾乾淨淨，搞得跟新的一樣。

在查爾斯發動引擎之前，他點了一管大麻，傳給了卡洛斯，他吸了兩口之後，給我，我深吸了一大口，又把它傳回去。我們一路直奔走聖里安德羅大道，進入奧克蘭深東區。我聽不出他們在放什麼歌，有點緩慢，隱約聽得到貝斯聲，幾乎主要是來自後座下方的超中低音喇叭。我發現查爾斯與卡洛斯隨著音樂在微微點頭，他們絕對不會承認自己在跳舞，他們在搖頭晃腦，算是某種舞步，最低調的方式，但的確是在跳舞。我覺得他們超搞笑，差點噗嗤笑出來。但是過了幾分鐘之後，我發現自己也跟著他們一起點頭，不好笑，我才驚覺自己有多嗨。他們吸的大麻裡面還摻了其他東西，他媽的很可能是撒了天使塵。靠，現在我知道難怪我的頭點個不停，還有為什麼街燈會他媽的超明亮，似乎是太紅了吧，幸好我只吸了一口。

最後，我們進入某人屋宅的廚房。牆壁一片亮黃，後院傳來模糊的墨西哥街頭音樂聲響。查爾斯示意叫我坐在某張餐桌前，我得滑進它後方的長條座位裡，這就像包廂區一樣，卡洛斯在我的左邊，他的手指隨著只有他自己腦中聽得見的某個節拍在打節奏。查爾斯坐在我對面，死盯著我不放。

「你知道我們在哪裡嗎？」

「我猜等一下奧克塔菲歐可能會冒出來，但我不知道媽的你們覺得這麼做到底是有什麼好。」

查爾斯發出假笑，「你還記得我們去狄蒙德公園的那一次嗎？我們走過那一段長長的下水道？我們一路跑，到了某一段的時候，完全沒有光，只聽得到流水聲，幹我們根本不知道水從哪裡來？也不知道會流到哪裡去。我們必須跳過去。你記得我們聽到有人在講話，然後你覺得有人抱住你大腿，你開始像小豬仔一樣扭個不停，你差點摔倒，但我把你拉回來，然後我們一起跳過水流，離開了那裡？」查爾斯拿了一瓶龍舌蘭，讓它在桌面來回滑動。「我現在就是要想辦法抓住你，」他抓住酒瓶，讓它保持靜止不動。「等到奧克塔菲歐一看到你的臉，差不多就是當初那種情景。我會把你拖回來，讓你不會被拉進長長的下水道，最後不知道被拖去哪裡。懂不懂我在說什麼？」

卡洛斯摟住我，我拚命想要甩開他，而查爾斯往後一靠，厚壯雙臂落在兩側。

還真是剛好，奧克塔菲歐在此刻走進了廚房。他的雙眼變得像是子彈一樣——掃視全場，「查洛斯？他媽的這是在搞什麼？」

奧克塔菲歐總是這麼喊查爾斯與卡洛斯，因為他們兩個老是在一起，而且兩個人長得很像，這是一種讓他們無法僭越，讓他們自知兩人的重要性都比不上他的方法。奧克塔菲歐一百九十八公分高，擁有狀如酒桶的胸膛，還有肌肉發達的雙臂，就算加上他一年到頭都不變的超大三號尺碼黑色T恤，也可以照樣看得一清二楚。

「奧克塔菲歐，」查爾斯回他，「放輕鬆，我只是想要提醒他現在是什麼狀況，他是我小弟，奧克塔菲歐，沒有不敬的意思，嘿，我只是要讓他知道狀況。」

「知道什麼？沒有不敬的意思？查洛斯，那是怎麼回事？我覺得你們根本搞不清楚狀況。」

奧克塔菲歐從他的皮帶前端抽出一支全白的麥格農手槍，對準我的臉，但卻盯著查爾斯。

「靠，你以為我們在玩什麼遊戲？」奧克塔菲歐看著查爾斯，但開口的對象是我。「你拿了東西，那你就欠了債。你沒付錢，你丟了東西，我才不管你是怎麼丟的，不見就是不見。然後你人間蒸發，媽的現在卻跑進我舅舅家的廚房裡。查洛斯，他媽的你們瘋了。我本來待在這裡開開心心，但因為你們害我的貨被偷，加上因為你弟弟偷吸了他的大麻，你們兩個都欠我。而且我和我的貨頭出了問題，現在我虧欠了對方，要是我們不好好弄點錢，我們大家都死定了，馬上就完蛋。」

奧克塔菲歐的槍依然對著我。偷吸了他的大麻？幹搞什麼啊？我低垂目光，望著槍管，直接進入了它的膛內，我覺得我想出了解決這把槍的辦法。奧克塔菲歐等一下會轉身面向他後方的流理台弄酒喝，查爾斯會突然起身，從後面壓制奧克塔菲歐，在這樣的打鬥過程中，槍枝一定會落地，然後，壓住奧克塔菲歐的查爾斯，突然之間想要當個好哥哥，他會立刻對我大吼：「媽的快閃啊！」但我才不會離開。我知道接下來該怎麼辦，我會拿起地板上的那把槍，舉高，對準奧克塔菲歐的頭，然後盯著查爾斯。

查爾斯會對我說：「卡文，把槍給我，媽的給我趕快離開這裡。」

我會嗆他：「我才不走。」

查爾斯接下來就會回我：「好，那你對他開槍啊。」

然後，我會和奧克塔菲歐四目相接，第一次注意到他的眼珠原來是綠色的。我會死盯著奧克塔菲歐久久不放，逼他抓狂，然後他會反制查爾斯，最後被壓在流理台上面。接下來，我會告訴他們要如何把奧克塔菲歐灌醉，一直到他再也站不穩為止。我會讓他們知道，要是他們能讓他醉到一定程度，他之後就什麼都不記得了。我們會讓他嚴重昏厥，時間過了之後又回到起點，整個夜晚憑空消失。

我緊閉雙眼，我一度懷疑自己搞不好還在車裡，待在後座裡夢到這幅場景。這就像是我之前曾經度過的那許多夜晚一樣，也許我會在後座醒來，回家，然後我會繼續努力過著拒絕這種狗屁倒灶事件的原初生活。

我睜開眼睛，奧克塔菲歐依然拿著槍，但他在哈哈大笑。查爾斯也開始狂笑，奧克塔菲歐把槍放在桌上，兩人互擁，查爾斯與奧克塔菲歐，然後，卡洛斯起身，與奧克塔菲歐握手。

查爾斯拿起那把白色手槍，詢問奧克塔菲歐：「這就是你弄出來的那些東西嗎？」

「不是，這個是特殊款。記得丹尼爾嗎？曼尼的弟弟。全都是在他家的地下室搞出來的，其他的就像是泰克九手槍。去啊，跟他說個清楚。」奧克塔菲歐吩咐查爾斯，而目光卻盯著我。

查爾斯問我：「你還記得我提到藍尼的豐年祭，你說你想要去，因為奧克蘭競技場體育館之後馬上會有一場盛大豐年祭，而且你在豐年祭委員會工作，記得嗎？」

「嗯。」

「你還記得你跟我說了什麼？」

「不記得。」

查爾斯說道：「有關錢的事。」

我反問：「錢？」

「你說當天會有五萬塊的獎金，」查爾斯說道，「而且偷錢超容易。」

「靠，查爾斯，我是在開玩笑。靠，你覺得我去搶我的同事之後，難道還可以全身而退嗎？媽的那就是在講笑話啊。」

奧克塔菲歐說道：「還真好笑。」

查爾斯抬頭，看著奧克塔菲歐，彷彿在嗆他：你是怎樣？

奧克塔菲歐說道：「我覺得好笑的是，你覺得有誰會覺得你搶同事的錢，還有機會可以全身而退？」

「這就是我們彌補錯誤的方法，」查爾斯說道，「你也會分到一杯羹，然後我們就沒事了，奧克塔菲歐，你說是吧？」

奧克塔菲歐點點頭，拿起龍舌蘭酒瓶。「開喝吧。」

所以我們就開始喝酒了，一夥人一杯接著一杯，幹掉了半瓶。在喝最後一杯之前，奧克塔菲歐抬頭看我，然後向我舉起他的酒杯，示意我起身。我們喝了酒，就只有我和他，然後，他給了我一個擁抱，我忘了回抱他。當他抱住我的時候，我看到查爾斯的目光飄向卡洛斯，彷彿他不知道出了什麼狀況。奧克塔菲歐放開我之後，他轉身，又從上方櫥櫃拿了另一瓶龍舌蘭，然後，對於誰知道什麼啊的開了一下玩笑，腳步搖搖晃晃，離開了廚房。

查爾斯抬頭看我，意思就是：我們閃吧。當我們走向停車位置的時候，我們看到遠處有個騎著單車的小孩正盯著我們。從查爾斯的表情可以看得出來，他很想要對那孩子講些什麼話。然後，卡洛斯假裝要扁人，企圖戲弄他。但那小孩完全沒有閃躲，依然繼續盯著房子。他雙眼垂得很厲害，但不像嗑了藥或酒醉。

我想到了電影《七寶奇謀》裡的「懶鬼」角色，然後，又想到了我大約是五、六歲的時候，在某個週六早晨看到的那部電影，內容是有個小孩某天起床的時候眼睛就瞎了。以前，我從來沒想過只不過睡一覺醒來就遇到了鳥事，覺得生命恐怖翻轉的那種慘況，而現在就像是那種感覺。喝下那些酒，奧克塔菲歐的擁抱，答應參與某個蠢到爆的計畫。我也不知道為什麼，很想要與那個騎單車的小孩講講話，其實我沒什麼好說的。我們進入車內，默默開車回家，引擎與馬路的低鳴害我們陷入從所未有的低潮。

賈姬・紅羽毛

在會議開始前的那個傍晚，賈姬・紅羽毛從阿布奎基飛往鳳凰城，歷經了一個小時的航程之後，班機準備在濃密的綠色與粉紅色的色階煙霧中進行降落。飛機速度趨緩，她關上窗戶遮板，盯著前座背後的那一排字，「讓他們遠離傷害」，那是今年會議的主題，她覺得他們指的是自我傷害。不過，自殺真的是癥結嗎？她最近讀到了一篇文章，疾呼原住民社群的自殺人數令人震驚。聯邦政府贊助經費，以廣告看板與熱線進行自殺防治的計畫進行多少年了？狀況日益惡化，不足為奇，當生活明明不好的時候，你不能吹噓生活無恙。不過，她的工作職位是物質濫用諮商師，現在又得參加物質濫用暨精神衛生防治局贊助計畫規定的另一場會議。

在飯店櫃檯負責為她辦理入住手續的那名女子，名牌上寫的是「芙羅蘭西亞」，對方身上散發出啤酒、香菸，還有香水的氣味。她可能是在工作時喝酒，或是喝醉後才來上班，這一點讓賈姬很喜歡她。賈姬滴酒不沾已經有十天之久，芙羅蘭西亞讚美賈姬的頭髮，為了遮蓋灰髮，最近才剛染成黑色，還剪成了鮑伯頭，賈姬一直不習慣聽到別人讚美她。

「好紅啊。」賈姬說的是芙羅蘭西亞背後的聖誕紅。她超討厭這種植物，因為就連真的看起來都好假。

「我們把它們稱之為『聖夜之花』，因為它們綻放的時節在聖誕節前後。」

賈姬接口：「但現在是三月。」

芙羅蘭西亞說道：「我覺得那是最美麗的花朵。」

賈姬最近一次酒癮復發，並沒有對她的生活留下燒毀的殘洞。她沒有丟掉工作，也沒有撞爛車子。她再次恢復清醒，而一直想要喝酒的時候，十天簡直就像一年那麼漫長。

芙羅蘭西亞告訴汗流浹背的賈姬，游泳池開放到十點。太陽已經西沉，但氣溫依然超過攝氏三十二度。賈姬前往房間的時候，發覺游泳池裡沒有人。

賈姬母親與她的父親分手許久之後、與她妹妹的爸爸不斷分分合合的時期的某一個夜晚，當時奧珀兒只是個小嬰兒，賈姬六歲，她們住在奧克蘭機場附近的某間飯店。她們的媽媽告訴她們有關要永遠搬離這裡的事，準備要回到奧克拉荷馬州的家。不過，對賈姬與妹妹來說，家就是停放在某個空曠停車場的上鎖旅行車，家是一趟漫長的公路之旅，只要能夠讓她們三人在夜晚覺得安全無虞的地方就是家。而在飯店的那一晚——很可能接下來要展開遠行，就此告別她母親被女兒拖累的疲憊人生——是賈姬生命最美好的夜晚之一。她母親睡著了，而她先前看到的那座游泳池——波光粼粼的淺藍色長方框——就在通往她們房間的路上。外頭很冷，但她看到了「溫水游泳池」的招牌。賈姬看電視，等到母親與奧珀兒一起睡著之後，偷偷溜到泳池邊。周遭無人，賈姬脫掉鞋襪，伸腳趾試水溫，然後又回頭望著她們的房門，還有所有面對泳池的房門與窗戶。夜氣冰涼但無風。她光著腳，全身穿著衣裝，走下游泳池的階梯。那是她第一次進入游泳池，她根本不知道該怎麼游泳。她只想待在水裡就好，潛入水中，睜開雙眼，望著自己的雙手，在最湛藍的清光中冉冉而升的水泡。

她進入房間之後，丟下行李，脫鞋，躺在床上。她打開電視，轉為靜音，然後躺在床上盯著天花板好一會兒，她喜歡屋內的白冷氣息。她想到了奧珀兒，還有那些小男生，不知道此刻在做什麼。這麼多年來，姊妹之間靜悄悄，但在過去這幾個月當中，她們開始傳訊。奧珀兒照顧賈姬的三名外孫——她自己從來沒見過他們。

賈姬傳訊給奧珀兒，妳在幹嘛？她把手機放在床上，走到行李箱前拿泳衣，黑白條紋的連身泳衣。她穿上之後，站在鏡前端詳自己。疤痕與刺青在脖子、肚子、手臂，以及腳踝蔓延纏繞。她的前臂有羽毛刺青，一個是為了媽媽，另一個是為了妹妹，手背有星星——就是單純的星星而已。腳背上的蜘蛛網，最讓她感到痛楚。

賈姬走到窗邊，想知道游泳池是否依然無人。這時候，床上的手機傳來震動聲響。

簡訊寫道：歐維在他的大腿裡發現蜘蛛腳。

賈姬回訊：搞什麼啊？！不過，這個句子其實說不通，到底是什麼意思？她後來靠手機查了一下，「大腿裡發現蜘蛛腳」，但一無所獲。

是啊我不知道，小男生們覺得那是印地安人（ndn）的特質。

賈姬微笑，她從來沒有看過有人把印地安縮寫為ndn。

賈姬回訊：也許他將來會得到蜘蛛人的威力。

妳遇過這種事嗎？

什麼？沒有，我等一下要去游泳。

她跪在小冰箱的前面，腦中浮現母親說的話：「蜘蛛網是家，也是陷阱。」雖然賈姬一直搞不懂她真正的意思，但她在這些年當中已經逐漸參透，賦予它更多的意涵，應該已經超過了母親的原意。就現在這種狀況來說，賈姬是蜘蛛，而小冰箱是蜘蛛網，家就是喝酒。喝酒是陷阱，反正就差不多是這樣。重點是，不要打開冰箱，她真的沒碰它。

賈姬站在游泳池畔，望著晃動閃爍的水光。交疊在腹部上面的雙臂映出龜裂的綠紋。她慢慢走下泳池的台階，然後輕輕撥水，開始潛泳到另一頭，然後回頭。她浮出水面吸氣，望著泡泡聚攏，升起，消失不見。

她在池邊抽菸的時候，想起了在機場搭的那台計程車，還有距離飯店只隔了一個街區的酒品專賣店。她可以直接走過去，她真正想要的其實是喝了六杯啤酒之後的那根菸，她想要得到那種喝酒後輕鬆到來的睡意。回去房間的時候，她在自動販賣機買了一瓶百事可樂與一包乾果零食。她躺在床上，亂轉頻道，翻來覆去，只要一遇到廣告空檔就轉台，大啖零食與可樂之後，她胃口大開，她這才發現自己沒有吃晚餐。她躺在床上，閉眼，一直沒有睡意，過了一個小時之後，她拿枕頭蓋住臉，才昏昏睡去。當她在四點鐘醒來的時候，不知道臉上的那個到底是什麼東西，她把枕頭狠狠丟到房間的另一頭，起床撒尿，接下來的那兩個小時當中，她一直說服自己其實有入睡，或者，有時候其實是真的睡著了，只是做了無法入睡的夢。

✦

賈姬在大廳後面找到了一個座位。有個戴著棒球帽的印地安老男人一手朝天，宛若在禱告一樣，而另一手則拿著水瓶對群眾不斷灑水，她從來沒見過這樣的景象。

賈姬四處張望，端詳這裡的原住民裝潢風格。場地很寬敞，挑高的天花板，還有大型枝狀吊燈，每一盞都有八個火焰狀的燈泡，周邊有巨大的部落圖紋鐵環，在牆面上投射出部落圖案的幽影——可可波里之神、之字紋以及螺旋，延伸到大廳頂端，上頭油漆顏色是乾涸血液的棕紅。地毯佈滿了彎捲線條與各式各樣的幾何形狀——儼然是賭場或電影院的地毯風格。

她環顧群眾，應該有兩百多人，大家都坐在圓桌旁，前面放有水杯以及堆滿水果丹麥酥的小紙盤。賈姬很清楚會議類型，大部分都是印地安老太太，然後是白人老婦，接下來是印地安老男人，完全看不到年輕人。她看到的每一個人如果不是太過嚴肅，就是不夠嚴肅，這些都是有工作在身的人，來到這裡的動力比較是擔心要保住自己的工作、贊助者，還有贊助計畫的要求，而不是基於幫助印地安家庭的需求。賈姬也一樣，她自己心裡有數，而且她對此深惡痛絕。第一個講者——看起來窩在街頭會比參加會議自在多了——朝講台走去。像他這樣的男人站台，並不多見。他身穿喬丹球鞋與愛迪達運動服。左耳上方有個一路攀爬到禿頭頂端的褪色模糊刺青——可能是裂痕、蜘蛛網，或是一半的荊棘冠冕。每隔個幾秒鐘，他的嘴巴就會張成橢圓狀，然後他以大拇指與食指抹擦唇線外緣，彷彿那裡有過多口水一樣，或者，靠著擦拭的動作，可以確保自己不會口沫橫飛與面容邋遢。

他舉步走向麥克風前面，足足花了令人不安的一分鐘、掃視全場。「在這裡看到好多印地安人，讓我心情大感舒暢。大約在二十年前，我參加過類似的會議，放眼望去一片白人面孔。我當時是年輕人，那是我第一次搭飛機，也是我第一次離開鳳凰城好幾天之久。我被迫參加某項課程，那是我不用進少年監獄的認罪協商條件之一。課程結尾的重點是華盛頓特區的某場會議——全國注目焦點。他們之所以挑選我與其他年輕人，不是因為我們的領導技巧或是承諾，抑或是我們的參與，而是因為我們是風險最高的一群人。當然，我們只需要坐在台上，聆聽年輕人的成功故事，還有我們的年輕服務員大談這套課程有多麼偉大。不過，就在那趟旅程當中，我的小弟哈洛德，在我的衣櫃裡找到我藏的槍，他對著自己的眉心扣下扳機，他才十四歲。」這男人說完之後，別開麥克風咳嗽，賈姬坐立難安。

「我現在要說的重點是，打從第一天開始，我們大家的方式就一直是如此：小孩從著火房屋的窗戶跳出去，摔死了。而我們以為問題在於他們的那一跳，我們的作為就是這樣：拚命想要找出各種方法阻止他們往下跳，讓他們相信當溫度高到已經無法承受的時候，在烈焰中生活還是強過告別人世。

我們封死窗戶，弄了更牢固的網承接他們，找出更有說服力的方式告訴他們不要跳。他們的決定是寧可一死，也不要活在這樣的環境，不要過這種人生，我們為他們所打造、他們所繼承的這種世界。我們要不就是牽涉其中，不然就是與他們之死脫不了關係，宛若我跟我弟弟一樣，或者，我們缺席了，這也脫不了關係，就像是沉默不只是沉默，而是不願發聲。我現在從事的是自殺防治，在我一生當中，曾經有十五名親戚自殺，這還沒有把我弟弟算進去。我最近有個服務的社區位於南達科塔州，他們告訴我大家傷心欲絕，僅僅在這八個月當中，他們的社區歷經了十七起自殺案。不過，我們要怎麼對於那些想活下去的孩子灌注心力？在這些會議與辦公室之中，在電郵與社區活動裡，我們的行動必須要有一種急切、不計代價付出一切的精神予以支撐。不然，這些計畫就去死吧，也許我們應該把這些費用直接寄給需要錢、知道如何運用的家庭，因為我們都知道那些經費全都會拿來支付大家的薪水，以及類似這樣的會議。很遺憾，我也是得拿那種垃圾錢，真的是垃圾，我不覺得遺憾，面對這種議題，不需要客套或拘泥。我們不能在生涯晉升、贊助目的，以及日復一日的摧折之中迷失了自我，彷彿只是被迫完成工作。我們自己選擇了任務，與選擇相伴隨生的是社群，我們是為了他們而做出這樣的選擇，一直都是如此。這些孩子覺得自己沒有控制權，大家覺得他們還能控制什麼呢？我們必須把自己一直掛在嘴邊的事付諸行動，要是我們沒有辦法，真的無法履行自己的職責，我們必須要讓開，由社群裡其他真正在乎、真正會做事的人站出來，讓他們介入、幫忙，其他的就滾到一邊去吧。」

早在群眾躊躇不定、準備行禮如儀拍手之前，賈姬就已經先行離開了會場。她向前狂奔，掛在脖子上的名牌激烈作響，還劃到了她的下巴。她回到自己的房間，以背部推上房門，滑坐在地，整個人癱軟，背貼著門開始啜泣。她的雙眼緊壓膝蓋，紫色、黑色、綠色、粉紅色的污斑綻放，出現在她的眼後，然後，緩緩轉為影像，然後是記憶。她第一個看到的是大洞，然後，是她女兒的殘敗屍體，雙臂上佈滿了紅色與粉紅色的小洞，皮膚有白有藍有黃，還有綠色青筋。賈姬去那裡是為了認屍，那具死屍是她的女兒，曾經是她懷在肚內僅有六個月的小女兒，當初她看著醫生們對女兒的手臂插針管，然後又放入保溫箱，她產生了一股從所未有的渴望，只求剛出生的寶貝女兒能夠活下去。法醫拿著筆與夾板，望著賈姬。

賈姬的目光一直盯著屍體與夾板之間的地帶，拚命忍住不要尖叫，不要端詳女兒的面孔。大洞，眉心的槍傷，就像是第三隻眼，或者，應該說是第三隻眼的窟窿。她的母親以前經常告訴她與奧珀兒，騙子蜘蛛維赫，為了要能夠看得更清楚，老是在偷別人的眼睛。維赫是當初來到這裡的那個白種男人，逼使舊世界以他的視角看待一切。好，你們看這邊，事情應該是這樣的，首先，你們要把自己的土地都交給我，然後，是你們的專注力，最後你們就會忘記當初是如何給了我。你們的雙眼逐漸枯乾，最後看不到眼後與眼前的一切，能夠清楚辨識的只剩下針管、酒瓶，或是吸食器。賈姬在車內對著方向盤狠狠捶拳，一直到無法使力才罷手，最後她斷了小指。

那是十三年前的事，當時她滴酒不沾了整整六個月，開始酗酒之後的最長紀錄。

不過，自此之後，她每天都會直接開車到酒品專賣店，接下來的那六年，每晚都會有七百五十毫升的威士忌入肚。她當時是奧克蘭轉運公車的駕駛，五十七號線，一個禮拜六天進出奧克蘭。她每天晚上都喝到能夠在控制範圍內的無感狀態，一早醒來之後去工作。某一天，她在車內睡著了，把自己開的公車撞向電線桿。她在戒癮中心待了一個月，之後她就離開了奧克蘭。她依然不知道也不記得，自己是怎麼到了阿布奎基。某一天，她在印地安人衛生服務署贊助成立的某間印地安診所找到了櫃檯工作，最後，在根本不是非常清醒的狀態下，她透過工作機構支付的線上課程，成了有合格執照的物質濫用諮商師。

她待在旅館房間裡，坐貼房門，想起了奧珀兒這些年寄來有關外孫們、但她一直不肯看的那些電郵。她站起來，走到書桌前，打開筆記型電腦，在她自己谷歌電郵帳號裡搜尋奧珀兒的名字。她打開了每一封有夾檔符號的電郵，隨著一張張的照片，走過了那些歲月，生日、第一次騎單車，以及他們的圖畫作品。還有短片可以看到他們在廚房打架，睡在上下床鋪，全擠在同一個房間。三人擠在某個電腦螢幕前面，臉龐有映射的亮光。有一張照片讓她看了好心碎，他們三個全排在奧珀兒的前面，奧珀兒的眼神冷靜自持，不帶任何情緒，盯著賈姬，因為這些歲月還有他們所歷經的一切，奧珀兒的表情在呼喚她，快過來找他們，他們是妳的外孫。最小的那一個只露出一半笑容，似乎是剛剛被哪個哥哥打了一下手臂，但奧珀兒告訴他們為了這張照片最好要保持微笑。老二則不知是假裝還是真有那個意思，在胸前擺出了幫派的手勢，露出燦爛笑容，老大最像賈姬的女兒潔咪。年紀最大的那個沒有笑容，他像奧珀兒，像賈姬與奧珀兒的母親：維琪。

賈姬想要去找他們，她想要喝一杯，她想要喝個痛快，她需要參加一場聚會。先前她看到匿名戒酒協會為這場會議所舉辦的聚會在二樓舉行，時間是每天晚上的七點半。在心理健康／物質濫用預防為主題的會議中，總是會有這樣的聚會，有一堆像她這樣的人，之所以會進入這個領域，是因為他們有過親身體驗，希望能夠幫助別人不要重蹈覆轍，進一步在自己的工作中找到意義。她以袖子抹去臉上的汗水，這才發覺空調早就關掉了。她走到控制器前面，把冷氣開到最強，在等待溫度轉涼的時候睡著了。

✦

賈姬誤以為自己已經遲到了，趕緊匆匆走入房間裡面。八張椅子所組成的小圈圈坐了三個男人，他們後方擺放了零食點心，根本沒有人碰。這是有一堆日光燈管吱吱作響的小型會議室房間，前頭的牆面放了塊白板，單調的灰白色光籠罩了一切——看起來像是電視中的十年前場景。

賈姬走到後桌，盯著一字排開的食物——看起來超老舊的自動滴漏式咖啡機裡的一壺咖啡、起司、餅乾、肉，還有以扇狀排開的迷你芹菜棒，中間擺放了各式各樣的沾醬。賈姬拿了一根芹菜棒，為自己倒了杯咖啡，走過去與大家坐在一起。

他們全都是留著長髮的年邁原住民——兩個戴著棒球帽，另一個似乎是小組領導人的男子則戴的是牛仔帽。他向大家自我介紹，他名叫哈維。賈姬側頭，那張面孔黏了一大坨脂肪，但眼鼻口就是他沒錯。賈姬不知哈維是否認出了她，因為他以上廁所為由離開了。

賈姬傳訊給奧珀兒：猜猜看我現在跟誰開會？

奧珀兒立刻回訊：誰？

惡魔島的哈維。

誰？

哈維，就是我棄養的那個女兒的生父。

不會吧？

真的。

妳確定嗎？

對。

妳打算怎麼辦？

不知道。

妳不知道？

他剛剛回來了。

奧珀兒寄了一張男孩待在房間裡的照片，癱躺的姿勢全部都一模一樣，戴著耳機，盯著天花板。賈姬先前告訴奧珀兒不要用訊息的方式傳照，只能用電郵，因為要是用那種方式直接傳照很可能會毀了她的一天，從那之後，這是奧珀兒第一次以訊息寄發照片。賈姬頻頻拉大相片，不斷端詳每一個人的臉。

會議結束之後會找他一談。賈姬傳完簡訊之後，把手機調為靜音，收好。

哈維坐下來，根本沒看賈姬。他只是做了個簡單的手勢，掌心向上，指向了她。

賈姬不知道他現在根本不看她，再加上他剛剛去了洗手間，是否意味他已經認出了她？反正，現在輪到她說出自己的故事或是分享她願意講出的部分，只要她一說出自己的名字，他就會知道了。賈姬雙肘壓住膝蓋，傾身面向團體。

「我是賈姬．紅羽毛。我並不是要說自己酗酒的事，我要說的是：我已經不喝酒了。以前酗酒，但現在並沒有。我已經保持十一天滴酒不沾，很慶幸自己來到這裡，感謝各位花時間陪伴與聆聽，謝謝大家來到這裡。」賈姬咳嗽，喉嚨突然失聲。她吃了顆喉糖，動作之隨意，可以看出她經常吃喉糖，抽菸抽得很兇，而且咳嗽一直好不了，但吞喉糖可以壓得住，所以她經常吃。「演變成酗酒問題的問題根源，其實早在酗酒之前就發生了，而我就是在那時候開始喝酒的。我倒不是怪罪自己的過往，也不是無法接受。我和我家人曾經待過惡魔島，一九七〇年的原住民佔領時代。那裡就是我一切的起點，都是因為那個小屁孩。」賈姬說完之後，特意直視哈維，他不安地蠕動了一下，但除此之外就沒了，只是眼神放空盯著地板，維持聆聽的姿勢。「也許他當時不知道自己到底在幹什麼，但話說回來，也許他繼續狂幹一票女人，運用暴力將她們的『不』曲解為『要』。現在，我知道了，這種人到處都是，不過，從我與他在那座島的短暫相處時光看來，我猜他之後依然故我。自從我母親過世之後，我們就與某個陌生人同住一個屋簷下，是個遠房親戚。我對此十分感恩，我們有東西吃，有地方遮風避雨。不過，那時候我放棄了女兒，送養給別人。那是我在島上出事時懷的女兒。我放棄她的時候十七歲，我笨死了，就算現在我想要找她，也不知道該如何找起，因為那是資料密封式的領養。之後，我又生了另外一個小孩，但我因為酒癮也搞砸了——每天晚上喝掉一瓶七百五十毫升的酒，什麼都可以，只要不超過十美元就行。然後，我出了嚴重狀況，他們告訴我，如果我想要保住工作，就得要戒酒。然後，我為了要繼續酗酒，乾脆辭了工作，我女兒潔咪當時離家出走，所以更讓我陷入完全崩潰，然後接下來就是一連串可怕的酗酒故事。現在，我努力回頭，我女兒死了，身後留下了三個兒子，但我也拋棄了他們。我是想要努力回頭，但就像我說的一樣，才十一天，那感覺就像是你被困住了，然後越陷越深，越陷越深。」賈姬咳嗽，清了一下喉嚨，隨後沉默無語。

她抬頭望著哈維，還有其他的小組成員，大家的頭都低低的。她不希望以那樣的話作為結尾，但也不想繼續說下去。「我不知道……」她說道，「我想我講完了。」

整個小組好安靜，哈維清了清喉嚨。

哈維開口：「謝謝妳。」然後向下一名與會者示意，請對方發言。是個老人，賈姬猜測應該是納瓦霍族。他脫下了帽子，就像是某些印地安人在祈禱時所做的動作一樣。

「我參加了某場聚會，從此扭轉了一切，」他說道，「不是這一種，聚會對我來說一直很重要。我成年之後，幾乎都在酗酒吸毒，斷斷續續。我成家了好幾次，但我的癮頭卻讓他們失望放棄。然後，我的某個哥哥為我安排了一場聚會，所謂的『原住民教會』……」

賈姬沒有繼續聽下去。她原本以為在哈維面前講出他的事，應該會讓自己比較舒坦。不過，她盯著他聆聽大家說故事的模樣，覺得他過往應該過得很辛苦。賈姬記得他在島上時講述自己父親時的情景，自從他們到了島上之後，就根本再也沒見過他的父親。賈姬想到了惡魔島，不禁回憶起她們離開那天見到哈維的情景。她才剛剛登船，就看到他在水裡。幾乎沒有人會下海，冷得要死，而且——大家都深信不疑——水裡到處都有鯊魚。然後，賈姬看到哈維的弟弟洛基衝向山坡，大喊哈維的名字。船隻即將啟航，大家都坐了下來，但賈姬依然站著不動，她母親伸手扶住女兒的肩頭，她一定覺得賈姬很難過，所以就任由她站在那裡數分鐘之久。哈維沒有在游泳，似乎是躲在水裡。然後，他對著弟弟大吼大叫，洛基聽到了，衣服沒脫就直接跳下水，小船出發了。

維琪開口：「好了，我們要離開了，賈姬，趕快坐下來吧。」

賈姬乖乖坐下，但依然死盯不放。她看到那對兄弟的父親步履蹣跚，從山坡上下來，手裡拿著東西，可能是棍子或球棒。船隻緩緩穿越海灣，一切變得越來越渺小。

「在這個如果不是摧毀我們，就是把我們鍛鍊到就連最需要崩潰的時候，性情依然無比冷酷的世界當中，我們都歷經了許多自己也不明瞭的事物。」現在是哈維在講話，賈姬這才發現剛才自己都沒在聽。

「墮落似乎成了剩下的唯一選項，」哈維繼續說道，「不是酒精。印地安人與酒精之間並沒有特殊關係，純粹就是因為便宜、容易買得到，而且合法。當我們似是一無所有的時候，我們就只能借酒澆愁，我也酗酒，而且持續了很長一段時間。但我不再對自己催眠同一個故事版本，有關喝酒是唯一的解方，我過得有多麼辛苦，我有多麼冷酷，還有，面對這種疾病的自我療癒的故事就是我的本命、我的不幸，以及歷史包袱。當我們看透故事其實就是我們自己過生活的方式，我們才能夠產生改變，持續不斷。我們想要幫助與我們處境相似的人，想要讓世界變得更好一點。然後，故事就此開始，我想要在這裡說的是，對於我的過往，我感到很抱歉。」哈維抬頭，望向賈姬，但她迴避了他的目光。「我也覺得羞慚，那種會持續到殘命結束多年之後依然無法消散的羞慚。那種會讓你覺得罵聲幹、何不乾脆回去酗酒當成了斷的那種羞慚。我對於自己長期以來所傷害的每一個人感到抱歉，我實在爛得可以，根本沒發現自己的問題。我沒有藉口，光是道歉都比不上……比不上承認自己搞得一塌糊塗、傷害了大家，而且再也不希望重蹈覆轍來得有意義。大家也不要這麼對待自己，有時候這是最困難的部分。所以，就讓我們跟以往一樣，在此告一段落，不過，且讓我們確實聆聽禱文，彷彿是真心誠意唸出來。上帝啊，請賜予我平靜的心……」

大家齊聲唸出禱文，賈姬一開始不想跟，但突然發現自己也與大家一起唸了出來，直到最後一句，「……並賜予我分辨兩者的智慧。」

大家走出房間，只剩下他們兩人，賈姬與哈維。

賈姬雙手疊放在大腿上，她動不了。

哈維說道：「好久不見。」

「嗯。」

「妳知道嗎，這個夏天我會回去奧克蘭。就在這兩個月，其實是為了豐年祭，但也是因為——」

「這表示我們一切如常？就像是老朋友一樣？」

「難道妳留下來不就是為了要聊一聊嗎？」

「我也不知道我為什麼要留下來。」

「妳剛才說我們之間的事，我在惡魔島上所做的事，還有妳把她送養，我現在才知道，我對這一切感到很抱歉。我也剛剛發現我有個兒子，他透過臉書找到了我，他住在——」

「你在說什麼啊？」賈姬講完之後就起身，準備離開。

「我們可不可以重新開始？」

「我才不鳥你的兒子或是你的人生。」

「有沒有辦法可以找到？」

「找到什麼？」

「我們的女兒。」

「不准這麼叫她。」

「她也許想要知道自己的身世。」

「她不知道的話，對大家都好。」

「那妳的外孫呢？」

「不要問。」

「我們不需要這樣下去。」哈維脫掉帽子，頭頂已經全禿，他站起來，把它放在椅子上面。

賈姬問道：「你要怎麼跟他說？」

「說什麼？」

「你跑到哪裡去了。」

「我不知道。賈姬，聽我說，我覺得妳應該要考慮跟我一起回去，回到奧克蘭。」

「我們根本不熟。」

「妳不用付錢。我們開一整天的車，過一晚，然後就可以到達奧克蘭。」

「所以你已經找到了所有的答案？」

「我想要幫點忙。我當初對妳所做的事，已經沒有辦法挽回，但我得要努力一試。」

賈姬問道：「你戒酒多久了？」

「從一九八二年開始。」

「靠。」

「那些小男生需要他們的外婆。」

「我不知道。而且靠你根本不了解我的生活。」

「也許我們可以找到她。」

「天，媽的給我閉嘴。不要再裝得你很了解我，好像我們有什麼話可以互相訴說，一直想要找尋彼此，彷彿我們不只是——」賈姬戛然而止，起身，離開了房間。

「有很多方法可以——」

「不要。」

哈維在電梯口堵住她。

「賈姬，抱歉，拜託妳好嗎？」

「拜託什麼？我要走了。」她又按了一下已經亮起的按鈕。

「妳不會希望之後徒留遺憾，」哈維說道，「妳也不會希望繼續過這樣的日子。」

「你就是不覺得你自己是害我人生轉向的元兇。如果我最後只能找你求援，靠，那我還不如自殺算了。你明白嗎？」電梯門打開，賈姬走了進去。

「發生這一切，我們會在這種狀況下相遇，想必是有什麼原因。」哈維伸出手臂，擋住了整個電梯門。

「原因就是我們兩個都搞得亂七八糟，而且印地安人的世界很小。」

「好，那就別跟我一起來，沒關係。連我的話也不需要聽。但妳自己剛才也在小組裡說過了那句話，妳知道自己想要什麼，妳說過的，妳想要回頭。」

「嗯。」

「嗯，」哈維問道，「嗯表示妳會回來？」

「我會考慮一下。」

哈維終於放開電梯門。

✦

賈姬回到房間之後，躺在床上，拿枕頭蓋著自己的臉。然後，她根本沒多想，起身走到小冰箱前面，打開了它，裡面裝滿了各式各樣的酒飲，啤酒、小瓶的紅酒。一開始的時候，她覺得好開心，想到那種舒暢、自在、安適的感覺，一開始只要六瓶就夠了，然後，就是無可避免會喝滿十二瓶，接下來是十六瓶，因為一旦被困住了，一旦起了頭，這麼一來，纏黏的那張網就無所不在，伸手就會沾到。賈姬關上冰箱，把手伸到後面，拔掉插頭。她把電視下方的小冰箱拉出來，使出全身氣力把它移到門邊，裡面的瓶子哐啷作響，宛若在抗議一樣。她逐一移動邊角，慢慢推了出去，她把小冰箱移到外頭的走廊，然後回到房內，打電話給櫃檯，請他們拿走。她滿身大汗，還是很想要喝一杯，在他們上樓取走冰箱之前，她依然有充裕的時間拿酒。她必須要離開這裡，立刻換上了泳衣。

賈姬繞過冰箱，穿過走廊之後才發現忘記帶香菸，她轉身，回房去拿菸。當她再次從房間出來的時候，小腿碰到了冰箱。

「幹！」她低頭望向冰箱，「你！」她四處張望，確定沒有人過來，然後打開了冰箱門，拿出了一瓶酒，又一瓶，用毛巾裹住了六瓶，最後是十瓶。進入電梯的時候，她的懷裡抱了一堆酒瓶。

她走回空無一人的泳池，爬梯入水，一直悶在水底，直到肺痛才起身。每當她浮出水面的時候，都會特別注意那一坨以毛巾裹住的酒瓶。憋住呼吸的時候會產生某種疼痛，而離水呼吸的時候又會得到一種暢快感，這就像是告訴自己再也不喝酒了、但後來又開喝一樣。這兩者都有臨界點，也都有互相折衝讓步的空間。賈姬沉入水中，來回游泳，不得不呼吸的時候才浮上來。

她想到了自己的外孫們，他們與奧珀兒的合照、奧珀兒的臉孔，還有她的目光對賈姬所說的話：快過來找他們。

賈姬離開泳池，準備拿毛巾，她抱回那一坨東西，然後把它高高拋向空中，讓它落水。她望著那條白色毛巾緩緩下沉，平攤，那些酒瓶也全部落在水底。她轉身，走向大門，回到了自己的房間。

她傳訊息給奧珀兒：要是我去奧克蘭的話，可以住妳家嗎？

歐維・紅羽毛

歐維身穿他的傳統服飾，站在奧珀兒臥室的鏡子前面，渾身不對勁。他並沒有穿反，他真的不知道自己是哪裡弄錯了，但看起來就是不合格。他在鏡子前走動，羽毛也跟著搖晃，他看到了自己的猶疑，眼中的擔憂，全都在鏡像裡顯現。

他擔心奧珀兒會突然進入他的臥房，看到歐維正在……什麼？太複雜了，很難解釋。他不知道要是被她逮個正著的話，她會採取什麼樣的舉動。自從奧珀兒開始照顧他們之後，就表明態度反對他們從事任何與印地安有關的活動。她儼然把它當成了他們到一定年紀之後才可以自己作主的活動，就像是喝酒啊開車啊吸菸啊投票什麼的，印地安活動也是。

「風險太高了，」她以前是這麼說的，「尤其是豐年祭的時候。像你們這樣的男生？絕對不可以。」

歐維不知道她所說的風險是什麼。多年前他在她衣櫃裡尋找聖誕禮物的時候，意外挖出了這套傳統服飾，他曾經問過她，為什麼從來不教導他們有關印地安的事。

「根據夏安族的風俗習慣，我們先讓你們自學，然後等到你們準備好之後再教你們。」

「根本不合理，」歐維當時回她，「要是我們可以自學，那我們就不需要有人教我們了啊，都是因為妳一直在工作。」

他發現他的外婆已經不再盯著攪拌中的鍋子，他立刻拉了張椅子，坐了下來。

「歐維，不要逼我講出那種話，」她說道，「我已經講都不想講了。你也知道我的工作量有多大，每天得拖到多晚才能回家。我要完成我負責的路線，而且郵件就像帳單一樣不斷進來。你們的手機、網路、電費、食物，還有房租、衣服、巴士與火車的交通費。親愛的，聽我說，你想要了解這些事，我很欣慰，但是要學習你的傳統是某種特權，我們沒有的特權。反正，無論你從我這裡聽到了什麼傳統，也不會讓你的印地安原色產生任何增減，不會讓你的印地安人的真我產生任何增減，絕對不要讓任何人告訴你當印地安人是什麼意涵。我們有太多族人只是為了求得我們在這裡、此刻待在這間廚房中的生活之分微絲毫而死亡。你、我，我們族人的每一份子，造就了這珍貴的一切。你之所以是印地安人是因為你是印地安人，因為你是印地安人。」

她又回頭繼續攪拌，當作是這段談話的結尾。

歐維問道：「所以要是我們有更多的錢，妳不需要這麼拚命工作，那麼狀況就會不一樣？」

奧珀兒·薇拉·維多莉亞·熊盾牌。對大塊頭的老太太來說，是一個沉重又古老的名字。其實，她不能算是他們的外婆，但就印地安人來說，她的確是。當她向他們解釋她為什麼是熊盾牌而他們是紅羽毛的時候，她就是這麼說的。其實，她是他們的姨婆。而他們真正的外婆，賈姬·紅羽毛，住在新墨西哥州。奧珀兒是她同母異父的妹妹，但是她們一起長大，一直和生母在一起。賈姬的女兒潔咪是這些男孩的母親，但潔咪唯一的付出就是把他們生下來而已。當她懷孕的時候，根本沒戒毒，他們兄弟三人的人生都是從戒斷作為起點，全都是海洛因寶寶。潔咪在歐維六歲的時候自戕，開槍對準自己的眉心，而他的兩個弟弟分別是四歲與兩歲。奧珀兒在他們母親死後正式收養了他們，但其實在此之前就經常照顧他們。歐維對自己的母親沒有什麼印象，他是在某個深夜，外婆以廚房電話和朋友聊天的時候，偷聽到了這些細節。

「講一下她的事嘛……」歐維只要一逮到機會，發現奧珀兒心情好、貌似願意回答的時候，馬上就會提出央求。

「都是因為她，你們才會有這些拼法超麻煩的名字。」某天晚上，大家在吃晚餐的時候，隆尼告訴他們，學校裡的小孩喊他「小馬隆尼」❹。

隆尼抱怨：「沒有人講對我的名字。」

歐維問道：「是她取的嗎？」

「當然是她啊，不然還有誰？她不是笨蛋，她當然知道該怎麼拼字。她只是希望你們有特別的名字，這一點我不怪她，我們的名字本來就該與眾不同。」

「她蠢爆了，」魯瑟說道，「那鬼名字好爛。」他起身，把椅子往後一推，走了出去。大家的發音明明都正確❺，但對於名字拼法怨念最深的一直就是他。沒有人注意到歐維的名字拼法其實應該是Orville——最後面還多出兩個無用的l與e。至於隆尼，要不是因為奧珀兒認識他們的

❹ 小馬為Pony，與Lony只差首字子音。
❺ 音近似魯蛇。

媽媽，知道她的說法，哪會有人知道隆尼與「小馬」根本沒有任何關係。

✦

歐維好不容易才穿上傳統服飾，站在奧珀兒衣櫃門的全身鏡前面，鏡子對他來說一直是一大障礙。當他望著鏡中的自己時，腦袋裡經常浮現的字詞就是愚蠢。他也不知道為什麼會這樣，但這似乎是重點，而且千真萬確。這套傳統服飾讓人全身發癢，已經褪色，尺碼太小，穿起來跟他想像中的不一樣。他並不知道自己想要挖掘出什麼，扮印地安人也並不符合他的期待。其實，歐維學到的關於印地安人的種種，都來自於虛擬世界。他在網路上一直看豐年祭影片段落、紀錄片，狂讀像是維基百科、Po2Wows.com，以及Indian Country Today之類的網站，在谷歌上查詢「真正的印地安人是什麼意思」之後，他點了幾個鏈結，看到的是亂七八糟、主觀性強烈的論壇，最後，他還在urbandictionary.com發現了他從來沒聽過的字彙：假印地安人（Pretendian）。

當歐維第一次在電視上看到舞者的時候，他就知道自己想跳舞，彼時的他十二歲。那是十一月的某一天，所以要在電視上找到印地安人的畫面並不難。其他人都已經上床睡了，他亂轉頻道，發現了那名舞者。身穿完整傳統服飾的他出現在螢幕，他舞動的那種方式，儼然地心引力對他來說具有不同的意義。就某種程度來說，那就像是霹靂舞一樣，歐維心想，但它卻兼具了新意——以及古老的樣態——甚至可以說很酷。他錯過了好多，沒有得到傳承，也完全沒有人告訴他。就在那一瞬間，就在電視機前面，他恍然大悟，他是某種非比尋常事物的一部分，那是一種可以為其跳舞的非比尋常之事物。

所以，現在歐維穿著偷來又太過緊繃的傳統服飾站在鏡前，他自己覺得，這身穿著打扮像是個印地安人。有獸皮與繫結、緞帶和羽毛、骨製護胸甲，下垂的雙肩，是站著沒錯，卻雙膝發軟，一個冒充者、抄襲人、在玩扮裝遊戲的男孩。不過，在那愚蠢呆滯的目光之後，卻流露出他經常盯著弟弟們的那種表情，那種批判嚴厲的眼神，他幾乎看得一清二楚，這正是他一直專注凝視，一直站在鏡前的原因。他正在等待某種真相在他面前現身——有關於他自己。雖然他只是在表演，雖然他覺得自己從頭到尾都是冒牌貨，但是像印地安人一樣穿著打扮，像印地安人一樣跳舞，這一點很重要，因為在這個世界中，唯一能夠成為印地安人的方式就是扮演印地安人，是不是印地安人，完全就看這一點了。

✦

今天，紅羽毛兄弟要為小弟隆尼買一輛新的腳踏車。前往商店的途中，他們先去了印地安中心。歐維在臉書上看到了某個說故事計畫，他打算講故事之後領取兩百美金。

魯瑟與隆尼在走廊等待，而歐維被某個男人帶入某間房間，對方自我介紹，名叫迪恩·奧克森登。

迪恩叫歐維坐在某部攝影機前面，然後自己坐在攝影機後方，交疊雙腿，傾身靠近歐維。

迪恩說道：「請說出你的姓名、年齡，還有出身哪裡？」

「好，歐維．紅羽毛，十四歲，奧克蘭。」

「哪一族呢？知道自己是哪一族嗎？」

「夏安族，來自我媽媽那邊的血統。」

「你是怎麼知道這個計畫？」

「臉書。上面說我可以拿到兩百美元？」

「對。我在這裡要蒐集故事，讓我們的族人與類似我們處境的部族可以透過網路收聽與收看。當你聽到同類的人說出故事，就不會感覺那麼寂寞了。當你覺得自己沒那麼寂寞，彷彿有一整個部族在支持你守護在你身邊的時候，我相信你可以過著更好的生活，你覺得有沒有道理？」

「當然。」

「當我提到『故事』的時候，你覺得是什麼意思？」

「我不知道。」歐維沒多想，也學迪恩雙腿交疊。

「努力講講看。」

「就是把自己發生的事告訴別人。」

「很好，基本上就是這樣。現在，把你自己的故事告訴我吧。」

「像是什麼？」

「這就看你了。和你剛剛說的一樣，不需要是什麼大事。就把你覺得重要的事告訴我，立刻浮現腦中的事。」

「我和我的弟弟們，最後怎麼會和我們的外婆住在一起的事。那是我們第一次誤以為媽媽吸毒過量之後所發生的事。」

「要不要說一下那天的情景？」

「我小時候的事幾乎都想不起來了。但那天我記得非常清楚。是星期六，所以我和我弟弟們一整個早上都在看卡通。我進廚房幫我們大家弄三明治，發現她趴在廚房地板上。她的鼻子整個壓在地板上，還在流血，我知道狀況不妙，因為她的手臂彎折貼著肚子，看起來像是嗑了藥，走著走著就暈過去了。我馬上叫我的弟弟去前院，我們那時候住在三十八街，某間小小的藍色屋子，有一小塊柵欄圍起的草坪，年紀小的時候在裡面玩耍還綽綽有餘。我拿了媽媽的化妝鏡，放在她鼻子底下，我在某個電視節目看過有人這麼做，然後，我發現幾乎沒有任何霧氣，趕緊打電話給九一一。由於我告訴接線員家裡除了媽媽之外，就只有我和兩個弟弟，所以他們派了兩輛警車，還有一個兒童保護服務局的工作人員，一個年紀很大的印地安男人，除了那一次之外，我就再也沒看過他了。那是我第一次聽到我們是印地安人，他光看我們的長相就知道這一點。他們把我們的媽媽抬上擔架，然後社工拿了一盒火柴在我弟弟們面前變魔術，或者，他只是一直在那裡劃火柴，感覺像是在變魔術一樣，我不知道。因為他的關係，他們才會打電話給我們的外婆，最後我們被她收養。他帶我們去他的辦公室，詢問除了我們的媽媽外還有誰，他與我們的外婆奧珀兒談過之後，我們就離開了，然後我們與她在醫院會合。」

「然後呢？」

「我們就和她一起回家了。」

「和你們的外婆？」

「對。」

「你的媽媽呢？」

「我們到醫院的時候，她已經出院了，原來她只是跌倒昏過去，不是吸毒過量。」

「很好的故事，謝謝。我的意思是，不是開心的事，但謝謝你告訴了我們。」

「我現在可以拿兩百美金了嗎？」

歐維和弟弟們離開印地安中心，直接前往西奧克蘭的塔吉特購物中心，準備為隆尼買腳踏車。隆尼騎乘的是魯瑟腳踏車的後座——站在後輪火箭筒上面。雖然提起這故事很悲傷，但歐維覺得講出來也好，屁股口袋的那兩百美金禮券讓他更是開心，他忍不住露出微笑。不過，他的大腿，他好久以前就發現大腿裡有腫塊，最近一直在癢，他忍不住就是抓個不停。

到達塔吉特購物中心外頭的時候，歐維對魯瑟說道：「剛剛在廁所裡的時候我差點挫賽。」

魯瑟回他：「那不是很正常嗎？」

「閉嘴啦，魯瑟，我是認真的。」

魯瑟問道：「怎樣？難道是拉不出來嗎？」

歐維說道：「我坐在廁所裡面，一直在摳那東西。你記得我的腫塊嗎？我覺得有東西從那裡冒出來。所以我就用力拉，嗯，拉了一隻出來，把它放在摺起來的衛生紙上面，然後又回頭拉出另一隻，之後又是一隻，我非常確定那就是蜘蛛腿。」

「噗——」魯瑟哈哈大笑。就在這個時候，歐維把一疊整齊摺好的衛生紙拿給他看。

魯瑟說道：「我看看。」

歐維打開那一坨衛生紙，給魯瑟看裡面到底是什麼。

「靠，這什麼啊？」

歐維回他：「就是從我大腿裡拔出來的東西。」

「你確定那不是，嗯，什麼碎片嗎？」

「不是啊，你看看腳彎的地方，有關節，而且還有腳尖，而且到了腳的末端似乎還逐漸變細，你看。」

「超怪的！」魯瑟說道，「但另外五隻呢？我是說，如果真的是蜘蛛腿，應該有八隻吧？」

歐維還沒來得及開口或放好蜘蛛腳，魯瑟已經在看手機了。

歐維問他：「你在找資料嗎？」

魯瑟沒回答，只是不斷點手機，滑動，等待。

「有沒有找到什麼？」

魯瑟回他：「沒，什麼都沒有。」

隆尼帶著自己的單車走出來，歐維與魯瑟瞄了一下，點點頭，隆尼看到他們點頭，自己也露出了微笑。

「我們走吧。」歐維講完之後，戴上耳機，回頭看了一下兩個弟弟，他們也都戴上了耳機。他們回頭前往伍德街。經過塔吉特商場招牌的時候，歐維想起去年他們同一天在塔吉特買手機，當成提早領到的聖誕禮物。都是最便宜的機型，但至少不是折疊式手機，都是智慧型手機，他們需要的功能都不成問題：打電話、傳訊、播放音樂，還有靠手機上網。

他們排成一直線往前騎，專心聆聽自己手機裡的音樂。歐維主要聽的是豐年祭音樂，轟隆鼓響的活力與歌聲的強度之中含有某種內蘊，彷彿是一種對身為印地安人特別有感的某種急切。他也喜歡合唱人聲的力道，那些高頻的悲嘆交融在一起，很難判斷有多少人在唱歌，有時候聽起來像是十名歌者，有時像是一百人。甚至還有一次，他閉上雙眼，在奧珀兒房內跳舞的時候，他覺得那是他所有的祖靈成就這一切，所以他可以在那裡跳舞，聆聽那樣的音樂，耳內傳來他們吟唱自己所歷經的艱辛歲月。不過，那也是他的弟弟們第一次看到他身穿傳統服飾、跳著那種舞步，他們覺得很好笑，一直大笑不止，但承諾絕對不會告訴奧珀兒。

至於魯瑟，除了他自己的音樂之外，他只聽三個饒舌歌手：饒舌錢思、阿姆，還有運動衫小霸王。魯瑟會自己寫詞，靠著他在網路上找的演奏版音樂，錄下自己的饒舌作品，還會叫歐維與隆尼當聽眾欣賞，逼他們附和他自己超厲害。至於隆尼，他們是到了最近才發現他喜歡的音樂類型。

某天晚上，魯瑟在他們的房間裡開口問道：「你有沒有聽到那個？」

歐維開口：「嗯，好像是合唱還是唱詩班的吧？」

魯瑟回他：「對，像是天使那種東西。」

歐維問道：「天使？」

「對，就像是那些人把他們搞出來的那種聲音。」

「把他們搞出來的那種聲音？」

「我是說電影啊什麼的，」魯瑟說道，「閉嘴，還在播啊，專心聽啦。」

接下來的那幾分鐘，他們一直專心聆聽遠方傳來的交響曲，從一英寸喇叭傳送而出的和聲，被隆尼的耳朵壓住了——他們開始相信是真的有些什麼，好過他們以為的那種聲音。最早發覺答案的人是歐維，他正準備要叫隆尼的名字，但魯瑟卻起身，伸出食指貼唇，然後走過去，動作輕柔，摘掉隆尼的耳機。他把其中一只耳機貼向自己的耳朵，微笑，他看了一下隆尼的手機，笑得更燦爛了，然後，他把手機拿給歐維看。

歐維問道：「他聽貝多芬？」

他們騎到了十四街，朝市中心方向前進。沿路穿越市中心，到了東十二街，可以讓他們通達水果谷，這裡沒有腳踏車專用道，但路面夠寬敞，所以就算東十二街的車輛恣意而行，會突然微微偏道而且速度偏快，還是比騎在有邊溝的國際大道好多了。

他們到了水果谷、國際大道，之後在溫蒂漢堡的停車場稍作暫停，歐維與魯瑟取出自己的手機。

隆尼問道：「喂，真的假的？歐維的大腿長出蜘蛛腳？搞什麼啊？」

歐維與魯瑟互看一眼，爆出大笑，隆尼差點罵髒話，每當他講話的時候，總是聽起來超嚴肅又超好笑。

隆尼開口：「拜託啦。」

歐維回他：「隆尼，是真的。」

隆尼問道：「什麼意思？是真的嗎？」

歐維說：「我們不知道。」

「打電話給外婆吧。」

魯瑟問道：「要說什麼？」

「就把事情告訴她啊。」

歐維開口：「她一定會大驚小怪。」

隆尼問道：「網路上怎麼說？」

魯瑟只是搖搖頭。

歐維回他：「似乎是印地安人的特質。」

魯瑟問道：「什麼？」

「蜘蛛啊什麼的。」

隆尼說道：「絕對是印地安人特性。」

魯瑟回道：「也許你應該要打電話給她才是。」

「幹，」歐維嗆他，「但明天就是豐年祭了。」

魯瑟回嘴：「豐年祭和蜘蛛腳有什麼關係？」

「你說得對，」歐維說道，「她應該不知道我們會去那裡。」

外婆沒接手機，他開始講話留言。他先講了他們幫隆尼買腳踏車，然後又說出蜘蛛腳的事。他在留言的時候，一直望著魯瑟與隆尼，他們一起緊盯那些蜘蛛腳。他們撥弄那些腳，移動衛生紙，那些蜘蛛腳也為之彎折。歐維的腹部一陣悸動，彷彿有什麼東西掉出體外一樣。他結束電話之後，拿了那些腳，以衛生紙包摺，塞進口袋裡。

✦

豐年祭的那一天，歐維醒來的時候全身發熱，他以枕頭的冰涼底面蒙住自己的臉。他想到了豐年祭，移開了枕頭，側著臉，專心聆聽他覺得應該是從廚房裡發出的聲響。他想要在出發之前盡量縮短他們與奧珀兒的相處時間。他拿枕頭打醒了兩個弟弟，兩人都發出哀號，翻身，所以他繼續打。

「我們出去的事不能讓她知道，她可能會幫我們做早餐，我們要說我們不餓。」

隆尼回他：「可是我很餓。」

魯瑟問道：「她對蜘蛛腳會怎麼說？難道我們不該聽聽看嗎？」

「不要，」歐維回道，「現在不要。」

魯瑟說道：「我真心覺得她不會在意我們去豐年祭。」

「也許吧，」歐維回道，「但萬一她很在意呢？」

歐維與弟弟們騎著腳踏車，以一直線的方式騎過聖里安德羅大道的人行道。到了灣區競技場體育館車站的時候，他們把腳踏車舉起來扛在肩頭，上了人行陸橋之後繼續騎，到達競技場體育館。

歐維帶引兩個弟弟，以順時針的方向繞行停車場外圍，他站起來，用力踩踏板，然後脫掉了全黑帽子，塞入帽兜外套前面的口袋。加快速度之後，他的雙手放開握把，抓了抓頭髮，他的頭髮變得好長，接近背部中央的位置。他拿出從外婆衣櫃中那套傳統服飾那裡找到的珠珠髮夾，將馬尾穿過帽子後方半圈狀的洞，靠的是下面一整排六個小黑色塑膠扣夾合。他喜歡那種啪的聲響，可以感受到那一整排壓扣全部貼封的感覺。他再次加速，順暢前行，回頭張望了一下，殿後的隆尼踩踏板踩得吃力，還吐出了舌頭，魯瑟則拿著手機對著競技場體育館頻頻拍照。它看起來好巨大，比起搭乘捷運或開車經過高速公路的時候都還要龐大。

歐維等一下就要在運動家隊與突襲者隊比賽的場地跳舞，要以舞者的身分參賽，他要跳的是從網路豐年祭影片學來的舞步，這將是他的第一場豐年祭。

隆尼上氣不接下氣，「我們可以停下來嗎？」

他們在停車場周邊的半路上停了下來。

隆尼說道：「我有事情要問你。」

魯瑟回他：「那就問啊，」

歐維看著隆尼，「閉嘴啦，魯瑟。隆尼，什麼事？」

「我一直想問，」隆尼開口，「嗯，什麼是豐年祭？」

魯瑟哈哈大笑，還摘下帽子猛敲自己的單車。

「隆尼，我們看過超多的豐年祭影片，你還在問什麼是豐年祭，這是什麼意思？」

「對，可是我從來沒有問過任何人，」隆尼回道，「我不知道我們在看的是什麼。」隆尼拉了一下黑黃色的運動家棒球帽的帽簷，順勢低頭。

歐維聽到空中有飛機過去的聲音，抬頭凝望。

「我的意思是，為什麼大家都要盛裝打扮，跳舞，唱印地安歌曲？」

「隆尼……」魯瑟用的是那種光喊出名字，就可以把你碾碎的哥哥語氣。

隆尼回道：「當我沒問。」

歐維說：「不是這意思。」

隆尼說道：「每次我問你們問題，都會讓我覺得自己好蠢。」

「是啦，不過，隆尼，你老是問蠢爆的問題，」魯瑟回他，「有時候很難回答。」

「那就直接說很難回答就好了啊。」隆尼緊壓自己的手煞車，猛嚥口水，盯著自己的手壓住手煞車，然後又低身緊盯前輪的夾器。

「隆尼，那些都只是古老的方式，跳印地安人的舞，唱印地安人的歌，我們要傳承下去……」

隆尼問道：「為什麼？」

歐維回他：「要是不這麼做的話，它們可能會消失。」

「消失？會跑去哪裡？」

「我的意思是，大家會遺忘。」

隆尼反問：「為什麼我們不能就直接創造自己的方式呢？」

歐維伸手抹了一下整個額頭，就像他們的外婆覺得心累時所做出的動作。

歐維說道：「隆尼，你喜歡印地安塔可餅的味道，對不對？」

「是啊。」

歐維問道：「你會不會自己直接發明什麼食物然後吃下肚？」

「真好笑耶。」隆尼還是低頭看著手煞車，但現在已經露出了淺笑，歐維見狀哈哈大笑，而且還在笑的時候冒出了一句蠢蛋。

魯瑟也大笑，但他已經開始在看手機。

他們繼續騎車，抬頭，看到了魚貫進入的車流，有數百人下車。這三個小兄弟停住不動，歐維下了單車，還有其他印地安人，正在下車，某些人已經穿上了全套的傳統服飾。如果他們的外婆不算的話，這些人可說是他們見過的真正印地安人，但他們真的很難判斷外婆具有什麼印地安特質。他們只認識她這個印地安人，除了他們的媽媽之外，但他們不太會特別想起媽媽或是有什麼記憶，他們只認識外婆。奧珀兒在郵局工作，負責送信，她在家的時候喜歡看電視，為他們做菜。對她的了解並不是很多。遇到特殊場合的時候，她會為他們準備烤麵包。

歐維拉緊背包的尼龍背帶，放開了單車把手，任由前輪搖搖晃晃，只靠身體後傾維持平衡。背包裡放有那件勉強合身的傳統服飾、他故意買大的那件超大二號尺碼黑色帽兜T恤，還有裝在密封袋裡面、現在已經被壓扁的三個花生醬果醬三明治。他希望他們不需要吃那東西，但他知道如果印地安塔可餅太貴的話——不像是運動家比賽一美元之夜的那種價格——那麼他們可能就得吃三明治了。

他們之所以會知道印地安塔可餅，全都是因為外婆會在他們生日的時候特別製作，這是她少數會從事的印地安活動之一。而她總是會提醒他們，這並非是什麼傳統，而是因為缺乏資源與期盼舒心食物下肚。

為了要確保他們每一個人至少都能吃到一個印地安塔可餅，他們往上騎，到了摩門教聖殿後面的噴泉。魯瑟最近才剛參加校外教學，地點是華金米勒公園，他說大家會把硬幣丟到裡面許願。他們叫隆尼捲起褲子，拿走了所有的硬幣，而歐維與魯瑟則對著噴泉階梯最上方的社群大樓丟石頭——這是聲東擊西之計，當時他們並不覺得這比在噴泉偷錢還嚴重。完成了他們有史以來最棒也最蠢的三人組任務之後，他們往下騎，到了林肯大道，從山坡衝下去的激快速度，宛若全世界什麼都不剩，只剩下流竄全身的速度與直撲雙眼的強風。他們到了位於聖里安德羅大道的海灣市集購物中心，他們拚命挖噴泉裡的錢，直到保全衝出來追人才善罷甘休。接下來他們又搭公車到柏克萊山丘的勞倫斯科學館，那裡有一座雙層噴泉，他們很清楚絕對不會有人摸走那裡的錢，因為只有有錢人，或是在師長全程監控下進行校外教學的小孩才會去那裡。他們搜刮了所有的銅板，拿去銀行換鈔票，總共湊到了十四點九一美金。

他們到達競技場體育館入口的時候，歐維轉頭問魯瑟是不是有帶鎖。

魯瑟回他：「每次都是你帶啊。」

「在我們出門前，我有問你。我說：『魯瑟，可不可以由你帶鎖，我不想弄壞了我的傳統服飾。』你真的沒帶？幹，我們該怎麼辦。我們離家之前我才問你的，你說哦好啊。魯瑟，你明明是這麼說的，哦好啊。」

魯瑟回道：「我一定是講成別的事了。」

歐維吐氣，說出了好吧，向他們以手示意，繼續跟他走，他們把自己的單車藏在競技場體育館另一頭的某個灌木叢裡。

隆尼說道：「要是我們弄丟了單車，外婆一定會宰了我們。」

「好，反正我們一定得去，」歐維回他，「所以就走吧。」

插曲

在大城市裡挖掘詭奇現象，
只需要睜大雙眼四處漫行就夠了，
生活中聚滿了無辜的禽獸。

——夏爾・波特萊爾

豐年祭

為了豐年祭，我們從全國四面八方而來。從保留區與大城市、農場小屋、堡壘、村莊、潟湖，還有保留區以外的託管土地區。我們來自北內華達州高速公路兩側，名為溫尼穆卡之類的城鎮，我們當中有些人遠從奧克拉荷馬州、南達科他州、新墨西哥州、蒙大拿州、明尼蘇達州而來，我們來自鳳凰城、阿布奎基、洛杉磯、紐約市、松嶺、阿帕契堡、西拉河、匹特河、歐塞奇保留區、羅斯巴達德、平頭、紅湖、聖卡羅斯、龜山、納瓦霍保留區。為了參加豐年祭，我們開車上路，獨行或結伴，以家庭為單位組成車隊，擠在旅行車、廂型車、福特野馬越野車的後座。在我們這些人當中，有的駕駛一天要抽掉兩包菸，或者是要一直喝啤酒，才能讓我們保持專注。我們當中某些人已經棄絕了那種令人生厭的生活，在那條滴酒不沾的漫漫紅色長路上，我們喝咖啡、唱歌、禱告、一直講故事，直到腸枯思竭為止。我們撒謊、騙人，剽竊我們的故事，在高速公路上掏心掏肺說出來，直到那漫長白線讓我們陷入沉默、讓我們停車休眠為止。我們累了，就找汽車旅館或旅館休息，或是把車停在路邊、公路休息站、卡車休息站、沃爾瑪的停車場，窩在車內睡覺。我們有老有少，各個年齡層的印地安人都有。

我們之所以舉辦豐年祭，是因為我們需要一個可以團聚的地方。跨部族的活動，歷史活動，能夠讓我們賺錢，讓我們努力的目標，為了我們的珠寶、歌曲、舞蹈、鼓。我們一直辦豐年祭，因為我們能夠共聚一堂見到與聽到彼此的地方並不多了。

我們參加「奧克蘭大型豐年祭」的理由各不相同。我們各自亂七八糟的懸盪生活被攏整為一條髮辮——編合了我們一路行來的一切過往。我們源源不絕而來，跨越了歲歲年年，不同的世代，前世今生以及來生，祈禱與手編傳統服飾成了我們的層層肌理，我們成了串珠，被縫綁在一起，我們有了羽毛，綁了辮子，被賜福，也遭到了詛咒。

奧克蘭大豐年祭

在奧克蘭競技場體育館的「奧克蘭大豐年祭」停車處，有一個特色，讓我們的許多車輛看起來像是同一陣線。我們的保險桿與後車窗貼滿了印地安口號貼紙，比方說，「我們依然在此」、「我的另一個交通工具是戰馬」、「你可以相信政府啊，去問問印地安人怎麼回事就知道了！」、「惡有惡報」、「地球不是我們祖先的遺產，而是我們向子孫的預借款」、「我們從一四九二年開始就在對抗恐怖主義」、「我的小孩不在榮譽榜，但她鐵定會唱部落榮歌」。還可以看到「斯米爾姐妹」[6]、「納瓦霍國族」、「納瓦霍國族」、「切羅基國族」等等的貼紙。「不再打混」與「美國印地安運動」旗幟被牛皮膠帶黏在天線上面。這裡看得到捕夢網平安符還有迷你鹿皮鞋，後照鏡掛

---

❻ 著名的原住民女籃球員。

有各式各樣的羽毛與珠飾小玩意兒。

我們是印地安人，美洲原住民、美洲印地安人、美洲原住民印地安人，北美印地安人、原住民，我們是名字被簡化為NDN以及Ind'in的印地安人，我們是註冊的印地安人與未註冊的印地安人，我們是「第一民族」印地安人，是印地安性格濃烈的印地安人。所以我們如果不是每一天都在想這些事，就是從來不想。我們是都會印地安人、原住民印地安人、保留區印地安人、出身於墨西哥與中南美洲的印地安人。我們是阿拉斯加原住民印地安人、夏威夷原住民、歐洲流亡印地安人、符合八大不同種族血液圖譜政策的印地安人、不太符合聯邦政府承認定義的那種印地安人。我們是部族的註冊成員、未註冊的不合格成員、部族委員會的成員。我們的原住民血緣可能是百分之百、二分之一、四分之一、八分之一、十六分之一，或是三十二分之一。

血液

噴濺而出的鮮血一片髒污，而當它在我們體內的時候卻是乾淨流動，血管裡的鮮血宛若藍色，皮膚之下的那套分枝網絡宛若地球的河流系統。血液裡有九成是水分，而且它也和水一樣，必須流動。鮮血必須暢流，不能偏離正道或撕裂或堵塞或分岔——當它在體內均勻散流的時候，基本血量不能有任何閃失。不過，要是鮮血噴出，它就會乾涸，綻裂，在空中爆開。

維吉尼亞殖民地在一七〇五年首次引入了原住民血液圖譜政策。要是你擁有至少二分之一的原住民血統，那麼你所享有的權利就無法與白人相提並論。後來，血液圖譜與部族成員資格被推翻，最後由各個部族自行決定。

在一九九〇年晚期，海珊下令製作以自身鮮血所書寫的可蘭經。現在穆斯林領袖不知該如何是好，以鮮血書寫可蘭經是罪，但摧毀它也是罪。

當白人到來，強佔之後所留下的傷口一直沒有痊癒。沒有處理好的傷口就會感染，成為某種新的傷口，就像是真實事件的歷史會轉化為一種新型態的歷史。我們一直沒有說出口、沒有被仔細聆聽的這些故事，正是我們需要被治療的部分。我們並沒有崩潰，但也不要搞錯了，別說我們很強韌。不要被摧毀，不要放棄，努力生存，並不是榮譽的勳章。難道你們會說某位差點遇害的受害人個性強韌嗎？

當我們要講述自己的故事時，大家會以為我們希望改變。大家會講出類似「酸溜溜失敗者」、「早該走出來了」、「不要再玩譴責遊戲了」之類的話。不過，這是遊戲嗎？只有那些跟我們一樣慘敗的人，才會看到那些自以為的贏家說出「放下吧」的時刻，臉上露出特別邪惡的一抹微笑。其實，先姑且不論你學到的是不是正確的歷史，或者它是否值得你深思。如果你擁有根本不須去考慮更別說是深思歷史的選項，那麼當你登上了會送上法式小點、會為你拍鬆枕頭的船隻之後，而其他人卻在大海裡或浮或沉，或是緊緊抓住必須輪流吹氣的充氣小船，那些人上氣不接下氣，從來沒聽過「法式小點」或「拍鬆枕頭」這種字詞，那麼，你所了解的脈絡就是以下這種狀況。高高站在遊艇上的某人說道：「底下那些人懶惰，而且也不像我們上面的這些人這麼聰明能幹，實在太遺憾了，我們是自己建立這些強大漂亮船隻的人，宛若君王暢遊七海的人就是我們。」然後，船上有別人說出類似這樣的話：「但這艘遊艇是你爸爸給你的，而且這些是他的奴隸們所帶來的法式小點。」就在這個時候，擁有遊艇的那位父親所雇用的一群流氓，將那個人拋入海中，那群流氓擺明了就是拿來剷除遊艇上所有煽動者的工具，避免引發任何不必要的波瀾，甚至是提到那名父親或是遊艇也不可以。就在此時，那個被丟下去的人苦苦哀求饒他一命，而小小充氣艇的人來不及救他，或者根本試都沒試，遊艇的速度與重量已經引發了退波。就在煽動者在遊艇下方被吞沒之際，大家竊竊私語，低聲達成共識，默默同意了那條潛規則，不要去想剛才發生了什麼事。過沒多久之後，那個建構了一切的父親，在人們的口中全成了傳說，在星空之夜下講給小孩聽的故事，不知道在什麼時候，又突然變成了有好幾個爸爸，高貴又睿智的祖先，而那艘船則是繼續徜徉航行。

要是你夠幸運，出生在曾經有祖先遭遇滅絕以及／或是當奴隸的家族之中，也許你會認為要是自己知道的更少，更越能夠保持天真無辜的狀態。這是不去挖掘真相、不要太深入觀察、小心翼翼繞過睡虎身邊的充分動機。除了自己的姓氏之外，其他就不要管了。追根溯源之後，你可能會發現自己的人生道路原來鋪滿了黃金，抑或是充滿了重重陷阱。

姓氏

在他們到來之前，我們並沒有姓氏。當他們決定要開始追蹤我們之後，給了我們姓氏，就像是開始喊我們印地安人一樣。這些都是企圖翻譯未果、被糟蹋之後的印地安名字，隨機亂取的姓氏，還有從美國將軍、海軍上將、陸軍上校，有時候是士兵的名字而來；有時候他們的姓氏就只是顏色而已，所以我們有了布萊克（黑色）、布朗（棕色）、葛林（綠色）、懷特（白色）、歐蘭吉（橘色）。我們成了史密斯、李、史考特、麥克阿瑟、雪曼、強森、傑克森。我們的名字是詩，是對動物的描繪，是合理至極也其實完全沒有任何道理可言的影像。我們是小雲朵、小人、孤獨人、公牛奔來、瘋牛、壞心牛、跳牛、鳥、鳥頭、國王鳥、喜鵲、老鷹、烏龜、烏鴉、海狸、青春之血、高人、東方人、霍夫人、飛出去。我們還有無馬、斷腿、手指甲、左手、駝鹿肩、白鷹、黑馬、兩條河、金牙、好毯、好熊、熊盾牌、黃人、盲人、花色馬、肚子驢、繫纜柱、他兒子、小不點。我們是狄克森、利文斯頓、瘦子、尼爾森、奧克森登、蛇、阿姆斯壯、米爾斯、高首領、河岸、羅傑斯、小蠢、好朋友、意義、好羽毛、壞羽毛、小羽毛、紅羽毛。

裝死

我們不覺得自己會遇到槍擊案，槍手。它明明發生了多次，我們在自己的螢幕上看到了一切，但是在日常活動的時候卻依然心想：不，不是我們，那是他們的遭遇，電視螢幕另一頭的那些人，那些受害者，他們的家人，我們都不認識，就連知道他們身分的那些人，我們也完全不認識。偶爾會有那麼一兩次，跟平常看到螢幕出現那種景象的時候相比，我們的反應會很不一樣，尤其是那個恐怖的男人，永遠是男人，我們緊盯不放，感受到那種恐懼感，怎麼會有人做出那種不可置信的行為。會有那麼一天，兩天，一個禮拜，我們貼文，點入連結，表示贊同或不贊同，轉發，之後就像是一切不曾發生過一樣，我們繼續過日子，然後又再次爆發那種事件。我們對於一切習以為常，已經到了對於一切習以為常的這種態度也不以為意的程度。或者，我們一直抱持這樣的想法，後來會改觀，一旦等到我們真正遇到了槍手，發現他就在我們之間，子彈從四面八方而來，從裡面、外面、過去、未來、現在，我們沒辦法立刻知道槍手在哪裡，大家的身體會仆倒，轟然巨響會害我們心跳加速，驚慌、火光，還有我們皮膚上的汗珠，當我們深知自己氣數將盡的那一刻，一切都變得真實無比。

尖叫聲其實沒有想像中的那麼多。會出現犧牲者在躲藏時的寂靜，努力想要消失、不想在現場的那種靜默，我們會閉上雙眼，期盼這只是一場夢或是噩夢，但願閉上眼睛之後，也許能夠在來生醒來，回到電視螢幕的另外一頭，我們可以安坐沙發上與臥室裡、待在公車與火車的座位、在我們的辦公室裡觀看這一切，只要不是現場的任何地方，我們躺在地上，佯裝自己已死，所以不肯再玩下去，我們像是鬼魂一樣從自己的屍體奔出，希望可以避開子彈與刺耳靜默等待之聲，等的是下一發子彈射出，下一次尖銳熱燙的流線劃破某個生命，斷氣，那陣來得太急的熱力之後，來得太快的死亡之屍寒。

我們在生活中等待槍手現身，一如我們知道死神無所不在，而且總是朝我們而來，帶著它的決絕大鐮刀，還有必定留下的斬痕。我們隱隱覺得附近就會出現子彈發射的轟然巨響，我們趴倒在地，掩蓋自己的頭。我們覺得自己像是動物一樣，被追獵而窩在一起趴地。我們早就知道槍手會在任何地方現身，只要是人群聚集的地方都有可能，我們覺得可能會在自己家中看到他，從群眾穿過的戴面罩黑影人，隨機挑人射殺，半自動槍枝轟隆作響，人逐一倒下，造成他們的四肢在失序的空氣中不斷亂揮。

子彈是一種速度超快、超級熱燙、厲害犀利的物體，動作乾淨俐落，直接穿身，打出一個洞，造成撕裂與灼傷，穿出，渴盼繼續飛行，不然就是留在裡面，冷卻，卡在裡面，殘害身體。當子彈炸開你的身體，鮮血爆噴，就像是從塞太滿的嘴巴裡噴出食物一樣。流彈，就像是四處亂竄的野狗，很可能會咬傷任何一個人，牠的利牙天生就是拿來啃咬、削弱對方，撕裂皮肉，而子彈的目的就是要趕盡殺絕。

關於它的意義，將來會變得明晰。子彈來自遠方，多年之前。它們的聲音將會斷開我們體內的河流，劃破它自己的聲響，將我們的生命一剖為二。整起悲劇難以用言語形容，我們奮戰了數十年的戰役將會真相大白，那是一群屬於現在式的現代人，他們互有關聯，生龍活虎，只不過最後卻身著一身羽毛，死於草地裡。

湯尼・隆曼

那些子彈將會從南達科他州黑山的黑山彈藥工廠而來，包裝方式是十六顆一盒，由司機載運穿越美國，最後儲藏在加州海沃德的倉庫，放了七年，然後，進入奧克蘭的海京伯格路附近的那間沃爾瑪，被一個名叫湯尼・隆曼的年輕人買走了。有兩盒子彈會放入他的後背包，他離開的時候，在門口又被保全檢查了一次收據。湯尼會騎著自己的單車走海京伯格路，穿過天橋，接人行道，經過加油站與連鎖餐廳。每每遇到路面隆凸與裂隙的時候，他就會對於子彈重量特別有感，還會聽到它們碰撞的哐啷聲響。

然後，到了競技場體育館入口的時候，他會把那兩盒子彈取出來，清空，全部倒入某雙襪子裡。他會挨在牆邊，來回擺動手臂，然後奮力一甩，一次把一隻襪子甩進金屬探測器後方的灌木叢。大功告成之後，他會回頭仰望明月，凝望吐出的霧氣在自己與周遭一切之間冉冉升起。他的耳內會浮現心跳，思索那些在灌木叢裡的子彈，這一場豐年祭。還有，為什麼最後自己會出現在這裡，在月光之下，躲在競技場體育館巨大牆面底下，把子彈藏入灌木叢。

卡文・強森

卡文到達那裡的時候，大家正在從事的活動，就跟他參與過的所有豐年祭委員會開會的第一個小時一模一樣：寒暄閒聊，忙著把外燴墨西哥食物放入紙碟上面。今天有個新面孔，身材高大，是全場唯一沒有拿盤子的人。卡文看得出來，此人之所以沒有拿盤子，是因為他是那種不知如何隱瞞自身體重的人，不知如何自持。卡文也是屬於身材光譜的大塊頭那一端，但是他個子高，而且身穿寬鬆衣服，所以他自己貌似壯碩，但未必顯胖。

卡文坐在那個大塊頭男人的旁邊，對他輕輕點了一下頭，很普通的問好姿勢。

那個人舉起手，對他揮了一下，但看起來似乎立刻就後悔了，因為他放下與舉起的速度一樣快，而且還從口袋裡拿出了手機，就跟現場那些明明想要走人卻沒有離場的所有人一樣。

布魯在黃色拍紙簿的上緣寫字，也可能是在亂畫。卡文喜歡布魯。她與他姊姊瑪姬以前在青少年服務部門工作。雖然卡文完全沒有與青少年工作的經驗，不過她還是錄取了卡文。搞不好她以為卡文是年輕人，或者至少模樣還算年輕，突擊者隊的衣飾加上慘不忍睹的山羊鬍。布魯是豐年祭委員會的主席，卡文剛上工沒多久，她就邀請他加入委員會，布魯說他們希望要有令人耳目一新的觀點。他們拿到了這筆豐厚的活動贊助，想要把這次的豐年祭搞得風風光光，與其他的大型豐年祭一拚高下。在某次會議的時候，卡文曾經耍蠢發言：「那就把這個叫做『大豐年祭』

吧。」大家都好愛。他很想說他只是開玩笑罷了，但他們還是保留了這個名稱。

工友湯瑪斯進來的時候在自言自語，他冒出渾身酒氣。卡文立刻就聞到味道了，酒氣。然後，湯瑪斯彷彿知道自己被卡文聞到氣味，直接跳過他，走向那個大塊頭男人。

他伸手致意，「我是湯瑪斯．法蘭克。」

「我是艾德溫．布萊克。」

「我讓你們繼續工作，」湯瑪斯準備拿垃圾出去，「要是需要清理剩食的話，跟我說一聲。」他的語氣含有某種弦外之音：要留一盤給我。這傢伙就是怪，怪得要命，彷彿只要一出現就是要讓你不舒服，簡直就是忍不住似的。

布魯敲桌敲了兩下，清清喉嚨。「好，大家注意，」她又敲了桌面兩次，「我們開始吧，現在已經是一月了，我們時間還剩不到五個月。我們先從兩名新成員開始，其中一個還沒有過來，所以這就表示由艾德溫先起頭。去吧，稍微介紹一下你自己，還有你在這個中心未來的角色。」

「嗨，大家好，」艾德溫舉起手，揮了兩下，就像是剛才他對卡文揮手的方式一樣。「我是艾德溫．布萊克，看來我現在要在這裡工作，嗯，我想不能說是顯然，抱歉。」艾德溫在座位裡不安蠕動。

布魯說道：「直接說出你從哪裡來，屬於哪一個部落，還有你在這裡的角色。」

艾德溫說道：「好，我在奧克蘭長大，我，嗯，我是夏安族，哦我還沒有註冊。我爸爸告訴我，我們是夏安族，而不是阿拉帕霍族，還有，抱歉，我要在接下來豐年祭的這幾個月籌備期當實習生，我來這裡是要協助舉辦豐年祭。」

「我們只需要再等一位就好，」布魯這句話才剛說完，另一人就走了進來，布魯繼續說道：「說人人就到。」

這個年輕人戴著棒球帽，上面有一個不太清楚的原住民圖樣。要不是因為他有戴那頂帽子，卡文還真不知道自己是否會猜到對方是原住民。

「各位，這是迪恩．奧克森登。迪恩．奧克森登，這是豐年祭委員會，迪恩想要設立一個類似『故事股份有限公司』的講故事攤位。大家有沒有聽過『故事股份有限公司』？」

大家低聲講出了語焉不詳的答案。

「迪恩，」布魯說道，「我們開始之前，先來說說你自己的事吧。」

迪恩開始講關於說故事啊還有某些頭頭是道的話，所以卡文就開始恍神了。他不知道輪到他自己的時候該說些什麼。他一直負責的是贊助年輕的原住民藝術家與創業者，但現在也沒有搞出任何名堂。

「卡文？」他聽到布魯在叫他了。

迪恩・奧克森登

迪恩說服了布魯，讓卡文在上班時間接受說故事計畫的訪問。卡文的雙腿不斷交疊又放開，頻頻拉扯自己的帽簷。迪恩覺得卡文很緊張，但話說回來，迪恩也是，總是緊張兮兮，所以也許這是某種投射。不過，投射是一種滑坡理論的概念，因為一切都很可能是投射，他很容易就受到唯我論不斷重複、快要把人給淹沒的作用力所影響。

他已經事先在布魯的辦公室裡架好攝影機與麥克風。現在，布魯午休用餐，卡文坐在那裡，盯著迪恩手忙腳亂在處理錄音設備。迪恩終於發現哪裡出了狀況，按下了攝影機的錄影鍵，也開了錄音設備，然後，最後一次調整麥克風。迪恩之前學到，必須要在正式錄影之前與之後都進行錄攝，因為，這些時刻的效果有時候會比受訪者知悉自己被拍攝時的內容還要好。

「抱歉，我以為在你進來之前就沒問題了。」迪恩說完之後，自己坐在攝影機的正前方。

「這很酷，」卡文說道，「要講什麼，再跟我說一次吧？」

「等一下你要說出自己的名字與種族，講出你住在奧克蘭哪裡或是哪些地方，然後，想一個故事，把它說出來，比方說你在奧克蘭發生過的某件事啊，描繪一下對你來說有什麼特別感受，身為原住民，自小在奧克蘭長大有什麼感覺。」

「我爸爸從來沒講自己是原住民的事，我們到現在也根本不知道他是哪一族。我媽媽她的墨西哥祖先那邊是有原住民血統，但她自己也是不太清楚。嗯，我爸爸其實幾乎很少在家，某一天就真的消失不見了，拋棄了我們。所以我不知道，有時候說自己是原住民心情很糟糕，大部分的時候我只覺得自己是出身奧克蘭。」

迪恩回道：「嗯……」

「我正準備要去參加藍尼社區大學的某場豐年祭的時候，在停車場被搶了。其實這不是什麼好故事，我就是靠他媽的在停車場被搶，然後我就走人了。我一直沒有去成豐年祭，所以接下來的這一場會是我的第一次豐年祭。」

迪恩不知道該怎麼幫助受訪者講故事，而且他也不想勉強對方。他很慶幸自己早就開始錄影，有時候沒有故事，就是真正的故事。

「那就像是他明明是我爸爸，但我完全不認識他，而且這個爸爸毀了我們的家，我不希望讓大家覺得身為原住民的意義就是如此。我知道住在奧克蘭與灣區的許多原住民都有類似的故事。但我們沒有辦法講出來，因為那不算是什麼原住民的故事。但話說回來，它也是一樣，超慘。」

「是啊。」

「你什麼時候要開始錄？嗯，我等一下打算講出來的那些話？」

「哦，我早已經開始錄影了。」

「什麼？」

「抱歉，我應該早點告訴你。」

「也就是說你會使用我剛才已經講過的話？」

「可以嗎？」

「嗯，可以啦。這就是你的工作啊？」

「算是吧。我沒有其他工作，但我想要讓所有的參與者都可以分到我從奧克蘭市取得的獎助金，我想我會爭取到足夠的經費努力達成目標。」然後，出現了一陣兩人都不知道該如何重啟話題的凝滯沉默，迪恩清了一下喉嚨。

他開口問道：「你怎麼會來到這裡工作？」

「因為我姊姊，她是布魯的朋友。」

「所以，你沒有感受到任何的，嗯，原住民驕傲什麼的嗎？」

「說真話嗎？」

「當然。」

「我只是覺得說出不真實的感覺並不恰當。」

「這就是我想要從這整個計畫裡挖掘出的東西，把我們所有人的故事拼湊起來。因為我們現在有的是保留區的故事，還有過時歷史教科書的鬼扯版本。我們大部分人現在都住在城市裡，這只是一種讓我們開始訴說另一種故事的方法。」

「反正我覺得要是我對原住民一無所知，我宣稱自己是原住民就是不對。」

「所以你覺得身為原住民是與知悉什麼有關嗎？」

「沒有，但它與某種文化、某段歷史息息相關。」

「我爸爸也不在我身邊，我連他是誰都不知道。但我媽媽也是原住民，只要她工作不是太忙或是正好心情不佳，她都會竭盡所能教導我。她是這麼說的，我們的每一位祖先都為了活下來而奮戰，所以他們某些人的血脈與其他部族的血脈混合在一起，生了小孩，所以，他們明明活在我們的體內，我們難道就能這麼忘了？忘了他們嗎？」

「嘿，我懂你的意思，但還是一樣，我不知道，這種血脈啊什麼的，我就是不知道。」

賈姬・紅羽毛

賈姬坐在哈維的福特貨卡裡面，與他一同穿越鳳凰城與布萊斯之間I-10公路路段的某個紫月沙漠。目前這趟旅程充滿了一陣又一陣的漫長沉默。哈維提問，賈姬總是置之不理。哈維不是那種面對沉默能夠泰然自若的人，他是豐年祭主持人，嘴巴講個不停是他的工作。不過，賈姬習慣沉默，她覺得這不是問題。其實，出發前她就要求哈維做出承諾，她可以全程不說話，但這並不表示哈維會閉嘴。

「妳知道嗎？有一次我卡在這個沙漠裡，」哈維緊盯著眼前的路面，「我和一些朋友喝了酒，大家想出去兜風，就像今天這樣的夜晚，完美至極，完全沒有昏暗天色。妳有沒有看到沙地上那種滿月月光？」他望向賈姬，然後又搖下自己的車窗，伸手出去感受風動。

賈姬問道：「可以抽菸嗎？」

哈維為自己拿了一根菸，發出了模糊的悶哼聲，賈姬也聽過其他印地安男人出現這種反應，她懂那就是可以的意思。哈維開口：「我以前常和一對雙胞胎一起喝酒，他們是納瓦霍族。其中一個不希望卡車有菸味，因為這是他女友的卡車，所以我們就把車停在公路邊，我們本來就帶了一堆龍舌蘭上路，就地開喝，又鬼扯了兩三個小時。我們決定應該還是離車子遠一點比較好，跌跌撞撞進入沙漠，最後實在相隔太遠，根本看不到卡車在哪裡。」

賈姬老早就沒有在聽了，戒酒成功的人特別愛講當年的酗酒故事，總是讓她覺得很有趣，或者，並不有趣，其實是很厭煩。賈姬完全沒有什麼想要與人分享的酗酒故事，喝酒本來就不是什麼好玩的事，而是某種嚴肅的義務，它可以消除負面情緒，而且可以讓她暢所欲言，恣意而行卻不需覺得自己有哪裡不對。她總是發現眾人性喜滿懷自信，鮮少自我懷疑，這種特質造就了現在的哈維，講出這種難聽的故事卻把它當成有多麼動人一樣。賈姬遇過許多似乎是天生就自信滿滿又驕傲的人，不過，她每一天都會遇到想要徹底摧毀自己生活的低潮時刻，她不記得有哪一天例外。其實，今天她並沒有冒出那樣的念頭，這別具意義，不能等閒視之。

「雖然我不知道自己躺在沙漠裡昏迷了多久，」哈維繼續說道，「我醒來的時候，雙胞胎不見了，但月亮的位置沒有太大的移動。所以我並沒有昏迷太久，但他們人不見了，所以我朝我記得的停車處走去，突然變得好冷，彷彿是一種從來沒有感受過的寒氣，像是那種靠近海邊時的冷，在舊金山那種直透骨頭的濕冷。」

賈姬問道：「你昏睡之前不冷嗎？」

「這就是奇怪的地方。我走了一定有二十分鐘左右吧，當然是走錯路，反而越來越深入沙漠，就在這時候，我看到了他們。」

「那對雙胞胎？」賈姬搖起車窗，哈維也一樣。

「不是，不是那對雙胞胎，」他繼續說道，「我知道這聽起來很瘋狂，但那是兩個非常高、非常白的人，滿頭白髮，但並不老，而且也不是嚇死人的那一種高大，差不多比我高個四、五十公分左右而已。」

賈姬說道：「你現在要告訴我的是，你清醒過來了，發現那對雙胞胎壓在你身上什麼的嗎。」

哈維繼續講下去：「我覺得那對雙胞胎可能給我下藥。我知道他們是『原住民教會』的人，不過，我以前使用過迷幻仙人掌，但當時的情境並不是那樣。我大約在距離他們三公尺左右的地方停下腳步，他們的眼睛好大，不是外星人的那種大眼，純粹就是明顯的大眼睛。」

「鬼扯，」賈姬說道，「這故事其實是這樣：哈維在沙漠喝醉了，做了一個怪夢，就這樣。」

「我沒跟妳在開玩笑。這兩個白髮大眼白人彎腰駝背，就是在凝望遠方，根本沒在看我，我趕緊離開那裡。如果那真的是夢的話，那就算是吧，也言之成理，因為我一直在做這個夢，不曾醒來。」

「你好像覺得你喝醉時的記憶，嗯，很可靠？」

哈維回道：「千真萬確，不過，妳要知道，當網路出現之後，或者是等我開始使用網路之後，我覺得應該可以找出更好的解釋。我找尋亞利桑那州沙漠裡的高大白人，還真有其事。他們被稱之為『高白者』，是外星人，不騙妳，妳可以自己查一下。」

賈姬口袋裡的手機發出震動。她拿出來，她知道哈維會誤以為她要上網查詢「高白者」，那是奧珀兒傳來的一封不尋常長訊。

我一直覺得，要是妳在自己大腿裡發現蜘蛛腳的話，一定會告訴我才對，可能是在我們童年時代，或是最近我告訴妳歐維有蜘蛛腳的時候。但這樣的假設並不合理，因為我早在隆納德事件之前就發現了自己大腿裡的蜘蛛腳，但我從來沒有把我發現蜘蛛腳的事告訴妳，我的意思是，我一直到現在才說出來。我想知道妳是不是也有相同體驗？我想這應該與媽媽有關。

哈維問道：「我看過一個網站，上面寫『高白者』現在掌控美國，妳有沒有看到那個網站？」賈姬覺得哈維好可憐，奧珀兒也是。要是她真的曾經在自己的大腿裡發現蜘蛛腳，應該當場就會做個了斷。她覺得這讓她厭倦的一切突然讓她受不了了。賈姬有時候會出現這種狀況，這種時候她覺得很慶幸，因為通常她的思緒會害她懸念不已。

賈姬開口：「我要瞇一下。」

「哦，沒問題。」

賈姬把頭靠在窗邊，望著高速公路白色漆線倏忽流動，天際線如波浪起伏。她的心在飄渺，無拘無束，漫無目標。她想到了自己嘴裡後頭的那些牙，臼齒，只要吃到過冷或過燙的食物就痛得要命。她想到自己已經好久沒去看牙醫，不知道媽媽的牙齒怎麼樣？她想到了遺傳學、血流、靜脈，還有為什麼心臟會一直跳動。

她望著自己的頭斜靠窗面的幽暗映影，眼睛以古怪的方式眨了好幾下，最後她閉上雙眼，路面的雜音以及引擎的穩定低鳴，讓她進入了夢鄉。

第三部

回歸

人類困陷在歷史牢籠之中，而歷史困陷在人類牢籠之中。

——詹姆斯·鮑德溫

奧珀兒・薇拉・維多莉亞・熊盾牌

每當奧珀兒進入自己的郵務卡車的時候，她一定會做出這個動作：凝望後照鏡。她不喜歡去算自己在美國郵政署擔任郵差到底有多少年了，倒不是因為她不喜歡這份工作，而是她難以正視歲月在臉龐留下的一切，雙眼周邊的線條與皺紋，不斷往外延伸，宛若水泥裂痕。不過，她雖然討厭看到自己的臉，但她就是改不了只要發現面前有鏡子，立刻就盯著看的老習慣，她會瞄到她願意凝視自己容顏的其中一種版本——駕馭鏡像的那種神情。

奧珀兒一邊開車，一邊回想在剛收養紅羽毛三個孫兒時的某個週末情景，他們在阿拉米達的米爾溫商店買新衣服，奧珀兒盯著歐維的鏡影，他身上穿的是她為他挑的某套衣服。

她開口問道：「喜歡嗎？」

「那他們呢？」歐維指著他與奧珀兒鏡中的映影，「我們怎麼知道不是他們其中之一先做動作，然後我們正在模仿呢？」

「因為你看一下，是我現在決定要在它的面前揮揮手。」奧珀兒一說完就開始揮手，那是在更衣室外頭的三面鏡，魯瑟與隆尼躲在附近的某排衣架後面。

「很可能是她先揮手，然後妳忍不住就跟著模仿。不過，妳看一下這個。」他說完之後一陣狂舞，揮動雙臂，蹦跳旋轉。在奧珀兒的眼中，他跳的是豐年祭舞蹈，但這是不可能的。他只是想要在鏡子面前佯裝瘋狂，證明除了他自己——站在鏡面這一頭的歐維之外——無人能夠控制他。

奧珀兒，一如往常，走的是老路線。不過，她對於自己跨出的每一步都很注意，奧珀兒走路的時候絕對不會踩裂縫。她走路很小心，因為她老是覺得到處都有坑洞，很可能會害人滑倒的裂縫——畢竟，這就是一個坑坑疤疤的世界。她有一個絕對不會向別人承認的生活迷信守則，那是緊貼在她的胸膛、她自己絕對不會注意到的秘密，她靠著它生活，儼然像是她的呼吸一樣。奧珀兒把信件丟入送信口與信箱，努力回想自己先前是用哪一根湯匙吃東西。她有幸運與倒霉湯匙，為了要讓幸運湯匙發揮作用，必須要把倒霉湯匙跟它們混在一起，拉出抽屜選湯匙的時候，絕對不能目視，而她最幸運的是整根握把都是花朵圖案的那根湯匙。

當她說出她的盼望或是不希望發生的事，她會立刻敲木頭予以破解，就算只是心中動念，她也會找到木頭敲兩次。奧珀兒喜歡數字，它們具有一致性，可以信賴。不過，對奧珀兒來說，某些數字是吉數，某些不是。雙數通常比單數好，而且具有某種數學關聯性的數字也很好。她會把地址減縮到只剩下數字，把它們加總起來，然後根據它們的總數判斷這個區域是吉是凶，數字不會說謊。四與八是她最愛的數字，三和六就不好。她一定先送完單號區，她一直認為先解決壞的部分，然後再處理好的部分是最佳策略。

厄運或是生活中的鳥事很可能會讓人悄悄變得迷信，會激發奪取某種控制力或是搶回某種控制感的想望。在抽獎獎金累積到高點的時候，奧珀兒會買刮刮樂與樂透。她的迷信是她絕對不會稱之為迷信的那一種，因為擔心會失去它的神力。

奧珀兒已經送完了單號的那一邊，正當她過馬路的時候，有台車停下來等她——車內的女人甚是不耐，對奧珀兒揮手示意趕快過去，彷彿她在對全人類施恩一樣。奧珀兒本來想在此刻抬高手臂，舉起一根手指，但是她卻開始小跑步，回應那女人的不耐態度與虛假慷慨。奧珀兒討厭自己居然開始小跑，還有她就是忍不住那已經來不及改為癟嘴與正色表情的微笑。

奧珀兒心中滿是遺憾，但與她自己的作為無關。那個討人厭的小島、她母親、隆納德，然後是之後的不斷遷移、寄養家庭裡與教養院裡令人窒息的房間與面孔，她遺憾的是發生了這些事。肇因並不是她，但不重要，她覺得她一定是因為某種原因而罪有應得，但是她弄不懂到底是什麼。所以這些年她就是不斷忍受它們的重量，而這些歲月也在她的正中央貫穿了一個洞，她只能努力相信冥冥之中有什麼因素必須要保持自己的愛完整無缺。奧珀兒堅毅如石，但內心卻有惡水洶湧，有時甚至可能氾濫成災，淹沒她——高度直逼她的雙眼。還有的時候，她無法動彈，感覺就像是什麼事也做不成。但也沒關係，因為她已經相當熟練做事時放空的技巧，尤其一次不只忙一件事更好。就像是送信的時候聆聽有聲書或音樂，技巧就在於要保持忙碌，分心，然後以分心的方式轉移分心狀態，完成雙重疏離。重點就是層次，在噪音與忙碌的喧囂中消融無形。

奧珀兒聽到上方的某處有聲音，摘下耳機。她抬頭，看到了某架無人機，然後，她四處張望，想知道能不能看到操作者。她沒看到任何人，又把耳機戴回去。她正在聽奧蒂斯・雷丁的〈（坐在）海灣碼頭〉，在她自己的奧蒂斯・雷丁排行榜當中，這是最後一名的歌曲，因為太常被播放了。她搜尋自己的音樂，最後選定的是史莫基・羅賓森的〈我的淚痕〉。這首歌會帶給她悲喜交集的奇妙感受，而且曲風活潑，這就是她喜歡摩城合唱團的原因，以這樣的方式請你隱藏悲傷與心碎，但同時依然向妳邀舞。

✦

奧珀兒昨天執勤的時候，她的養外孫歐維留言告訴她，他在自己大腿的腫塊裡拉出了三隻蜘蛛腳。他抓破了那一塊地方，冒出了類似碎片的蜘蛛腳。奧珀兒聆聽訊息的時候，伸手掩嘴，但她卻覺得沒什麼好意外的，要不是因為她當年在歐維這個年紀左右的時候也曾經發生了相同的遭遇，她現在應該會更感意外。

奧珀兒與賈姬要是在家裡發現蜘蛛，母親絕對不准她們殺生，換作其他地方發現蜘蛛也一樣。她母親說蜘蛛的體內蘊含了數里之長的蛛絲，綿延數里之長的故事，數里之長的家與陷阱。她說那就是我們的本命，家與陷阱。

昨天吃晚餐的時候，歐維並沒有提到蜘蛛腳的事，奧珀兒覺得歐維不敢提起是因為豐年祭——雖然這兩者根本沒有任何關聯。

幾個禮拜之前，她發現了歐維在自己房間跳豐年祭舞蹈的某段畫面。奧珀兒經常會趁他們睡覺的時候檢查他們的手機。仔細研究他們拍的照片與影片、傳訊內容，還有網頁瀏覽紀錄，完全沒有看出令人特別擔心的墮落跡象。但這只是遲早的事，奧珀兒深信我們每一個人心中都有一股黑暗好奇心在蠢蠢欲動。奧珀兒認為，成人才有隱私，緊盯小孩子，就可以讓他們循規蹈矩。

在這段影片中，歐維跳的是豐年祭舞蹈，彷彿非常清楚自己在幹什麼，她一直搞不懂這是怎麼一回事。他身穿的傳統服飾是她藏在衣櫃裡的那一套，那是來自某位老友的贈禮。

對於在奧克蘭長大的年輕原住民來說，到處都有各式各樣的節目與活動。奧珀兒一開始是在教養院認識了魯卡斯，後來又在某場寄養青少年活動的時候重逢。

曾經有那麼一陣子，奧珀兒與魯卡斯一直是寄養青少年的典範，是接受訪問與傳單拍照的第一人選。兩人從某位深諳如何製作傳統服飾的長輩那裡學到了技術，對方又幫她製作了這一套服飾。奧珀兒幫忙魯卡斯準備他第一次的豐年祭舞蹈，兩人墜入愛河，他們的愛稚嫩又狂野，但那的確是愛情。某天，魯卡斯搭上巴士，搬到了洛杉磯，他從來沒有提過自己要走人，就這麼悶不吭聲離開。過了將近二十年之後，不知道又從哪裡冒出來，想要為某部都會印地安人的紀錄片做訪問，然後又把那套傳統服飾送給了她。過了幾個禮拜之後，他死了，他曾經在自己姊姊家裡打電話給奧珀兒，說他來日無多。就這樣，他連病因也沒有提，只是說了聲抱歉，希望她幸福平安。

不過，昨日晚餐很安靜。晚餐時刻從來就不是這種氣氛，小男生們離開餐桌，一樣詭異無語。奧珀兒把隆尼叫回來，她等一下會問他今天他們過得怎麼樣——隆尼不會說謊。她會問他喜不喜歡新單車，而且輪到他洗碗了。不過，歐維與魯瑟做出了從所未見的舉動，居然幫他們的小弟擦乾碗盤，逐一放好。奧珀兒不想逼他們，她真的不知道該怎麼說才好，這感覺像是如鯁在喉，沒有辦法嘔出來，也不能吞嚥下去。其實，就像是她那個有蜘蛛腳的大腿腫塊一樣，那坨東西從來沒有消失，現在是不是又多了更多的蜘蛛腳？蜘蛛的身體在哪裡？奧珀兒早在許久之前便不再苦思這些問題，就讓腫塊一直留在那裡。

她去叫小男生們上床睡覺的時候，聽到其中一個發出噓聲，叫其他兩個閉嘴。

她問道：「怎樣？」

魯瑟回道：「外婆，沒事。」

她說道：「少給我來『外婆，沒事』那一套。」

歐維回她：「真的沒事。」

「趕快去睡覺。」小男生們很怕奧珀兒，就像她一直很怕她媽媽一樣。她犀利直接，可能也有點吹毛求疵，就像她媽媽一樣吹毛求疵。這是一種事前準備，讓他們能夠迎向一個讓原住民無法生存、只能求死畏縮與消失的世界。她必須要更加鞭促他們，因為他們得要比那些非原住民的人更努力，才能夠成功。因為她一事無成，最後只能讓自己消失。她並非胡說八道，因為她相信生命會想盡辦法殘害你，從背後悄悄過來，將人搗爛成難以辨認的碎片。你必須採取務實態度，準備迎接一切，低頭，努力熬過去。光是死亡就可以閃避辛勤努力與固執頑強所建立的防線，死亡與記憶皆然。不過，其實根本沒有時間，而且大多數的時候也沒有正當理由回憶過往。就別管它們了，記憶會變得模糊成為縮影。奧珀兒覺得就讓它們保持原狀比較好，所以這些討厭的蜘蛛腳害她必須要正視問題，逼得她要回憶過往。

✦

那個星期天下午，就在她與賈姬離家出走之前——不能說是家，應該說是那間房子，自從她們媽媽離世之後，被迫與那個男人共居的那間房子——她拔掉了三根蜘蛛腳。她才剛來初經，經血與蜘蛛腳都讓她覺得同樣可恥。她體內的某種東西出來了，似乎生氣勃勃，如此噁心但卻充滿魔力。面對這兩種狀況唯一容易展露的情緒就是羞恥感，所以她對於這兩件事都是三緘其口。裝作沒有秘密，就像是偷偷掩藏羞恥感一樣。她當然可以把蜘蛛腳或是流血的事告訴賈姬，但賈姬懷孕了，那裡已經不會流血。她的肚內有小手小腳在逐漸長大，這是她們之前的共識，她會留下這個小孩，等到一生下來就送人領養。不過，她自己的那些蜘蛛腳與鮮血，到了最後卻別具意義。

她們媽媽託孤的對象，名叫隆納德的這個男人，一直帶領她們去參加傳統儀式，他說這是她們能夠療癒喪母之痛的唯一方式。當時的賈姬正悄悄成為母親，而奧珀兒則悄悄準備成為女人。

不過，隆納德開始在晚上經過她們的房間，然後，他會站在她們的房門口——被門框包圍的背光幽影。她想起參加完葬禮後隆納德載她們回家的路程中，他曾經向她們提到舉行夢之儀式的事，奧珀兒不喜歡他講那段話的語氣。她們剛搬進來的時候，她在她們的臥房衣櫃裡找到了一根球棒，她一直放在身旁，就在床邊，她一直緊握不放，就像以前抱住「兩隻鞋」尋求慰藉一樣。不過「兩隻鞋」只是一直在講話，沒有任何舉動，但這一根在末端寫有「樓層」這名字的球棒，卻充滿了行動力。

賈姬一直是整晚熟睡直到天亮才會醒來的人。某個夜晚，隆納德走到了她的床尾——其實就只是放在地板上的床墊。奧珀兒睡在她對面的床墊。當她看到隆納德抓住賈姬腳踝的時候，她根本不需要多想什麼，她以前從來沒有揮過球棒，但她知道它有多重，也知道該怎麼揮棒。隆納德跪地，準備要把賈姬拉向自己。奧珀兒盡量不發出聲響，放慢呼吸，然後將球棒高舉到背後，朝隆納德的頭頂狠狠敲下去，冒出了低沉爆裂聲，隆納德倒臥在賈姬身上，她醒了——她現在才醒來，看到她妹妹拿著球棒站在他們前面。兩人盡速打包下樓。走過客廳的時候，她們看到電視上出現了她們已經看過無數次的印地安人頭檢驗圖，不過，奧珀兒卻覺得這儼然是第一次看到他，然後，她眼前浮現了那名印地安人轉頭看她的畫面，他在講話：趕快逃。這句話拖了好久，然後又轉為電視的測試音頻。賈姬抓住奧珀兒的手，帶她衝出屋外，而奧珀兒手中依然握著那根球棒。

她們逃離隆納德那裡之後，前往某間庇護中心。當年母親在需要幫助或找不到房子的時候、總是會帶她們去那裡。有名社工詢問她們先前住在哪裡，但她們不說，對方也沒有繼續逼問。

隆納德可能死亡的沉重壓力，讓奧珀兒背負了約一年之久。她不敢回去察看，她害怕自己殺了人，也很怕要是他死了，自己的反應卻是無動於衷。她不希望到了那裡之後卻發現他還活著，雖然她也沒有真的打算取他性命，比較簡單的方式是讓他自生自滅，有可能是死了吧，很有可能。

一年之後，賈姬已經從奧珀兒的生活中消失不見。奧珀兒不知道她在哪裡，最後一次見到賈姬的時候，她被警方逮捕，而奧珀兒已經不記得原因是什麼了。失去了賈姬，是奧珀兒世界當中的另一項慘重損失。不過，她認識了一個與她同年紀的印地安男孩，奧珀兒覺得自己與他心靈相契，他不是古怪憂鬱的人，或者他也可能古怪憂鬱，但正好跟奧珀兒是同樣的調調。而且，他從來不提自己從哪裡來或是曾經有過什麼遭遇。他們都採取視而不見的態度，就像是解甲返鄉的戰士一樣，直到那天下午，奧珀兒與魯卡斯在印地安中心閒晃，等待眾人出現一起共餐的時候，狀況才為之改觀，魯卡斯提到了他有多麼痛恨麥當勞。

奧珀兒回道：「但它的食物真的好好吃。」

「那不是真正的食物。」魯卡斯在人行道外側邊緣保持身體平衡，來來回回走個不停。

「只要我能夠把它嚼爛，看到它從另一頭出來，那就是真正的食物。」

「好噁。」

「如果不說出那些字就不會噁心了，女生不能講屁啊大便啊髒話什麼的——」

魯卡斯嗆她：「我可以吞下一堆銅板，然後把它們拉出來，也不能因此把它們稱之為食物。」

奧珀兒問道：「誰告訴你那不是真正的食物？」

「有一次，我把吃剩的半個起司漢堡放在背包裡，大約擱了一個月吧，等到我發現的時候，它的外觀與氣味就跟當初一模一樣，如果是真正的食物早就壞了。」

奧珀兒回嘴：「牛肉乾就不會壞。」

「好啦，隆納德。」

「你剛說什麼？」奧珀兒覺得有一股熱辣悲愁，從她的脖子直衝雙眼。

「我剛叫妳隆納德，」魯卡斯停下在人行道邊緣來回遊走的動作，「就是麥當勞叔叔啊❼。」

他把手放在奧珀兒的肩膀，微微低頭，想要看到她的雙眼。奧珀兒扭肩，臉色變得煞白。

「怎麼了？抱歉，天，我開玩笑的啦。要不要聽好笑的事，我後來吃了那個起司漢堡，這樣可以嗎？」奧珀兒回到印地安中心裡，坐在某張折疊椅上面，魯卡斯跟在她後頭，也拿了張椅子

❼ 麥當勞叔叔名字為隆納德．麥當勞。

坐在她身邊。他哄了奧珀兒好一會兒之後，她把一切都告訴了他，他是她傾訴心事的第一人，不只是有關隆納德，還有她媽媽、那座小島、她們之前的生活。魯卡斯終於說服了她，要是她無法確定隆納德的生死，這樣下去一定會害她心神耗竭。

魯卡斯說道：「他就像是我背包裡的那個一直沒吃下肚的起司漢堡。」奧珀兒哈哈大笑，彷彿已經許久不曾這樣暢懷大笑。過了一個禮拜之後，他們搭巴士前往隆納德的家。

他們躲在隆納德家對面的某個郵筒後頭，等了兩小時。那個郵筒成了是否能挖出真相、是否會看到他、她自己與下半輩子之間的唯一邊界。她不想要活下去，她期盼時間就此停止，讓魯卡斯一直在那裡陪伴她。

當奧珀兒看到隆納德開著他的卡車回家的時候，她整個人都涼了。她看到隆納德走上那棟房子的階梯，她不知道自己應該要如釋重負大哭？還是立刻逃走？或者追過去，與他在地上扭打？靠著赤手空拳一次解決他？在這些所有可能發生的選項之中，她想到的卻是她母親說過的某個夏安族字詞：維荷，這表示蜘蛛、騙子，以及白種男人。奧珀兒一直懷疑隆納德是白人，他的所有舉措都是印地安風格，但她覺得他就跟她見到的所有白種男人一模一樣。

她看到他關上門，就在那一刻，也終結了前此之一切，奧珀兒準備離開了。

她說道：「走吧。」

「難道妳不想——」

「沒別的事了，」她說道，「我們走吧。」他們不發一語，就這麼走了好幾公里，奧珀兒一直走在前頭，與他保持兩三步的距離。

✦

奧珀兒個頭很大。如果說是骨架問題也可以，不過她是那種更廣義的大塊頭，不只是肉多或骨架大而已。要是醫生們看到她，一定會說她過重。但她之所以會高壯，是為了避免萎皺，她選擇的是擴張，而不是內縮。奧珀兒是石頭，她又高又壯，但現在老了，全身病痛。

她拿著某個包裹，離開自己的卡車。把它放在門廊，準備回頭走出前院大門。對街有一隻棕黑虎斑紋的比特犬露出牙齒，發出了超低沉的咆哮，她的內心也感受到了那股震撼。那隻狗沒有項圈，時間似乎也像那隻狗兒一樣，沒了項圈，準備要以超快速度撲來，讓她在還沒有察覺異狀之前就已經斷了氣。類似這樣的狗，隨時都可能冒出來，宛若死神可能會在任何地方現身，就像奧克蘭會突然露出牙齒，讓人嚇到挫賽。但現在可憐的不只是老奧珀兒而已，要是她離世的話，那三個小男生也會很可憐。

奧珀兒聽到街頭傳來某名男子的吼聲，他在大喊某個她聽不懂的名字。狗兒一聽到那男子講出牠的名字，立刻變得畏縮。牠怯懦轉身，趕緊奔向音源處。可憐的狗兒可能本來只想要擴張惡勢力，現在絕對是縮回去了。

奧珀兒上了自己的郵務車，發動車子，回去總局。

奧克塔菲歐・高梅茲

當我回到外婆荷西費娜的家時，我幾乎無法站立，她必須把我從台階上拉起來。我外婆年紀大了，而且個頭瘦小，我在那個時候就已經是個大塊頭，但費娜很強壯，她具有那種你無法看透的瘋狂力量。她似乎就這麼一路把我拖上階梯、帶我進入客房，然後讓我躺在床上。我全身冷熱交替得好厲害，還伴隨了一股劇痛，彷彿骨頭被擠壓被曬乾或是被人狠狠踩踏一樣。

外婆說道：「有可能只是流感……」彷彿我剛剛開口問了她這是怎麼回事。

我問道：「其他可能呢？」

「我不知道你爸爸是不是有告訴過你關於詛咒的事。」她走到我床邊，以手背摸了一下我的頭。

「他教會我滿口髒話。」

「詛咒的話語不算數，愛怎麼講都可以。但是真正的詛咒比較像是遠方發射的子彈。」她站在我旁邊，摺了一條濕毛巾，放在我的額上。「有人擺明了要給你吃子彈，不過，在那種距離的狀況下，大部分的時候根本打不中，就算是打中了，通常也不會害你喪命，這都得要看射手的瞄準能力。你說你舅舅從來沒有給過你任何東西，你從來沒有從他那裡拿過任何物品，對嗎？」

我回道：「沒有。」

她說道：「我們現在還不知道答案。」

她回到我身邊的時候，帶了一個碗與一盒牛奶。她把牛奶倒入碗裡，然後把那個碗擱在我的床底下。起身，走到房間另一頭的祈願燭旁邊，當她點燃蠟燭的時候，還回頭看著我，彷彿我不該盯著看，應該要閉上眼睛才是。費娜的眸光可以咬人，她的眼睛和我一樣，都是綠色，但色澤比較深——鱷魚皮的那種綠色。我抬頭望向天花板，她拿了一瓶水，彎身挨近我。

「喝了吧，」她說道，「我十八歲的時候，我的親生父親對我下咒。某個印地安傳統咒語，我媽媽告訴我那不是真的，這是她的說法，彷彿她了解印地安咒語，知道那不是真的，這樣就夠了，不過，除了告訴我那不是真實的印地安咒語之外，她完全沒有採取其他行動，這樣是不夠的。」費娜講完之後發出了一陣輕笑。

我把水杯還給她，但是她又推到我面前，意思就是要喝光。

「我以為我戀愛了，」費娜說道，「我懷孕了，我們訂婚，但是他卻不見了。一開始的時候，我並沒有告訴我父母，但某天晚上，我爸爸來找我，問我要為他的外孫取什麼名字——他認定一定是男嬰——我是否會以他的名字為小孩命名。我告訴他，我不會結婚了，那男人拋棄了我，我也不會生下這小孩。我爸爸後來拿了他經常修理我用的大湯匙來找我——他曾經削尖握把，在打我的時候可以威脅我——不過，這一次他卻直接拿尖頭對著我。我媽媽出手阻止他。他會頂撞所有人，打破所有的規矩，但不會違逆我媽媽。第二天早上，我在我的床底下發現了一截他的髮辮。我鞋子都放在那裡，所以隔天早上拿鞋的時候才會發現那截髮辮。我下樓的時候，我媽媽說我得趕快離開。」費娜走到窗邊，打開了窗戶。「讓新鮮空氣進來比較好，這房間需要呼吸。如果你覺得冷，我可以再多拿幾條毯子給你。」

「我沒問題。」我話雖這麼說，但其實不然。一陣微風吹進來，我覺得自己的雙臂與背部的皮全被刮飛了。我把毯子拉高，抵住下巴。「是在新墨西哥州的事？」

「在拉斯克魯塞斯，」她說道，「我媽媽讓我搭上前往奧克蘭的巴士，我的舅舅在這裡開餐廳。我一到了這裡就墮胎，之後就生重病，時好時壞持續了約一年之久，比你現在還嚴重，是那種會把你擊垮、絕對讓你爬不起來的重病。我寫信給我媽媽求救。她寄給我一坨毛，告訴我要在某棵仙人掌面向西方的底部燒了它。」

「一坨毛？」

「差不多這麼大。」她握拳，舉到我面前給我看。

「有用嗎？」

「不是立刻見效，但最後我慢慢好轉。」

「所以咒語只是害妳生了病？」

「我以前是這麼想，不過，現在看到發生的一切——」她轉頭，望向房門口，樓下電話在響。「我得去接電話，」她起身準備離開，「你睡一下。」

我全身顫抖得好厲害。我把毯子蓋住了頭。這是流感的徵狀之一，發冷嚴重，必須要流汗才能消解。冷熱交替，全身抖個不停汗水直流，我想到了家裡窗戶牆壁被打穿的那一夜，本來就畏縮的身子就蜷得更緊了。

✦

當子彈飛入屋內的時候，我和我爸爸立刻逃離沙發、奔向廚房的餐桌。當時的感覺像是有一堵嘈雜的熱風牆，整間屋子都在震晃。雖然來得突然，但並不意外。我的大哥奇尼爾，還有我舅舅西斯托曾經從別人的地下室偷了一些植物，回來的時候，帶著兩袋鼓鼓的黑色垃圾袋，看起來超蠢，沉甸甸，像是根本綁不緊一樣。有時候為了小心起見，我會從客廳爬進廚房，不然就是趴在地上看電視。

那一晚，被我蠢蛋哥哥和舅舅偷走東西的失主們，悄悄潛入我們家，舉槍瘋狂亂掃，侵入了我們本來熟悉的生活，我媽媽與爸爸從有到無、花了多年一手打造的生活。我爸是唯一中槍的人，我媽媽在廁所，而奇尼爾待在自己的房間，位置正好在屋子的後半部。我爸爸護在我面前，以肉身為我擋下子彈。

✦

我躺在床上，等待睡意來臨，雖然滿心不願，但還是不禁想到了六仔——我舅舅西斯托，我老是喊他六仔，他則叫我八仔。其實我小時候跟他真的不熟，但自從我爸爸死掉之後，他每個禮拜總是會抽出好幾天過來探望我。我們不太聊天，他來到我家，開電視、呼麻、喝酒。他讓我跟他一起喝，也把大麻菸遞給我抽。

我從來就不喜歡嗨的感覺，那種東西只會害我緊張得要命，害我拚命擔心自己的心跳速率——是不是太慢？會不會突然停止？還是太快？靠，我是不是有心臟病？不過，我喜歡喝酒。槍案發生之後，奇尼爾待在外頭的頻率更甚以往。他宣稱他會讓那些人死得很難看，換言之就是準備開戰，但奇尼爾不過只是嘴巴說說而已。

有時候我和六仔會在下午看電視，陽光會從牆壁的某個彈孔流瀉進來，我可以清楚看見在彈孔光束裡飄浮的微粒。我媽媽換了門窗，但懶得填補牆壁上的彈孔，可能是懶，也可能是不想。

過了幾個月之後，西斯托不再過來，費娜告訴我，要多陪陪我的表弟曼尼與丹尼爾，他們的媽媽打電話向費娜求援。這不禁讓我開始懷疑，我媽是否也在爸爸死後請費娜幫忙？難道這就是西斯托經常過來的原因？費娜什麼都管，她是唯一努力把我們凝聚在一起，不讓我們墜落生命無底破口的人，那種破口就像是那一夜穿破屋內的子彈。

曼尼與丹尼爾的爸爸丟了工作，喝酒喝得越來越兇。一開始的時候，我過去只是盡本分而已——費娜怎麼說，你就乖乖去做——不過，後來我與曼尼、丹尼爾變得越來越親近，倒不是說我們會談心，其實幾乎都是窩在地下室打電動。不過，我們的空閒時間幾乎都在一起——也就是不上學的時候——到頭來，重點成了你花時間相處的對象是誰，而不是在那段時間做了什麼事。

某一天，我們待在地下室的時候，聽到樓上傳出吵鬧聲。曼尼與丹尼爾互看一眼，似乎知道是什麼狀況，而且看來很不希望發生這種事。曼尼立刻從沙發上跳起來，我跟在他後面跑上去。當我們到達樓上的時候，看到的第一個畫面就是他們的爸爸把他們的媽媽狠狠推向牆壁，然後雙手對她各揮了一個巴掌。她推開他，他哈哈大笑，我永遠忘不了那種笑聲，還有後來曼尼是如何壓制住那樣的笑聲。曼尼走到他爸爸後面，扣住他脖子，猛力向後扯，彷彿要讓他斷氣一樣。曼尼比他爸爸高壯，而且他使勁猛烈，兩人踉蹌往後摔倒在客廳裡。

我聽到丹尼爾上樓的聲音，我開了門，舉手示意：你留在這裡。然後，我聽到玻璃碎裂的聲音，曼尼和他爸爸壓碎了客廳的玻璃桌。在他們剛剛的扭打過程中，曼尼好不容易佔得上風，所以把他爸爸壓制在玻璃桌上頭。曼尼的手臂有些輕微割傷，但他爸爸被玻璃弄得滿身是傷，而且昏了過去。我以為他掛了，曼尼對我說道：「幫我把他弄上車。」我乖乖照做，我扣住他爸的胳肢窩下方，把他拉起來。就在我快要離開大門口，曼尼還在屋內另一頭抓住他爸大腿的時候，我看到丹尼爾與希薇亞阿姨一直盯著我們把他帶出屋外。他們盯著我們的眼神有悸動，他們在哭是因為他們希望他離開，他們在哭是因為他們希望他能夠回復到以前那個模樣。

我和曼尼把他爸爸放在高地醫院前面，也就是救護車進來的地方。把他擱在地上之後，長按了一聲喇叭，駕車離去。

自此之後，我過去的頻率更高了。我們甚至不知道自己是不是殺死了他，一個禮拜之後才知道答案。門鈴響了，曼尼似乎知道，彷彿有感應。他拍了拍我的膝蓋兩次，立刻跳起來。我們站在大門口，不需要開口，那個姿態就是：怎樣？他媽的你想要怎樣？滾！他的臉纏滿紗布，簡直就像個鬼面木乃伊，我覺得他很可憐。希薇亞出現在我們後頭，她手裡拿了個垃圾袋，裡面塞滿了他的衣服，她大吼一聲：「讓開！」所以我們立刻讓道，她把那包衣服丟出去，曼尼關上門，然後就這樣了。

差不多就是在這個時候，我和曼尼偷了我們的第一台汽車。我們搭乘灣區捷運到了奧克蘭市中心，有某些小型住宅區的住戶開的都是好車，而且我和曼尼這樣的人出現在那裡的時候，也不會有人一看到我們就報警。曼尼想要一台凌志，還不錯的車，但也不要好得太過搶眼。我不知道曼尼偷車偷多久了，不過，他靠著一根衣架就立刻進入車內，然後用螺絲起子發動了引擎，那台車的內裝散發著香菸與皮革的氣味。

我們開過了東十四街，後來改名叫國際大道，這裡治安亂七八糟，他們後來就把這裡改成了完全沒有歷史感的國際大道。我翻找置物箱，找到了一些「新港」菸，我們猜車主應該是白人，會抽「新港」實在是很奇怪。我們兩個都不抽菸，但我們還是抽了那些菸，電台開得震天價響，整趟車程都沒跟對方說話。不過，那一次有種奇怪的感覺，像是我們穿上了別人的衣服，住在別人家裡，開他們的車，吸他們的菸——雖然明明只有一兩個小時而已。等到我們進入了深東區安全地帶之後，我們知道我們不會有事了。我們把車停在競技場體育館捷運站的停車場，然後走回曼尼家。心情超嗨，逍遙法外居然這麼容易。整個體系都在嚇唬你，所以你以為要遵守規定，但我們學到了他媽的那根本一點都不周密，只要能夠想辦法逍遙法外就可以為所欲為，這就是重點。

我待在曼尼家，希薇亞對地下室大吼，告訴我費娜打電話過來。費娜從來沒有打電話到那裡找我，在我上樓之前，丹尼爾從我手裡拿走了電玩控制器。

費娜說道：「他殺了他們。」

我根本聽不懂她在說什麼。

「你舅舅西斯托，」她說道，「他撞車，兩個人在車子裡，都死了。」

我衝出大門，騎上單車，趕緊衝回家。我的心好慌亂，幹不會吧，覺得它快要跳出來了。在我到達費娜家之前，我心想，六仔他媽的最好也死了。

費娜站在她家門口，我一個動作跳下腳踏車，衝入屋內，彷彿要進去找人一樣。我媽媽、我哥哥，還有西斯托。我必須要堅信這一定是玩笑啊什麼的，而不是費娜站在門口的報喪神情。

「他在哪裡？」

「他們把他抓起來了，在市中心。」

「幹。」我雙膝一軟，跪地，我沒有哭，但我動不了，我真正傷心了約一分鐘，然後情緒反轉，我大叫，鬼吼什麼我已經不記得了。我又騎上單車離開的時候，費娜沒說話，也沒有做出任何舉動。我不記得我當天晚上到底做了什麼或是去了哪裡，有時候你就是隨便亂走，然後就失去方向。

✦

葬禮過後，我搬入費娜家裡。他告訴我西斯托出獄了，判他酒駕，他被吊銷駕照，但他們放走了他。

費娜告訴我不要去找他，永遠不要，就此放下一切。我不知道我如果過去的話會做出什麼事，不過她根本攔不了我。

在前往他家的途中，我先到停車場附近那間我知道不會查我證件的酒品專賣店。我進去之後，買了一瓶七百五十毫升的邑爵，那就是六仔平常喝的酒。我不知道我過去找他到底要幹什麼。我心想應該會灌醉他，然後把他打得半死，也許殺了他吧，但我知道不可能如此。六仔個性我行我素，我的怒氣當然已經到了想殺人的地步，但我只是不知那將會是什麼情景。我走出店外，聽到附近有鴿子在哀傷低鳴，那聲響讓我起雞皮疙瘩——不是因為發冷，但也不是開心興奮的那一種。

✦

從我有記憶開始，我們家後院就一直有哀鳴的鴿子——牠們總是窩在後院的門廊下方。有次我和爸爸在後院修我的腳踏車，他告訴我：「那聲音實在太悲傷了，簡直逼人想要殺光牠們。」我爸爸去世之後，我覺得聽到的次數越來越多，或者，也可能只是牠們讓我想起了爸爸，還有他對於悲傷的態度。我當時也不想要落入悲傷情緒，它就像是那些臭鴿子給我的感覺一樣。所以我十歲的時候，帶著聖誕節拿到的ＢＢ槍走到後院。有一隻鴿子面對著牆壁，牠的叫聲彷彿真的唱入了我的心底。我對著牠的後腦勺開了一發，背部兩發，那隻鳥立刻飛起，羽翅揚升，但隨即開始緩落，以詭異的下螺旋方式迅速拍了幾下翅膀，掉在隔壁鄰居的院子裡，我靜靜等待，想知道牠還會不會動。我開始想像牠的感受，在我面前飛起之後的頭部與背部刺痛。我對這隻鳥完全沒有任何愧欠，因為自從我爸爸中槍之後，那哀鳴就一直讓我好難受。當時的我必須低頭看著他，看到他不可置信地拚命眨眼，我爸爸也抬頭看著我，彷彿他才是那個非常、非常抱歉的人，抱歉讓我目睹他的這個模樣，抱歉對於可能發生的瘋狂現實侵入我們的生活之中卻毫無掌控能力。

我到了西斯托的家，猛敲他家大門。「喂！六仔！喂！」我又往後退，盯著階梯上方的窗戶，我聽到了腳步聲，刺耳又緩慢。六仔開門的時候，根本沒看我，也沒有等著看我會講什麼話或做出什麼舉動，逕自走回屋內。

我跟他進了他的臥室，找到了他放在角落的某張老舊辦公椅，坐了下來。能找到空位真讓我嚇了一大跳，看看房間其他地方的狀態吧——衣服、酒瓶、垃圾、稀落的菸草屑、大麻、到處四散的菸灰。他似乎傷心得要死，我發覺自己其實想對他說些安慰的話，真受不了我自己。但這是我第一次以不同的角度看待這件事，我對他產生了憐憫，也知道他對自己的所作所為有什麼感受。

「我帶了一瓶酒過來，」我說道，「我們去後院吧。」我走出去的時候，聽到他起身，跟在我的後頭。

在那個有彎形圍牆的茂盛後院裡，六仔放了好幾張椅子，兩頭各有一棵柳橙樹與檸檬樹，我記得以前是結實纍纍。我們默默喝酒喝了好一會兒，我望著他抽菸，大麻菸。我一直在等他主動開口，聊一下我媽媽和我哥哥的事，但他並沒有，點了菸。

「在我們小時候，」六仔說道，「我和你爸爸經常躲進你外婆的衣櫃裡，她在裡面弄了個神壇，上面放了各式各樣的怪東西。比方說啦，她有骷髏頭，就是大家稱之為小人的那種骷髏頭，她告訴我們那些小人會偷寶寶和小孩。她還有裝滿各種粉末、藥草，以及石頭的罐子。有一次，她抓到我和你爸爸躲在衣櫃裡，她叫你爸爸趕快滾回家，他一溜煙跑走了。她目光超銳利，一下就變得暗沉，彷彿在你平常看到的那雙綠色眼眸裡面還有另一雙更黑暗的雙眼。我手裡拿著那個小骷髏頭，她叫我把它放下來，她告訴我，這一次，我沒辦法擺脫體內的某種東西了。她告訴我，我可以像個男子漢一樣面對它，帶著它入土。不過，我也可以把它分給家人，久而久之就可以發散出去，就連對陌生人也一樣。那是我們家族代代流傳的某種古老暗黑殘力。有些人在傳給下一代的時候得病，某些人會有紅髮綠眼。我們天生就有這種兇殘的傳統惡力，會讓你變得非常暴戾。你有這種特質，你外公也有。她告訴我，你要像個男子漢，留在自己身上就好。」六仔拿起酒瓶，喝了一大口。我看著六仔，盯他的雙眼，想知道他是不是在等我說什麼，然後，他把酒瓶丟在草坪上，站起來。我真不敢相信他居然沒有提我媽媽和我哥哥的事。還是他想要激怒我？或者，這是對於我們全家一路發生不幸的某種冗長解釋？

「我們走吧。」他的語氣好像是我們剛剛才講過要去哪裡一樣。他把我帶入他家的地下室，他拿出一個狀似工具箱的木盒，他說那是他的靈藥箱。

「接下來要靠你幫我脫困……」他拖長語韻，拿出一株綁有紅繩的乾枯植物，點燃了它。那味道與煙都很濃烈，聞起來有麝香、泥土，以及費娜的氣息。我對於傳統儀式一無所知——不管他說什麼——但我知道我們不能吞下它。

「這是悠久傳統。」西斯托說完之後，把一些粉末倒入他的手中，然後他向我示意，叫我把頭湊過去一點，彷彿這樣可以看得更仔細。然後，他深吸了一大口，全部吹到我臉上。那濃度跟沙子一樣，有些噴進了我的嘴裡，還有的進入鼻腔。我嗆到了，像狗兒一樣拚命擤鼻涕。

「我們有天生的邪惡血脈，」西斯托說道，「有些這樣的傷口會傳承下去，就與我們的欠債一樣。我們應該是棕色的才對，你有沒有看到你皮膚這麼白？我們必須要為我們對自己族人的所作所為付出代價。」西斯托閉上雙眼，頭微微前傾。

「六仔，去你的！」我邊咳邊罵人，站了起來。

「坐下來，」六仔從來沒有用過這種語氣對我說話，「它沒那麼糟糕，它也是力量。」

我才剛坐下，就立刻起身。「靠，我要走了。」

「我說坐下！」六仔又再次朝那株植物吹氣，濃煙升起，我立刻覺得想吐，虛弱，我好不容易才走出大門，上了腳踏車，前往費娜家。

✦

第二天一早我醒來，費娜進入我房間，拿著她的車鑰匙在我面前晃動。「快起來，我們準備出發了。」我還是好累，但高燒已經退了。我本來以為我們要去買日常生活用品，不過，當我們開過卡斯特羅谷之後，我知道這不是要採買雜貨或是什麼日常事務。我們只是一直往前開，穿越滿佈風車的連綿山丘，我盯著其中一個看起來像是「瑪利歐兄弟」硬幣的風車，睡著了。

當我醒來的時候，我們已經身在兩側都是蘭花的某處田野。費娜坐在車頂，低頭望著某個東西。我打開車門，看到費娜揮手叫我回去，所以我坐了回去，關上車門。我透過擋風玻璃看到外婆跪在那裡，拿了根線或是釣魚線在猛拉什麼東西，後來，直到牠爬到擋風玻璃上的時候我才看到是什麼東西。

費娜對我大吼：「抓牠的毛，抓一些牠的毛！」但我動彈不得，只能盯著牠，靠，這是什麼？浣熊？不對。然後，費娜抓住了那東西，牠一身黑，有一條從鼻子延伸到頸後的白紋。那東西想要咬她，伸爪撲她，不過她的手已經扣住了牠的背，而且牠也抓不著那金屬車頂。等到牠貌似冷靜下來之後，她用釣魚線制住牠脖子，把牠拎起來。「快過來抓一些牠的毛。」

「要怎麼——」

費娜大喊：「媽的用你的手剝掉牠的皮啊！」

這句話已經足以撩起我的鬥志。我下車，想要從背後抓住那小東西，但反而被牠撲上來，我碰了牠兩次，但都因為不想被咬而作罷。然後，第三次嘗試的時候，抓住了牠的一大坨側邊肉。

「現在回去車子裡面。」費娜起身，把那東西放到地面。她帶著牠進入原野遠處，然後又走回蘭花田的邊界。

她又回到車內，我只能坐在那裡，手指緊握成拳，死抓那一坨毛。費娜拿出某個有珠飾與流蘇的真皮包包，打開，向我示意要把那坨毛放進去。

等到我們上路之後，我開口問道：「那是什麼？」

「獾。」

「為什麼要這麼做？」

「我們要幫你做個箱子。」

「什麼？」

「我們要幫你做個靈藥箱。」

「哦。」我的語氣儼然是講出這句話我就懂了。

我們開車前行，沉默了一陣子，然後，費娜望向我。「很久很久以前，他們找不到給太陽的名字，」她指向我們面前的太陽，「他們無法決定它是男是女或到底是什麼東西。所有的動物為此聚在一起開會，然後一隻獾從地洞裡冒出來，大聲呼喊出那個名字，但一講完就跑了。其他動物追過去，那隻獾躲到地底下，一直不願意出來，牠擔心牠因為講了名字會受到牠們的處罰。」費娜撥了一下閃光燈，切換車道，避開右線某台龜速卡車。「我們當中有些人的心態就是這樣，一直躲在裡面，彷彿自己做錯了什麼事，彷彿我們自身的存在就是錯誤，宛若我們窩在深處，想要說出名字卻沒有辦法，似乎擔憂自己會因而受到處罰一樣。所以，我們就隱身。我們喝酒，因為它幫助我們認定我們可以做自己，無須恐懼。但我們卻用它來懲罰自己。」

我轉頭，低望路面的灰色斑痕，讓我胸中為之一凜。她剛剛所說的一切都沒錯，原本鬱結的一切因而茅塞頓開。

「六仔有靈藥箱嗎？」我雖然這麼問，但早就知道了答案。

「你明明知道他有。」

「是不是妳幫他弄的？」

「那小子從來不肯讓我幫他弄任何東西，」她聲音崩潰，擦拭了一下雙眼。「他自以為可以搞定一切，但你看看他弄成什麼樣子。」

「我本來就一直想要告訴妳，我去找過他了。」

「他怎麼樣？」費娜立刻問我，彷彿早就在等我提起這件事。

「他看起來還不錯。但我們後來喝了酒，然後他帶我去地下室，」

「你有什麼感覺？」

「媽的真想殺了他。」

「為什麼？」

「這還需要問嗎？」

「他又不是故意的，」費娜說道，「他迷失了。」

「他搞砸了一切。」

「你哥哥也一樣。」

「六仔也有參一腳。」

「那又怎樣？所以我們大家都搞砸了，所以我們追根究柢很重要。」

「那這樣是叫我要怎麼辦？我沒有辦法讓爸爸回來，沒有辦法讓媽媽哥哥回來，我不知道這到底是怎麼一回事。」

「你不該知道。」說完之後，她搖下車窗。

天氣越來越熱，我也搖下了自己的車窗。

「一切就是如此，」她說道，「你根本不該知道的，從頭到尾都不應該，一切才能以這種方式運作下去。我們不能知道真相，唯有如此才能讓我們繼續過生活。」我想要說些什麼，但卻無能為力，不知道該講什麼是好。這段話聽起來言之成理，但也像是離譜至極的鬼扯。我悶不吭聲——除了接下來的車程以外，之後的那幾個禮拜也都不說話，她也就隨便我了。

丹尼爾·岡薩雷斯

當我在那群傢伙面前亮出那把槍的時候，他們全都爽斃了。他們互相推來推去，哈哈大笑，彷彿一輩子都沒有這麼開心一樣。自從曼尼死後，氣氛變得超嚴肅，當然是應該要嚴肅，我並沒有說不該如此。不過，要是他能看到他們這樣，一定會很樂，他一定也會很愛那把槍，那是真槍，就跟所有手槍一樣貨真價實。不過，它是白色的，塑膠材質，我在我房間裡——也就是地下室，以前是曼尼的房間——用3D印表機印出來的。我還是沒辦法想像他已經離世。

印出那把槍只花了三小時的時間。他們在看突擊者隊比賽的時候，我媽媽幫他們做了塔可餅。而我待在樓下，盯著槍枝一層層逐漸成形。等到他們下樓的時候，我們大家默默盯著它完成最後的噴印。

我知道他們一定沒想到會有這種事，所以我之前找了一段網路影片請他們看，三十二秒的縮時影片，某人以3D方式列印出一把能開火的槍。他們看完之後，全都樂翻了，大吼大叫，推來推去，彷彿又變得跟小孩子一樣。彷彿覺得這比電玩遊戲還簡單，就像是那一晚我們通宵玩《勁爆美式足球》，有人在凌晨四點贏了比賽，我們全都在鬼叫。我爸爸拿出他放在床邊的小金屬棒走下來——那是他在我們小時候教訓我們的工具，某根鋁棒——那一次他也用那根棒子修理我們，那也是我們在運動家的比賽時，會提早到會場，以確保一定到手的免費紀念品球棒。

曼尼要是知道在他死後，奧克塔菲歐到訪的次數這麼頻繁，鐵定會不高興。我的意思是，這筆帳要算在奧克塔菲歐的頭上，但他是我們的表哥，而他與曼尼就已經像是親兄弟一樣，我們三個就是這樣，真的。奧克塔菲歐不該在那場派對的時候胡說八道，有一陣子我很恨他這一點，當然也怪罪他，但是他一直來找我們，確保我們平安無恙，我和我媽媽。然後，我越想越覺得不能全怪他。扁那個小孩的人是曼尼，其實，這筆帳應該算在我們大家頭上。當曼尼在前院把那小孩打得半死的時候，我們別過頭去，裝作沒看到。枯黃草地一直有褐色的血跡，後來我只好搬出割草機剪個乾淨。之後，在曼尼死去之前，狀況還不錯，有錢進來，我們都沒有問是哪裡弄來的，我們收下了電視機，還有他三不五時留在廚房桌上、內裝現金的信封。我們縱容一切，直到它把他從我們身邊奪走之後，我們才願意正視它。

✦

當我把那把白槍撿起來對準他們的時候，我知道他們全都信以為真。他們嚇得往後退，趕緊高舉雙手，但奧克塔菲歐的反應不是如此，他告訴我放下來。槍裡沒有子彈，但我卻擁有了許久未曾體驗的控制感。我知道槍枝很愚蠢，但這並不表示你握槍在手的時候，不會感受到那股支配一切的感覺。奧克塔菲歐從我手裡取走那把槍，低頭看了一下槍管，然後對準我們大家。這時候，輪到我害怕了，奧克塔菲歐的姿勢讓那把槍的感覺更為逼真，讓那種白變得令人毛骨悚然——就像是什麼塑膠製的不祥之兆落入了壞人之手一樣。

✦

那一晚，等到他們離開之後，我決定寫電郵給我哥哥。那是我幫他設立的帳戶，谷歌的帳號。曼尼很少使用，但有時候會寫信給我，而且會寫下他在真實生活中絕對不會講出的話，這一點很酷。

我打開我的谷歌帳號，回覆我哥哥寫給我的最後一封信。無論發生什麼事，你知道我永遠會陪在你身邊。他講的是他和我們母親吵個不停的事，自從他痛扁那小孩之後，她就一直揚言要把他趕出家門。警察找上門，其實這時候才過來已經太晚了，但他們還是過來問案，她感覺得出來，狀況越來越嚴重。他的心中有一股焦躁，我也感受到了，但不知道該說什麼是好，感覺就像是他提前奔向了那顆子彈，奔向前院。

我把網頁往下拉，準備回信。

嗨，哥哥。靠，我知道你不在了。不過，我現在回覆你的郵件，上頭還有你的最後一封留言，感覺就像是你還在人世。和那些人混在一起，也是這種感覺。你一定很好奇我最近在幹什麼，也許你看得到，也許你知道，如果真的是這樣，你的反應一定是，靠什麼啊？3D列印的槍？靠，我第一次看到的時候，也是同樣的想法，一看到它成型，我就像個瘋子一樣狂笑。我知道你一定不贊成，對不起，但我們需要錢。媽媽丟了工作，你死掉以後，她就一直躺在床上，我就是沒辦法把她拖出門。我不知道要去哪裡生下個月的房租，要是我們等著被房東趕出去的話，還有一個月的寬限期，不過，靠，我們住在這間屋子裡已經一輩子了，到處都還掛著你的照片，我在這裡還是到處都看得到你的身影。所以我們不能就這樣離開，我們的一生都住在這裡，我們不會去其他地方。

你知道嗎？有件事很妙。我在真實生活中就是一派流氣嘴賤，但是在網路世界中，我講話的調調不是這樣，其實就跟現在一模一樣，所以感覺很奇怪。進入網路世界的時候，我希望自己看起來更聰明一點。我的意思是，我打字的時候會小心翼翼，因為那是大家認識我的途徑，看我打什麼內容，看我貼什麼文章。

那裡真的很怪，應該說這裡，不知道大家是誰，只知道他們的化名，一些檔案照。不過，要是你貼出一些很酷的東西，講些很酷的話，大家會喜歡你。我有沒有跟你說我參加的那個社群的事？那地方的名字，那個線上社群就是：沃登扣德，這是靠他媽的挪威語啦。你應該不知道程式是什麼，你死了之後我開始鑽研，我不想出去也不想上學，哪也不想去。

要是在網路上待得夠久，真的認真研究，就可以找到一些很酷的東西。我覺得我和你所做的事差異不大，找出方法，繞過某種只會把成功之道給予那些有錢或有權者的他媽的大惡霸體系。

我靠著網路影片學會了怎麼寫程式，JavaScript、Python、SQL、Ruby、C++、HTML、Java、PHP啊之類的東西，聽起來像是截然不同的語言，對嗎？沒錯。只要投入時間，認真聽論壇的那些王八蛋對你能力的評論，就會逐漸進步。你必須要分辨差異，誰的批評要虛心接受，誰的話可以不用理會。長話短說，但我開始死黏這個社群，發現我要什麼都不成問題，不是毒品啊什麼的，我是說我要當然不成問題，但我沒興趣。我這台3D印表機就是靠某台3D印表機印出來的。沒唬爛，真的是以3D印表機印出的3D印表機，是奧克塔菲歐幫我出的錢。

你離世之後，讓我傷心欲絕的原因之一就是我其實從來沒有好好跟你說話，就連你寫電郵給我的時候也一樣。直到你死掉的那一天，直到你癱躺在那男孩鮮血浸染的同一塊草坪，我感受到失去你的那一刻，我才驚覺我其實好想和你說話。不過，你卻示範給我看，我知道你有多麼愛我。比方說，你會為了我特地弄來一台超貴的施溫單車，很可能本來是哪個嬉皮的車，應該是你偷的，但你是為了我才下手，就某些角度看來，這比你掏錢買車更珍貴。尤其，如果車主是西區那些想要佔據奧克蘭的白種男孩，那就更棒了。你一定知道他們還不敢進犯深東區，應該是永遠不可能。這裡亂七八糟，但話說回來，從高街到西奧克蘭的一切對我來說都是詛咒。反正，我現在幾乎都是透過網路觀看奧克蘭，我是這麼覺得，最後我們幾乎都會變成這樣吧，一直掛在網上。要是你仔細想一想，我們已經算是朝那個方向逐漸靠攏，我們已經像是他媽的安卓系統，老是靠著手機思考與觀看。

你應該也想要知道其他的事吧，比方說，媽媽的近況。她現在下床走動的次數多了一點，但只是走去客廳看電視而已。她也經常眺望窗外，透過窗簾隙縫往外頭偷瞄，彷彿還是在等你回家。我知道我應該要多陪她，但是她讓我好傷心。前幾天，她不小心把祈願蠟燭摔在廚房地板上，碎得亂七八糟。她就直接走人，讓碎片留在原地。我說東西毀爛了但不能就丟著不管啊，客廳原封不動，就像是你的照片還放在壁爐台上面，每次我看到就心如刀割，想起你高中畢業的情景，我們從那時候開始就覺得一切都會好好的，因為你辦到了。

你死掉之後，我開始做這樣的夢。一開始的時候，我在某座島嶼。另一邊有座島，我幾乎很難看清楚，有濃霧，但我知道我得要過去那裡，所以我游過去。水溫暖和，真的是澄藍，不是海灣的那種灰色或綠色。當我到了另外一頭的時候，我發現你在某個洞穴裡，在購物籃裡面搞出一堆比特犬小狗。你在那個籃子裡不斷複製牠們，比特犬，你在你的購物籃忙著複製，同時把那些幼犬交到我的手上，你是為了我才弄出那些比特犬。

所以，當我第一次聽說這種可以複製本身的3D列印機的時候，我第一個想到的是你和那些比特犬，之後才想到了槍。我也學會了與奧客塔菲歐好好相處。他跟我講話的語氣變了，彷彿我不只是你的弟弟，他問我是否需要工作，我把媽媽一直躺在床上的事告訴他，他大哭，他根本沒喝醉哦。我必須要想辦法養活自己和媽媽。我知道你一直希望我去念書，上大學，找個好工作。但我希望現在就能幫忙，而不是等四年，我不想要欠一大筆錢，最後只是待在某間辦公室工作。所以我就在想該怎麼幫忙。我曾經看過資料，可以靠3D印表機製造出這些槍，當時我還不知道能幹什麼。我弄到了CAD檔案與G碼。我弄到列印機之後，印了一把槍——這是我第一個列印的東西。接下來，我要確定它真的可以用。我騎單車到了奧克蘭機場附近。你有一次帶我去過的地方，可以在下面看飛機，我覺得在那裡開槍絕對不會被人聽到。某架西南航空七四七的大屁股班機低飛時，我對水中發射子彈。我的手好痛，手槍微燙，但的確能用。

現在我一共有六把槍。奧克塔菲歐說要給我五千美元，他全部買下。他已有計畫，別人完全無法追蹤到我這裡，所以我不用擔心政府會找上門。我擔心的是那些槍不知道會拿來幹什麼，最後會怎樣，不知道他們會傷害或殺了誰。我知道奧克塔菲歐個性超賤，你也是。不過，曼尼，事情是這樣的，靠他說他們要去搶豐年祭。很瘋狂對不對？一開始的時候，我覺得這聽起來超蠢，然後我就崩潰了，都是因為爸爸。你記得他一直說我們是印地安人，但我們不相信，彷彿我們在等他證明一樣。不重要，因為他對媽媽，對我們做出那種事，爛斃了，他活該。他罪有應得，報應來得太晚。他很可能會殺了媽媽，要不是你把他扁得半死，他應該也會殺了你，要是那時候我可以生出一把白槍給你就好了。所以就讓他們去搶豐年祭好了，隨便啦。爸爸從來沒有教過我們有關印地安的任何事，那和我們有什麼關係？奧克塔菲歐說他們可以賺五萬美金，還說他們要是成功的話，他會再給我五千美元。

至於我呢，大部分的時間都泡在網路上。我馬上就要從中學畢業了，成績還可以。我在學校裡其實沒有看得順眼的人。我唯一的朋友都是你的那些舊朋友，但他們其實不是很想鳥我，只不過我現在可以為他們做槍。但是奧克塔菲歐除外，我知道那件事讓他傷心欲絕，這一點一定要讓你知道，你絕對沒想到吧，是不是？

反正，我會繼續在這裡寫信給你，隨時報告最新狀況。這麼久以來，我的心中終於燃起了一點小小的希望。倒不覺得是好轉，只是將會發生改變而已，有時候我們所求的不過就是如此。因為這表示內心在動，世界不停運轉，表示不該永遠停留在同樣的暴怒狀態，想念你。

丹尼爾・岡薩雷斯

我給大家看了所有槍枝之後的隔天，奧克塔菲歐給了我第一筆的五千美元。我把三千美元放在某個空信封裡面留在廚房桌上，就跟曼尼的習慣一樣。我拿了剩下的兩千元買了一架無人機以及虛擬實境眼鏡。

自從我知道那場豐年祭的事情之後，我就一直想要弄一架無人機。我知道奧克塔菲歐不會讓我去，但我還是想要看一看。我想要確定一切沒問題，不然帳會算在我頭上。萬一出了差錯，也不能怎麼辦，想要和媽媽繼續相依為命，我只有奧克塔菲歐這個腹案。現在我買得起還不錯的無人機，而且我看到的文章寫道，要是能有攝影機跟飛，即時錄下現場實況，加上虛擬實境的眼鏡，感覺就真的像是在空中飛翔一樣。

我的無人機有將近五公里的航程，而且可以在空中停留二十五分鐘之久。它的攝影機解析度是4K，競技場體育館距離我們的七十二街住家只有一點多公里。我讓它從後院起飛，因為不想浪費時間，所以讓它原地升空，大約在四點五公尺的高度，然後直接前往灣區捷運站。這東西真的會動，我進去了，我的雙眼，戴上了虛擬實境眼鏡。

到了球場中央後方的時候，我直接飛上去，看到有人在露天座位指著我，我飛近他。是個清潔工——拿著垃圾夾與垃圾袋，那老頭還拿出了自己的望遠鏡。我越來越近，他能幹什麼？什麼也不能做。我幾乎一路飛到了那人的臉上方，他想要伸手抓住無人機。他動怒了，我知道我在搞他，我不應該這樣的。我撤退，降低高度飛回球場，前往右外野的牆壁，然後沿著界外球邊線回到內野區。

在一壘的時候，我發現無人機的電池剩下十分鐘，我可不想在那裡破財損失一千美金，但我想要在本壘板劃下句點。當我到達那裡，正準備要讓無人機回來的時候，我看到露天座位的那老頭朝我跑來，他站在球場，表情惱怒，看起來想要抓下無人機，把它摔到地上——狠狠踩爛。我後退，但忘了升高，所幸我玩電玩的時間夠久，驚慌腦袋早就有了硬佈線，在壓力之下依然有精采演出。不過，有那麼一秒鐘，我跟他之間的距離已經近到可以數算那老傢伙的臉上到底有多少條皺紋。他拚命想要打下它，無人機差點就被他擊落了，不過，我直接飛高，動作迅速，幾秒鐘的時間就爬升到了六公尺或十二公尺的高度，飛越高牆，直接回到我家後院。

我在家裡不斷重複觀看那段影片，尤其是最後他差點抓到我的那一段。靠好刺激，真逼真，彷彿我就在現場一樣。正當我想要打電話給奧克塔菲歐，講出這一切的時候，我聽到樓上傳出尖叫，是我媽。

自從曼尼中槍死亡之後，我一直處於焦慮狀態，心中總是有個角落擔憂著會遇到劫難。我衝上樓，到達樓梯頂端的時候打開門，看到我媽媽拿著那個信封，以手指在點算鈔票。她是不是以為那是曼尼留下的錢？彷彿他以某種方式回來了？或是他依然還在人間？她是否覺得這是顯靈？

我正打算要告訴她其實那是我和奧克塔菲歐的心意，她卻過來擁抱我，把我的頭摟入她懷中，頻頻說道：「抱歉，真的很抱歉。」我本來以為她指的是自己一直躺在床上徹底放棄人生的事，但她一直抱歉個不停，我想她其實指的是我們所發生的一切多麼令人遺憾，我們失去了這麼多，我們曾經是緊密的一家人，日子過得有多開心。我想要告訴她，沒關係——她每說一次對不起，我就會重複一次「媽，沒關係……」。但過沒多久之後，我發現自己也對她說對不起，我們就這樣互相道歉，最後我們都開始放聲大哭，顫抖不止。

布魯

保羅和我是在印地安帳篷成婚，有些人把它稱之為「原住民教會」，或者是迷幻仙人掌式婚禮。我們把迷幻仙人掌稱之為靈藥，因為它真的就是靈藥，我相信大部分的東西都可以成為靈藥，這個信念幾乎沒有什麼動搖。保羅的父親在兩年前為我們辦了印地安帳篷式婚禮，就在那個火爐前面，在那個時候，他賜給了我名字。我被白人家庭收養，我需要一個印地安名字。夏安語是「奧塔塔沃歐梅」，但我不知道該怎麼唸出正確發音，它的意思是：生命之藍色煙霧。保羅的爸爸開始喊我布魯（藍色）當成小名，從此就定了下來。而在此之前，我一直是克里絲托。

✦

我知道我生母名叫賈姬．紅羽毛，這幾乎就是我對她所知的一切了。我的養母在我十八歲生日時講出了我生母的名字，還講出她是夏安族人。我知道我不是白人，但也不是那麼絕對。因為我雖然有深色頭髮與棕色皮膚，不過，每當我看到鏡中的自己，我看到的卻是內心世界的自己。而我感受到的內在，就與我媽媽老是放在我床上，但我從來不使用的白色藥丸狀抱枕一樣白。我在莫拉加長大，就位於奧克蘭山丘另一頭的某個郊區——讓我比一般奧克蘭山丘的小孩更具有奧克蘭山丘地區的氣質。所以我在富庶環境中成長，家中後院有游泳池，一個蠻橫的母親，還有一個老是不在家的父親。我會帶著在學校聽到的種族歧視辱罵回家，宛若一九五〇年代一樣。當然，全部都是辱罵墨西哥人的髒話，因為我居住的那個區域根本不知道這世界上依然存有原住民。看看奧克蘭山丘將我們與奧克蘭分隔得有多麼嚴重，那些山丘扭曲了時間感。

我母親在我十八歲生日時對我說出了那些事，我並沒有採取任何行動，讓它塵封多年。我一直覺得自己是白人，但無論我去到哪裡，別人對待我的態度就像是對待其他棕色皮膚的人一樣。

我在奧克蘭印地安中心找到了工作，幫助我找到了更強烈的歸屬感。某一天，我瀏覽分類廣告網站，發現我在奧克拉荷馬州的部族正在找一名青少年服務的協調專員，這與我在奧克蘭的工作一樣，所以我就申請了，但其實不覺得自己會拿到這份工作，不過，他們真的找我去上班，幾個月之後，我搬到奧克拉荷馬州，保羅當時是我的上司，我搬去才一個月就開始與他同居，一開始的關係超級不健康，但進展如此快速的部分原因是因為儀式，因為那種靈藥。

我們每個週末都會舉行儀式，有的時候，如果沒有人出現的話，就只有我、保羅，還有他爸爸。保羅負責看火，而我則拿水給保羅的爸爸。除非你認識了那種靈藥，否則永遠不知道有那種靈藥。我們祈禱整個世界會越來越好，每天早上從印地安帳篷出來的時候，都有這種感覺，當然，整個世界其實依然照常運轉。不過，那時候覺得一切都合情合理，而且持續了好一陣子。在那裡，我可以隨著煙霧與祈禱一起蒸騰，慢慢飄飛，穿過印地安帳篷的十字柱，一口氣立刻直衝天際。但自從保羅的爸爸死去之後，我當時所祈禱的一切完全逆轉，而且以保羅拳頭的形狀傾流而出，壓制在我的身上。

經過第一次、第二次，之後我已經不再計算次數，我還是留在他身邊，一直沒走。我還是與他同床共眠，每天早上若無其事去上班。早在他第一次對我揮拳的時候，我就該離開了。

我回頭找以前奧克蘭的單位，申請到了工作。是豐年祭的活動統籌，除了每年一度的青少年夏令營之外，我沒有任何經驗，但是他們本來就認識我，所以我得到了那份職缺。

✦

我望著自己映在高速公路的影子慢慢變長，轉為平扁，就在這個時候有台車飛駛而來，完全沒有放慢速度，似乎也沒有注意到我。我不想放慢速度或引人注目，我踢了顆石頭，聽見它碰到某台汽車車身或是草地裡的某個中空物。我加快腳步，一陣熱風襲來，某台卡車從我身邊經過，汽油味直衝我的鼻腔。

早上保羅說他一整天都得用車，我覺得這是天顯預兆。我告訴他，我會請潔蘿汀載我回家，她是我同事，她的職位是物質濫用諮商師。我知道我留在那間屋內的一切將等於就此永別。大部分的物品我都沒什麼好眷戀的。但是我的靈藥箱，他爸爸特地為我製作的那一個，我的印地安扇子、葫蘆、雪松袋、圍巾——必須得靠時間才能真正放下。

我一整天都沒有見到潔蘿汀，下班之後也沒看到她的人，但我已經下定決心。我朝公路的方向走去，身上只有手機，還有從櫃檯離開時拿走的美工刀。

我的計畫是前往奧克拉荷馬市，灰狗巴士站。下個月就可以開始新工作，我只需要回到奧克蘭就是了。

有台車放慢速度，然後停在我面前。紅色煞車燈的血光穿透我的夜視範圍。我驚慌轉身，聽到了潔蘿汀的聲音，所以我轉回去，看到了她那台古老的淡褐色凱迪拉克，是她外婆送給她的高中畢業禮物。

我進入車內，潔蘿汀看我的眼神像是：幹搞屁啊。她弟弟赫克特癱軟在後座，整個人昏迷不醒。

我問道：「他還好嗎？」

她喊我的姓氏斥責我，「布魯！」潔蘿汀的姓氏是布朗[8]，我們的姓氏都是顏色，這是我們的相通之處。

我問她：「怎樣？我們要去哪裡？」

「他喝酒喝太兇，」她說道，「而且他在接受疼痛治療。我可不希望他睡著的時候嘔吐死在我們家的客廳地板上面，所以他要跟我們一起走。」

「我們？」

「妳為什麼不直接叫我載妳一程就好？妳告訴保羅——」

我問道：「他打電話給妳？」

「對，那時候我已經在家了，」潔蘿汀伸出大拇指，朝後座指了一下。「我告訴保羅，妳晚上要加班，陪某個小孩等對方的阿姨現身，不過我們馬上就會離開了。」

「謝謝妳。」

她問道：「所以妳要逃走了？」

「對。」

「回去奧克蘭？」

「嗯。」

「去搭奧克拉荷馬市的灰狗巴士？」

「嗯。」

潔蘿汀回我：「妳真是嚇了我一大跳。」

「我知道。」然後，那段對話讓我們沉默前行了好一陣子。

我覺得我看到一具人形骷髏靠在木柱鐵刺網。

我問道：「妳有沒有看到？」

「什麼？」

---

❽ 棕色之意。

「我不知道那是什麼。」

「大家都覺得一直在這附近看到異象，」潔蘿汀說道，「妳知道妳剛剛走的公路那裡有一個區段，北行一段距離，過偉瑟福德沒多久，那裡有座小鎮，名叫『亡女陰陽路』。」

「為什麼會有那種名字？」

「有個白種瘋女人殺人，砍下另一個白種女人的頭。三不五時會有青少年挑戰去事發現場。那個遇害的白種女人被殺的時候，懷裡還有個十四個月大的嬰兒，這小孩是好不容易活了下來，大家都說半夜的時候會聽到那女人哭喊寶寶的聲音。」

我回她：「嗯，知道了。」

潔蘿汀繼續說道：「妳在這裡要擔心的不是鬼魂。」

「我從辦公室帶走了一把美工刀。」我對潔蘿汀說完之後，從外套口袋裡取出來，還把刀片從塑膠柄身推出來給她看——彷彿她不知道美工刀是什麼。

潔蘿汀說：「是他們把我們逼到這裡。」

我回她：「這裡比家更安全。」

「妳應該要對保羅更狠一點。」

「所以我應該要回去嗎？」

潔蘿汀問我：「妳知道每年有多少印地安婦女失蹤？」

我反問：「妳知道嗎？」

「我不知道，不過，我聽說的數字很驚人，而且真實數目應該是更多。」

「我也看過類似的消息，有人貼文說加拿大的失蹤女性人數持續攀升。」

「不是只有加拿大，到處都是。這世界正在進行一場針對女人的秘密戰爭，連我們也被蒙在鼓裡，那是就算我們知情也不能講出去的秘密。」她搖下車窗抽菸，我也點了一根菸。

「不論在任何地方，都有女人會在路上被拖出來，」她說道，「他們把我們拉下車，把我們扔在那裡，任由我們奄奄一息，化為白骨，然後我們就完全被遺忘了。」她把菸丟到窗外，她只喜歡抽前面幾口而已。

「我一直在想那些會做出那種舉動的男人們，我知道他們不正常——」

她說道：「還有保羅也是。」

「妳知道他歷經的過往，他不是我們討論的那種人。」

「妳說的沒錯。不過，做出那種舉動的男人，還有妳平常遭受的酒醉暴力，兩者之間的差距並不如妳所想像的那麼天差地遠。然後，妳還會遇到那種位高權重的病態人渣會拿比特幣在黑市買我們的屍體，還有高階人士會因為聽到我們被砍殺、被關在密室猛撞水泥地的尖叫聲而高潮——」

我驚呼：「天哪……」

「什麼，難道你以為那是假的嗎？搞這種事的人是活生生的禽獸，你從來沒有看過的人。他們需索無度，要是最後什麼都不能讓他們感到滿足，他們接下來會想要更難到手的目標：瀕死印地安女子的尖叫錄音，或者是被剝皮的人體、一組印地安的女人頭，也許某些人頭已經進了曼哈頓中城某棟辦公大樓的頂層秘密辦公室，在後面有藍光映照的水缸裡漂浮。」

我說道：「妳想得好多。」

「我遇過好多女人，」她說道，「困陷在暴力之中動彈不得，她們還得替小孩著想，不能就這麼離開，帶著小孩，沒錢又沒親戚。我必須說服這些女性做出其他選擇，勸她們進入庇護中心，我必須要留意這些男人什麼時候會不慎出手過重。所以呢，不是，我不是要告訴妳應該回去，我現在要載妳去巴士站。不過，我要說的是，妳不該自己在晚上跑到公路邊，我要說的是妳早就該傳訊息給我，請我載妳一程。」

「抱歉，」我說道，「我本來以為下班後可以看到妳。」

我覺得疲倦，而且有一點惱怒。只要抽菸之後就是這反應，我不知道我幹嘛要抽菸。我打了一個大呵欠，然後把頭斜倚在窗邊。

眼前一陣晃搖模糊的打鬥，我驚醒過來，赫克特伸出雙臂繞過潔蘿汀身體兩側——想要伸手抓方向盤。我們整個偏離，車子已經不在公路，現在位置是剛過奧克拉荷馬河大橋的雷諾大道，距離灰狗巴士站並不遠。潔蘿汀想要甩開赫克特，我雙手不斷猛拍赫克特的頭，努力阻止他，他發出哀號，彷彿不知道自己在哪裡，或者是他惡夢乍醒，也可能是依然深陷其中。我們突然向左暴衝，然後又以更猛的力道右偏，撞到人行道邊緣翻覆，滾過某段草地，最後在六號汽車旅館的停車場停下來，就在某台停放的卡車前面。置物箱脫落壓住我的雙膝，我雙手朝擋風玻璃亂揮，安全帶拉住我，深陷我的肉內。我們停了下來，我的視線一片模糊，天地有些旋晃。我四處張望，看到潔蘿汀的臉一片血肉模糊。她的安全氣囊炸開，似乎是弄斷了她的鼻子。我聽到後門開了，看到赫克特摔出去，起身，踉蹌跑走了。我拿手機要叫救護車，正準備要打電話的時候，看到保羅又打電話來，他的名字、他的照片，映入我的眼簾，他坐在辦公室電腦前面，揚起下巴露出那種「我是印地安超級硬漢」的表情。我接了電話，因為潔蘿汀現在就在我身邊，他根本沒辦法能對我怎麼樣。

「喂，靠你是想幹什麼？我們剛剛出車禍了。」

他問道：「妳在哪裡？」

我說道：「我沒辦法講話，我正要打電話叫救護車。」

「妳在奧克拉荷馬市做什麼？」我的下腹部陡然一沉。潔蘿汀望著我，張嘴默聲示意：掛電話。

「我不知道你怎麼知道的，但我要掛電話了。」

保羅說道：「我馬上就到了。」

我切斷電話，「媽的是不是妳讓他知道我們在哪裡？」

潔蘿汀拿著襯衫抹鼻子，「沒有，媽的我當然沒有說啊。」

「那他怎麼會知道我們在這裡？」我現在的語氣比較像是自言自語，而不是在質問她。

「靠！」

「什麼？」

「一定是赫克特傳訊給他，赫克特現在完全瘋了，我得去找他。」

「妳的車怎麼辦？妳還好吧？」

「我不會有事。趕快去巴士站，躲在廁所裡面，等到巴士要離開的時候再出來。」

「那妳要怎麼辦？」

「去找我弟弟，想辦法說服他不要自以為是亂搞下去。」

「他出來多久了。」

「只有一個月而已，」她說道，「而且下個月要再回去。」

我側身抱著她，「真不敢相信我們還是到了這裡。」

「快走！」雖然她這麼說，但我不肯放手。

「快走啊！」她用力推我，我膝蓋僵硬痠痛，但還是開始拚命往前跑。

灰狗巴士的招牌宛若燈塔大亮，但是裡面的燈已經全暗了。太遲了嗎？現在是幾點？我看了一下手機，才九點鐘，沒事。我回頭，看到潔蘿汀的車依然在原處，還沒有看到警察，我可以打電話報警，等待警察到來，講出事發經過，告訴他們有關保羅的事。

巴士站空蕩蕩，我直接進入洗手間，找了間廁所，蹲在馬桶上面。我想要靠手機訂機票，但是他打電話進來，一直打斷我，害我沒有辦法買票。我看到螢幕上方有一封簡訊進來，不想理會，但我真的沒辦法。

妳在這裡嗎？我知道他這封簡訊的意思指的是車站，他一定看到了潔蘿汀的車，發現事發地點距離車站居然這麼近。

我傳訊回道：我們在車禍地點附近的酒吧。

放屁。他傳訊完之後，又繼續打電話。我按下手機的頂端按鈕，他很可能在這裡，朝巴士站走來，正在尋找我手機的光，聆聽它的震動聲響。他不會進來廁所的，我還是關閉了手機震動功能。就在這時候，我聽到廁所出入口的門開了。我的心臟鼓脹狂跳，胸膛根本壓不住。我深呼吸，盡量保持安靜，放慢速度，我依然站在馬桶上，低頭偷瞄到底是誰進來。我看到是女鞋，老女人，又大又寬的魔鬼氈米色鞋子，進入了我隔壁的廁所間。保羅又打來了，我再次按下頂端按鈕。

快啊寶貝，快出來，妳要去哪裡？我看到了簡訊，我的腿好痠，剛才的車禍讓我的膝蓋不斷在抖動，我坐在馬桶上，一邊尿尿，一邊思索該回怎麼樣的內容，也許讓他可以離開這裡。

我傳訊給他：我告訴你了，我們在街上，快過來吧，我們喝一杯，好好講清楚，可以嗎？廁所出入口的門又開了，我再次低頭，幹，是他的鞋子，我立刻站回馬桶上面。

「布魯？」他的宏亮聲音響徹了整間廁所。

「先生，這裡是女用洗手間，」我旁邊那間的女子開口說道，「這裡除了我之外沒有別人。」

我知道她剛才一定聽到我在隔壁尿尿的聲響。

保羅回道：「抱歉。」

巴士進站還得等好久，他一定會等到那位女士離開之後再次進來，我聽到那扇門開了之後又關上的聲響。

「拜託，」我悄聲對那女子說道，「他要抓我……」我也不知道我該請她幫什麼忙。

那女人問道：「親愛的，妳的巴士還得等多久才出發？」

「三十分鐘。」

「別擔心，妳到了我這把年紀的時候，在廁所窩這麼久也不會有人怪妳的，我會留在這裡陪妳。」她說完之後，我開始哭，不是大哭，而是啜泣，但我知道她聽得見。鼻涕在淌流，我猛力吸回去，不要再讓它冒出來。

我說道：「謝謝妳。」

「這種男人，只會越來越囂張。」

「我看我得要跑出去了，馬上跑向巴士。」

「我隨身帶錘子。以前我被攻擊過，而且被搶的次數不只一次。」

我說道：「我等一下要去奧克蘭。」這時我才驚覺我們現在已經不是在悄聲說話，不知道他是不是躲在門口，我的手機已經不再響了。

她回道：「我會陪妳一起走出去。」

我趕緊用手機訂車票。

我們一起走出廁所，車站空無一人。這女子是棕色皮膚，難以辨識是哪一個種族，雖然從她的鞋子已經可以判斷她很年長，但還是比我想像的蒼老，她臉上有那種宛若雕木般的深紋。她向我示意，我們手勾手一起走。

我上了巴士的階梯，這位老太太在我後面。我把手機裡的車票給司機看過之後，關掉手機，走到後座，深呼吸，吐氣，等待巴士出發。

湯瑪斯・法蘭克

在你出生之前，你是在奶色游泳池裡面有頭有尾的小東西——游泳高手。你是競賽者，是碩果僅存，是突破，是終於抵達終點的。在你出生之前，你是母親身體裡的卵，而她也曾是她母親身體裡的卵。在你出生之前，你是母親卵巢裡未來的某一層俄羅斯娃娃。你是上千種各式各樣對半組合的結晶，你是百萬分之一的正反機率，你是銅板旋翻時的那一道閃光。在你出生之前，你是去加州孤注一擲的夢想，你是白色皮膚，你是棕色皮膚，你是紅色皮膚，你是塵土。你在躲藏，你在找尋。在你出生之前，你是被追捕、被毆打、崩潰、陷落在奧克拉荷馬州某個保留區的人。在你出生之前，你是母親在七〇年代心中的志向，一路搭便車、橫跨全美，成為紐約的某名舞者。她沒有完成橫跨之行，卻暴衝旋落在新墨西哥州的陶斯，待在某個名叫「晨星」的迷幻仙人掌社區。在你出生之前，你是你爸爸決定離開保留區、千里迢迢前往北墨西哥州，向某位普韋布洛印地安人學習造火爐之術的理由。當你的父母在傳統儀式的火堆前四目相接的時候，你是他們淚濕眼眸裡的光。在你出生之前，你在他們各自身體中的那一半，跟著他們一起到了奧克蘭。在你出生之前，根本還不是心臟、脊椎、骨頭、腦、皮膚、鮮血、血管組合物的那個時候，在她腹中的你還並不明顯，還不是她的大肚子，那時候你爸爸還不會因為看到你隆凸而驕傲到不行，你的父母在某個房間聆聽你心臟發出的聲音，你心律不整。醫生說這很正常，原來你心律不整的心臟不算異常。

你爸爸這麼說：「也許他是鼓手。」

你媽媽嗆他：「他根本不知道什麼是鼓。」

你爸爸回她：「就是心臟啊。」

「醫生說的是心律不整，這就表示沒有韻律感。」

「也許這只是意味他的韻律感很強，所以未必會在妳覺得會出現的時候出手。」

她問他：「什麼的韻律感？」

不過，等到你已經大到可以讓媽媽感受到你的存在時，她就再也不能否認了。你會隨著節拍游泳。當你爸爸拿出定音鼓的時候，你會隨著節拍踢她的肚子，不然就是跟著她的心跳，或者，跟隨著她以自己愛歌錄製的六〇年代老歌混音帶，在宇宙星廂型車不斷循環播放的某首歌曲一起合拍。

等到你來到這世界上之後，四處亂跑亂跳，爬上爬下，以手指腳趾觸碰一切，一直都是如此。餐桌、書桌表面，只要是出現在你面前的任何表面，你都會在拍打之後專注聆聽回送給你的聲響。敲打的音質、鐘聲的喧譁、廚房餐具哐啷作響、叩門、彎折關節、抓頭皮的聲音。你發現萬物皆有聲，就連槍響與回火、夜半列車的嘶吼、吹打你窗戶的強風都一樣，世界是由聲音所組構而成。但每一種聲音之內都潛藏了某種哀愁。在你父母死不認輸的爭吵結束之後，兩人之間的靜默。你和你妹妹透過牆壁仔細聆聽他們說話的語氣，想要聽出是否有爭吵的早期徵兆，又或是戰局即將重啟的晚期徵兆。做禮拜的聲音，福音教派禮拜的沉悶嗡嗡聲與哀嚎，你母親在每個週日祈禱高潮時說的方言[9]，你之所以悲傷是因為你完全沒有任何感動，而且你對它有渴望，你覺得你需要它，可以保護你遠離幾乎每個晚上都會發生的世界末日與永恆地獄之威脅的惡夢——你住在那裡，依然還是個孩子，求死不能，也無法離開或採取任何行動，只能在一片火湖之中被焚燒。即便教會裡的會眾成員、你的家人因聖靈之力而激動倒臥父親身旁走道地板，而你必須喚醒你依然打鼾的父親的時候，悲傷來襲；夏末時段，白天變得越來越短的時候，悲傷來襲；街道上再也沒有小孩出來玩耍而一片寂靜的時候，悲傷來襲。在倏忽流動的天色之中，隱隱埋藏著悲傷。

悲傷猛撲而來，陷入一切之中，它會想盡一切辦法趁虛而入，穿透聲音，穿透你。

經過多年之後，你真的開始打鼓，才想起過往那些拍打或敲擊其實算是在打鼓。知道自己原來一直有天份，感覺應該是很棒才是。不過，你家中的其他成員有太多狀況，所以沒有人注意到你應該另有所成，因為你的手指與腳尖不只是在敲打，你的心思與時間不只是到處拍打各種表面，宛若在找尋進入的方法。

✦

你正準備前往某個豐年祭會場，雖然你已經不再上打鼓課，但大奧克蘭豐年祭還是邀你去打鼓。你本來不想去，自從你被開除之後，再也不想見到任何同事，尤其是豐年祭委員會的人。不過，對你來說，它具有無與倫比的意義——盈滿全身的巨鼓奔向只有鼓鳴、聲響，以及歌聲之地的那種姿態。

你的練鼓小組名稱叫作「南方之月」。在那間印地安中心擔任工友的一年之後才成為裡面的一分子，現在，你應該把這種工作稱之為管理員或是養護人員才是，但你一直把自己當成工友。在你十六歲的時候，你曾經遠赴華盛頓特區，探望你的舅舅。他帶你參觀了美國藝術博物館，你在那裡發現了詹姆斯．漢普頓，他是藝術家，是神秘主義者，是工友。最後，詹姆斯．漢普頓成了你的偶像。反正，當工友也就只是份工作而已，可以繳房租，而且你可以戴耳機戴一整天，沒有人想要跟清潔工講話。耳機是額外的利器，你從大家的辦公桌底下拿走垃圾、為他們準備新的垃圾袋，既然你戴了耳機，他們也不需要因為覺得不好意思而假裝對你有興趣。

練鼓小組的聚會時間是每個禮拜二晚上，歡迎任何人，但不包括女人，她們在週四晚上有自己的練鼓小組，名叫「北方之月」。你第一次意外聽到大鼓之聲是某個下班後的夜晚，你之所以會回去是因為忘了自己的耳機。當你正要上公車的時候，你發現就在你最需要它的時候——也就是下班後的那一段漫長車程——居然不在你的耳內。打鼓小組在委員會中心的一樓練習。你走進去，他們正好在這時候開始唱歌。高亢嚎叫與怒吼和聲發出尖嘯，穿透大鼓的隆隆轟響。老歌唱

❾宗教用語，意指信徒在儀式時說出聽不懂的語言。

出了你其實並非故意、但卻一直存於己身宛若肌膚緊貼的昔日哀傷。就在那個時候，榮歸這個詞語突然在你腦中閃現，它這時候跑出來幹什麼？你從來沒有使用過那個字詞。走過數百年美洲原住民歲月，沿路歌唱，應該就是這種聲音，在歌聲中能夠自我忘卻痛苦。

接下來的那一年，你在每個禮拜二都會回去，準時報到對你來說不成問題，困難的部分是歌唱。你一直不愛講話，當然以前也不曾歌唱，更不要說是獨唱了，不過，鮑比卻終於讓你開口唱歌。鮑比個頭巨大，可能有一百九十三公分，一百五十九公斤。他說他身材之所以這麼魁梧，是因為他的血緣來自八個不同的部族。他會指著自己的肚子這麼說道：他必須要廣納一切。他是小組裡的美聲之王，不費吹灰之力，聲音或高或低自在從容。而且，他是第一個邀請你加入的人。要是鮑比能夠有決定權的話，這個鼓會更大，可以容納所有人，要是可以的話，他會把全世界都放在一張大鼓上面。鮑比．強大．靈藥——有時候名字真的與人相得益彰。

你的聲音就和你父親一樣低沉。

某堂課結束之後，你告訴鮑比：「我唱歌的時候，你根本聽不見我的聲音啊。」

「那又怎樣？加入身體的力量，大家一直輕忽了低音和聲。」鮑比說完之後，遞了杯咖啡給你。

你回他：「有了大鼓就足以應付低音了。」

「人聲的低音比鼓聲的低音更充滿變化，」鮑比回答，「鼓聲低音很封閉，而人聲的低音很開闊。」

你回他：「我不知道。」

「老弟，聲音很可能要經過許久的醞釀才能爆發出來，」鮑比說道，「要有耐心。」

✦

你走出自己的套房公寓，奧克蘭的夏天，記憶中是灰色、永遠是灰色的奧克蘭日子，打從童年時代就是如此的奧克蘭之夏。早晨灰氣深重，讓一整天都充滿了陰鬱涼氣，就連藍天露出的時候也一樣。熱氣太可怕，你動不動就汗流浹背。走路會流汗，想到流汗就會冒汗，它穿透衣物露出汗漬。你摘掉帽子，瞇眼抬頭望太陽。到了這種時候，你恐怕也只能接受氣候變遷以及全球暖化的現實。臭氧層又再次變薄，就像是他們在九〇年代所說的一樣，當時你的妹妹們用「水網」髮膠製造爆炸頭效果，你會發出作嘔聲，還會對著水槽吐口水吐得格外大聲，讓她們知道你痛恨髮膠，而且也藉此提醒她們有關臭氧層的事——在《啟示錄》裡所提到的世界火灼可能就是髮膠害的，倒數第二個部分，洪水之後的那一段，這次是天空氾湧火焰，可能是因為少了臭氧層的保護，也許是因為她們濫用「水網」髮膠——而且為什麼她們需要憑空增加頭髮厚度八公分？弄得像是碎浪波，到底是為了什麼？我們永遠沒有答案，只不過因為其他女孩也都這樣搞。還有，難道你也沒有聽說或看到地球軸心每年都在微微偏移，所以這種角度造成太陽照射的時候，地球宛若鐵片直接承熱，燦亮的程度就跟太陽一模一樣？難道你沒有聽說氣候越來越炎熱就是因為這種斜度，越來越嚴重的斜度。這是無可避免之事，不是人類的錯，也不是因為我們的車或是二氧化碳排放量或是髮膠，也不純粹是因為熵增？凋萎？或者冷漠？

✦

你快到市中心了，正要前往十九街的灣區捷運站。你走路的時候微駝，右肩下斜，就像你父親一樣，連瘸腿的位置也一樣，都在右側。你知道這種瘸拐可能會被人誤以為是裝的，模仿小混混的斜步姿態卻學得四不像，但就某種角度而言，你可能連自己都沒有察覺，其實，你知道自己這種走路的姿態是某種顛覆方式——違逆那種挺直身軀，以順民姿態移動手腳表達順從，對於某種生活與某個國家及其法律宣誓忠誠。左，右，左，然後繼續下去。不過，你培養出這種傾斜垂肩、這種微微右晃的走路姿態，真的是為了要反抗嗎？你在追求的是真正的某種原住民專有的反文化個性？某種幽微的反美國姿態？或者，你之所以以跟你爸爸同樣的方式走路，只是因為基因、痛苦、走路與講話風格可以在大家都毫不費力的狀況下繼續傳嬗下去？這樣的跛腳比較像是你在強化某種自我風格陳述，而不是打籃球的舊傷。受傷之後沒有辦法復原是某種軟弱的象徵。你的跛腳是練習後的成果，一種刻意的跛腳，這也多少說明了你面對打擊、一路被踐踏、潰敗的因應之道，有哪些復原或無法復原的傷口，你為了是否要展現風格而正常走路或是跛行——都是你自己的選擇。

你經過了某間你討厭的咖啡店，因為那裡總是熱得要命，而且店門口總是聚集了一堆蒼蠅。那裡有塊陽光熱區，還有蒼蠅熱愛的肉眼看不見的屎，而門口總是只剩下一個座位，就在那塊蒼蠅熱區，這就是你討厭它的最主要原因。除此之外，它早上十點才開門，到了傍晚六點就關門，吸引了奧克蘭那些宛若蒼蠅盤旋吵鬧的嬉皮與藝術家，還有美國的無聊郊區青少年，想要在奧克蘭找尋隱形賜禮——貧困區人民的接納認同或是從這裡得到的靈感。

進入十九街車站之前，你經過了一群十幾歲的白人青少年面前，他們正在打量你。你的反應近乎是害怕，倒不是因為你擔心他們會做些什麼，而是他們在這裡如此格格不入，但表現的態度卻像是他們擁有了這裡。你想要把他們扁到倒地不起，對他們大吼大叫，把他們嚇回原來的地方。把他們嚇離奧克蘭，把他們一手打造的奧克蘭從他們手中嚇走。其實你真的辦得到，你是那種動作遲緩的大塊頭印地安人，一百八十三公斤，一百零四公斤，肩頭重擔害你身體傾斜，所以每個人都盯著你不放，你身負的重擔。

你爸爸是百分之一千的印地安人。表現好得令人驚豔。戒酒成功、出身保留區的巫醫，英語是他的第二語言。他超愛賭博，對「美國精神」牌的香菸情有獨鍾。他有裝假牙，每次用餐前會禱告二十分鐘，請求造物主幫助每一個人——一開始是孤兒，最後是附近的工人。你的百分之一千印地安人的爸爸只會在舉行儀式時哭泣。在你十歲的時候，他為了你在後院鋪設水泥籃球場，原本就不好的膝蓋更是雪上加霜。

你知道你爸爸曾經是籃球高手，深諳律動的節奏、頭部假動作，以及眼神流動。你從他那裡學到了要如何及時踩出軸心腳。當然，他靠擦板球大量取分，不過以前就是這種打法。你爸爸告訴你，當初他在念大學的時候，他們不准他打籃球，因為他是奧克拉荷馬州的印地安人，在一九六三年的時候，光是這身分就慘了。印地安人與狗不得進入法院或是酒吧，或者不能離開保留區。你爸爸幾乎很少提到身為印地安人或是在保留區成長的事，當然對於現在合格都會原住民的身分有什麼感覺也隻字不提。偶有例外，當他心有所感的時候，漫無歸屬。

你會坐在他的紅色福特卡車裡，一起到百視達租片。你會專心聆聽你爸爸的迷幻仙人掌錄音帶，那種充滿錄音帶靜電、葫蘆鼓搖響，以及定音鼓的轟然音樂。

他喜歡把音量調得震天價響。你無法忍受如此特殊的音樂，你爸爸如此強烈的印地安氣息。你會問他可不可以把它關掉，你會逼他停止播放錄音帶。你會轉到調頻一〇六KMEL音樂頻道——聽饒舌或是節奏藍調，不過，就在這時候，他會隨著音樂舞動，噘起那肥厚的印地安人雙唇，害你尷尬不已，然後又伸出一隻手，在空中隨著音樂打拍子，就是要逗你。在這時候，你會關掉全部音樂，也就是在這個時候，你可能會聽到你爸爸提起他童年時的某個故事，為了一天美金一角的酬勞與祖父母一起撿棉花，他和他的朋友待在樹上，被某隻貓頭鷹以石頭攻擊，還有，曾祖母靠著一場祈禱，就將颶風劈成兩半。

你的肩頭重擔一定與在奧克蘭出生與成長有關。那是塊水泥，其實根本是一塊石板，壓住了單側，不是白色的那一側。至於另一側，你母親的那一邊，你白人的那一個部分，你知道得太多也太少，就是不知該怎麼辦。你的其中一邊是掠奪、掠奪，不斷掠奪的人，而另外一邊是被剝削的人。你兩邊都是，兩邊都不是。當你在泡澡的時候，總是盯著自己的棕色手臂，以及恰成鮮明對比的水中白色大腿，心想真是奇怪，它們怎麼會生在同一個身體？正好塞在同一個浴缸裡？

✦

你之所以會被炒魷魚，都是因為與喝酒有關，而這與你的皮膚問題有關，皮膚問題又與你父親有關，而這又與歷史息息相關。你從你爸爸那裡聽到的某個千真萬確的故事，讓你確切明白身為印地安人的意義，就是你的族人，夏安族，在一八六四年十一月二十九日，在沙溪慘遭屠殺。從來沒有任何一個故事像這個一樣，讓他必須鼓起莫大勇氣才能告訴你與你的妹妹們。

你爸爸是那種喝了酒就會消失好幾個禮拜的人，最後害自己鋃鐺入獄。他是那種必須完全滴酒不沾的酒鬼，絕對不能碰任何一滴酒。所以你也多少算是活該吧，那是永遠無法戒斷的需求，那是多年來你被迫挖掘爬入、其實卻拚命想要爬出的坑洞。你的父母可能在你身上燒出了一個過深又過大的性靈之洞，那個洞完全無法被填滿。

你從二十多歲開始每天晚上喝酒，背後有諸多原因。但你沒多想就開始酗酒，大部分的成癮症都並非蓄意。喝酒讓人心情暢快，你睡得比較好。但如果真的要精準說出主要原因，那都是因為你的皮膚。你一直有皮膚問題，打從有記憶開始就是如此。你爸爸會拿迷幻仙人掌的汁液塗抹你的疹子，的確見效，但他後來就不在了。醫生們想要把它稱之為濕疹，他們希望你靠類固醇藥膏解決。搔癢很可怕，因為越抓越癢，流血狀況就更嚴重。你醒來的時候，指甲縫裡都是血——因為感染四處亂竄，遊走你的全身，產生了無所不在的劇痛——最後鮮血浸染了你的床單，你醒來的時候覺得自己彷彿曾經做了什麼末日之夢，雖然後來忘了。但其實你根本無夢，只有一道裂開的血淋淋傷口，而且你身上一直不知道有哪個地方在發癢。紅色與粉紅色的小塊、圓圈，以及大面積區域，有時候發黃、凸腫、流膿、滲液、令人作嘔——這就是你的表皮。

要是你喝得夠多，晚上就不會亂抓。你可以靠這個方式麻木肉身。你找到了喝光與排出一瓶酒的專有方式，挖掘出自己的各種極限，後來你就全忘了。這麼一路走來，你發現你可以喝下一定的酒——到了第二天——就能夠產生某種特殊的心靈狀態。久而久之，你在心中悄悄把它稱之為「那種狀態」。在「那種狀態」當中，你可以達到一切恰如其分的狀態，精準到位，對於身處之時地有歸屬感，完全自在——幾乎就像是你爸爸經常掛在嘴邊的那段話：「是不是，嗯？感覺超棒超真實？」

不過，你買的每一瓶酒到底是解藥還是毒藥，得要看你能否完全掌控它們而定。

這種方式並不牢靠，無法長長久久。喝到足量但不能喝醉，簡直就像是要求福音派教徒不要講出耶穌之名一樣。所以，在那些課程中打鼓唱歌給了你別的方式。不需要靠喝酒也可以達到目標，靜靜等待，也許到了第二天會看到「那種狀態」浴火重生。

在那趟華盛頓之旅多年之後，你研讀了詹姆斯．漢普頓的文章，依此創生了「那種狀態」。

詹姆斯送給他自己一個封號：「永恆狀態特殊計畫指揮官」。詹姆斯是基督教徒，你不是。不過，對你來說，他瘋狂的程度卻讓你了然於心，你完全明瞭他的意念：他花了十四年的時間，收集他租賃的車庫附近的垃圾，也就是在距離白宮約一點六公里的地方，創造出一件巨大的藝術作品，名為「國家千禧總會之第三層天寶座」。詹姆斯是為了上帝再臨而創生了這個寶座。你知道詹姆斯・漢普頓幾乎是瘋狂奉獻上帝，等待他的上帝降臨。他拿垃圾做了一個黃金寶座。而你自己所建造的寶座的元素是時時刻刻、是飲酒過度後「那種狀態」的體驗、是殘羹剩餚、是未揮發的酒意、是整夜未眠、是做夢；是你望月醉飲的吐納，造就了寶座的形式，造就了一個你能夠坐下的地方。在「那種狀態」之中，你無拘無束的程度，正好可以任行無礙，問題都是在不得不喝酒之後冒了出來。

在你被炒魷魚的前一晚，練鼓小組的活動取消，當時是十二月底，馬上就要過新年了。這樣的喝法不是為了要到達「那種狀態」，那是毫不在乎，漫無目的的喝法——這就是你這種酒鬼的風險與惡果之一，無論你學習控制的技巧多麼純熟，一定會出現這種下場。夜盡之際，你已經喝光了一瓶七百五十毫升的金賓威士忌。在沒有刻意拚酒的狀況下，七百五十毫升真的是喝太多了。這可能好多年才會出現一次的開喝，隨便找了個週二夜獨飲。這種喝法，讓你元氣大傷。你的肝，最為你鞠躬盡瘁的器官，一直將你吞入體內的垃圾進行解毒。

第二天你去上班的時候，你覺得自己沒事。有一點暈暈的，還在宿醉狀態，但那天的感覺很正常。你走入會議室，豐年祭委員會正在開會，他們招呼你享用他們稱之為早餐墨西哥雞肉捲的食物，你吃了，也認識了委員會的新成員。然後，你腰際的對講機傳出呼喚聲響，你的長官吉姆把你叫到了他的辦公室。你進去辦公室的時候，他正在講電話，以手摀住嘴巴。

「有隻蝙蝠，」他指向走廊外頭，「把牠弄出去，這裡不能出現蝙蝠，這是醫療機構。」他的語氣儼然是你把蝙蝠帶進來的一樣。

你進入走廊，抬頭，四處張望，看到那東西在走廊盡頭，會議室附近的角落天花板。你走過去，拿了塑膠袋與掃帚，小心翼翼接近蝙蝠，速度緩慢，但當你正要接近牠的時候，牠卻飛進了會議室。所有的人，豐年祭委員會的每一個成員，大家的頭轉來轉去，盯著你衝進來追捕牠。

你回到走廊，蝙蝠繞著你打轉，牠在你背後，然後又停到你脖子後方，牙齒與爪子陷入肉裡。你嚇得半死，伸手往後一抓，掐住蝙蝠某邊的翅膀，你沒有做出理應做出的動作——放入你一直帶在身邊的垃圾袋——反而以雙手掐住牠、使出全身氣力捏爆，那隻蝙蝠在你手中碎爛，成了一坨混合鮮血、細骨與利牙的糊爛物。你把牠摔在地上，等一下會立刻拿拖把清理乾淨。花一整天的時間擦乾淨，重新打掃，但不行啊。整個豐年祭委員會都在那裡，他們來到了這裡，盯著你在他們開會的時候衝進來追蝙蝠，抓住了牠，每個人都一臉嫌惡看著你，你自己也覺得噁心。你雙手抓住牠，那隻小動物，就這麼死在地上。

你清理完那一片狼籍之後，回到主管辦公室，吉姆示意請你坐下。

「我不知道你到底是怎麼了，」吉姆雙手抱頭，「但我們是醫療單位，不能容忍這種事。」

「大混蛋……抱歉，但那個臭東西咬我，我的反應——」

「那個沒關係，湯瑪斯，只有同事看到而已，可是你渾身散發酒味。醉醺醺來上班，抱歉，但這已經是開除等級的違規，你知道我們這裡是零容忍政策。」現在他的神情不是生氣，而是失望。你差點對他脫口而出，這只是昨晚喝的酒，但應該是沒差了，因為你現在體內的血液酒精濃度恐怕還是超標，體內依然有酒精，還存留在你的血液之中。

你開口說道：「我今天早上沒喝酒。」你差點在胸前畫十字聖號，你就連在童年時代都沒有做出過這種舉動。吉姆有種特質，他就像個大孩子一樣，他不想要處罰你。畫十字聖號就像是某種讓吉姆信服的方式，你在說實話。

吉姆說道：「抱歉。」

「就這樣？我被炒魷魚了？」

「我無能為力。」吉姆起身，走出自己的辦公室。「湯瑪斯，回家吧。」

你到了列車月台，享受那陣冷風或微風或什麼都好，反正就是列車抵達之前所帶來的那股氣流。你還看不見車身或燈光的時候，只有聽聞其聲，感受到那股直撲而來的涼氣的時候，你格外珍惜，因為它可以好好冷卻你滿頭大汗的狀態。

你在列車的前頭找了一個座位，機器人聲唸出了下一站，它開口，嚴格來說不能算是開口，反正隨便啦，機器人說了話，下一站第十二街車站。你記得自己的第一場豐年祭，你爸爸帶著你和你的妹妹們——在離婚之後——到了某間柏克萊中學的體育館。你們家族的老友保羅在籃球場邊線跳舞，超級輕盈的腳步，超級優雅的風姿，雖然保羅個頭相當高大，而且你以前從來不覺得他有哪裡優雅。不過，那天你看到了豐年祭是怎麼一回事，還有保羅可以完全駕馭優雅，甚至還有某種印地安專屬的帥勁，靠的就是那類似霹靂舞的舞步，以及耍帥所需要的從容感。

列車繼續前行，你想到了你爸爸，還有離婚後帶你去豐年祭的事，還有他在你更小的時候從來沒有帶你去過豐年祭——你懷疑這可能是因為你媽媽，還有基督教信仰的緣故，讓你先前不曾參加過任何豐年祭，也沒有從事其他印地安人的活動。

列車從水果谷區的地下車道冒出來。上面是漢堡王與恐怖河粉店，東十二街與國際大道幾乎交會的地帶，牆壁充滿塗鴉的公寓、廢棄的房屋、倉庫、汽車零件店隱隱約約出現在列車的窗面，頑強抵抗之姿宛若奧克蘭新都更計畫的累贅。就在水果谷站之前，你看到了你每次都會特別注意的那座老舊磚造教會，因為它看起來如此破敗不堪。

你突然一陣傷悲，因為想到了自己的母親、她失敗的基督教信仰，以及你的失敗家庭。大家現在生活狀況不一，你再也沒見到他們，而且孑然一身了這麼久。

你好想哭，覺得自己很可能會掉淚，但你知道自己哭不出來，也不應該哭泣。淚水毀了你，早在多年之前你就已經放棄了它。不過，懷念你母親與家人的思緒總是在特定時機出現，每當你在奧克蘭滋長的基督福音末世心性當中的神秘天國與地獄似乎又復活過來，侵襲你，全面包圍你的那些時刻。

那一次，你記得十分清楚。無論過了多久，一直無法遺忘。在大家醒來之前，你的母親對著她的祈禱書掉淚。你知道這件事，是因為你看到了淚珠的痕跡，而且你記得落在她祈禱書裡的淚痕。你多次端詳那本書，因為你想要知道在教會裡講出那種瘋狂天使語言的她，會雙膝癱軟跪地的她，當初在印地安儀式中愛上你父親最後卻稱其為邪教的她，可能向上帝探問了什麼問題？有什麼樣的私人對話？可能與上帝進行哪些互動？

你的列車離開了水果谷站，讓你想到了狄蒙德區，讓你想到了維斯塔街，一切就是在那裡發生的，你的家人的生與死之地。你的妹妹迪隆娜，吸天使塵吸得很兇。你就是在那個時候發現不需要宗教也可以激動倒臥不起，因為魔鬼附身他們的舌頭開始胡言亂語。某天，迪隆娜放學後吸食了太多的天使塵，她進入家門，看得出來她已經陷入瘋狂狀態。你光看她的眼神就知道了——眼瞳後方少了迪隆娜的迪隆娜。接下來，是她的聲音，那種低沉喉音。她對你爸爸大叫，他也回吼，她叫他閉嘴，他聽到了她的那種聲音，真的不講話了。她罵他連自己在敬拜哪一個上帝都不知道。過沒多久之後，迪隆娜倒在你妹妹克里絲汀房間地板，口吐白沫。你媽媽立刻緊急找人組成祈禱團，圍在她身邊祈禱。她吐沫抽搐，激動情緒消逝，藥效退去，她終於停止動作，閉上了雙眼，她的狀況終於結束了。她清醒之後，他們給了她一杯牛奶，等到她聲音與眼神恢復正常，對於剛才的事完全沒有記憶。

後來，你想起母親曾經說過，嗑藥就像是從天堂大門下方悄悄溜進去一樣。但對你來說，它還比較像是地獄國度，但也許它的廣大與可怕超過了我們的想像。

也許我們的天使與魔鬼囈語講得太久了，不知道我們是什麼，我們是誰，我們到底在說什麼。也許我們根本不會死，只是改變，其實一直處在「那種狀態」，但我們身在其中的時候卻幾乎渾然不覺。

✦

當你從競技場體育館站出來，走過人行陸橋的時候，整個人緊張不安。你想去那裡，但也不想去那裡。你想要打鼓，而且希望讓別人聽到，不是為了自己，而是為了鼓聲，讓舞者聞之起舞的大鼓聲響。你不想被任何同事看到。喝酒還帶著酒氣去上班的恥辱依然讓你無法承受，被蝙蝠攻擊，而且在眾人面前捏碎牠，也是心情沉重的原因之一。

你走過前門的金屬偵測器，皮帶害你得再走一次。但接下來的那一次又傳出嗶嗶聲，因為你口袋裡有零錢。警衛是個看起來萬事不在乎，只注意偵測器聲響的黑人老頭。

「拿出來，所有東西都一樣，口袋裡的所有東西都要拿出來。」

你回他：「就這些啊。」不過，當你走過去的時候，它又發出嗶嗶聲響。

警衛問道：「你是不是動過手術？」

「什麼？」

「我不知道，搞不好你腦袋裡有金屬片啊什麼的——」

「喂，我身上真的沒有金屬。」

「好，那我現在就必須搜身了。」對方的語氣儼然這是你的錯。

你舉高雙臂，「好吧。」

搜身完畢之後，他向你示意再走一次。這一次仍是發出嗶嗶聲，他卻只是揮手叫你過去。

你走了約三公尺之後，低頭，才發覺是怎麼一回事。是你的靴子，金屬尖頭。你開始做這份工作之後，就一直穿著這雙鞋，這是前長官吉姆的建議，你差點想要回頭告訴那個人為什麼會嗶嗶作響，但現在也不重要了。

你在某頂帳篷下方找到了鮑比．強大．靈藥。他點頭，然後微側下巴指向大鼓附近的某個空位，完全省略了寒暄。

「『大進場』之歌。」鮑比只對你交代了這句話，因為他知道所有人都知道他在講什麼。你拿起自己的鼓棒，等待別人加入。你聽到了聲音，但並不是豐年祭主持人在講話，你看到了鮑比揚起了鼓棒，一看到這個動作，你的心臟彷彿快要停止了一樣。你等待第一擊，你在心中祈禱，並沒有特別祈求的對象，也沒有特別祈求的主題。你靠著放空，騰出了祈禱的空間。你的祈禱將成為鼓擊、歌聲，以及節拍。你的祈禱的起點與終點和歌曲同步，你一看到他舉起鼓棒，你開始呼吸困難而心臟犯疼。你知道他們來了，那些舞者，那一刻正準備到來。

第四部

豐年祭

為了要展開偉大行動，必須要長期懷夢，而且必須要在黑暗之中孵夢。

——尚．惹內

歐維・紅羽毛

在競技場體育館裡面，球場已經被舞者、桌子以及帳篷所塞爆，大家都擠在小攤子旁邊。球場裡到處都是露營椅與草坪涼椅，有的坐了人，有的沒有——這是為了提前佔位。桌面以及帳篷後面與兩側牆面，都是印有「原住民驕傲」之類字詞的豐年祭帽子、被鷹爪緊扣的大寫粗體標語的T恤，還有捕夢網平安符、笛子、戰斧以及弓箭。各式各樣的印地安珠寶或平鋪或懸掛，藍綠與白銀色的數量陣仗嚇人。歐維與弟弟們在珠飾運動家與突擊者隊豆豆帽的攤位前駐足了一分鐘，但他們其實想要仔細研究的是外野的那一排食物桌。

他們把從噴泉收集而來的錢全花光了，上到二樓看台吃東西。炸麵包好大一塊，肉與油花氣味濃郁。

歐維大讚，「哦，超好吃。」

「噗，」魯瑟虧他，「不要學印地安人講話啦。」

歐維回他：「閉嘴啦，不然我應該要用什麼語氣講話？白人小孩嗎？」

「有時候你的語氣像是想要當個墨西哥人，」隆尼說道，「比方說我們在學校的時候你就是這樣。」

歐維罵他，「閉嘴啦。」

魯瑟用手肘推了一下隆尼，兩人都在嘲笑歐維。歐維摘掉帽子，拿它敲打弟弟們的後腦勺。然後，歐維拿了塔可餅，走到他們後面的那一排位置坐下來，他靜靜坐了好一會兒之後，把塔可餅交給了隆尼。

魯瑟問歐維：「你說要是你贏得比賽的話可以拿多少錢？」

歐維說道：「我不想講這件事，這樣會引來晦氣。」

魯瑟繼續追問：「對，可是你說，五千——」

歐維回他：「我已經說了我不想講。」

「因為你覺得會倒楣對不對？」

「魯瑟，媽的閉嘴啦。」

「好啦。」

歐維說道：「好，那就這樣了。」

魯瑟又開口：「但你想想看，要是我們能拿到那麼一筆錢的話，超屌的啊。」

「對啊，」隆尼說道，「我們可以買一台PS4、大電視、幾雙喬登球鞋——」

歐維說道：「我們可以把錢全部交給外婆。」

魯瑟回他：「哎喲，那樣很遜啦。」

隆尼嘴裡還在嚼最後一口塔可餅，「拜託，你也知道她喜歡工作。」

歐維說道：「她要是能夠有選擇的話，應該會想做其他的事。」

魯瑟回他：「是沒錯，但我們可以留一點啊。」

「靠，」歐維低頭看著手機的時鐘，「我得去更衣室了！」

魯瑟問道：「你要我們怎麼辦？」

「你們留在這裡，」歐維說道，「等一下我再來找你們。」

隆尼說道：「什麼？搞屁嗎？」

歐維回他：「我之後會來找你們，不會花太久的時間。」

魯瑟開口：「可是我們在這麼高的地方幾乎什麼都看不到。」

隆尼跟著附和：「對啊。」

歐維掉頭離開。他知道要是跟他們辯下去，他們一定會繼續頂嘴。

✦

男更衣室裡充滿了大笑聲。一開始的時候，歐維以為他們在嘲笑他，但他後來發現是有人早在他進來之前講了笑話，因為當他坐下之後，笑話接二連三冒了出來。裡面幾乎都是年紀比較大的人，但也有一些年輕人。他以慎重的態度緩緩穿上自己的傳統服飾，然後戴上了耳機，不過，就在他打算聽歌之前，他看到對面有個人伸手向他示意摘掉耳機。身材好魁梧的印地安男人，他站起來，身穿全套傳統服飾，一次抬起一隻腳，引發他的羽毛不斷搖晃，不禁讓歐維有點害怕，那人清了一下喉嚨。

「既然你們年輕人都在這裡，那就給我聽好了。等一下千萬不要太興奮，那一場舞蹈是你們的祈禱，所以不要慌張，不要像排演時的那種跳法。印地安男人表現自我只有一種方式，就是從底層爆發的舞蹈，就是要從那裡引發能量。你們學習那種舞蹈是為了要讓它存續下去，要讓它發揮功能。無論你們在生活中有什麼雄心壯志，完全不要有任何保留，就像是那些球員出場時的表現一樣，讓它上身，盡情舞蹈。至於其他想要說出真心話的方式，只會讓你們想要掉眼淚。不要假裝你們不哭，我們印地安男人，就是會哭。我們是愛哭的人，你們自己也很清楚，但不要在那裡掉眼淚。」說完之後，他指向更衣室的門。

有兩個年紀比較大的男人發出了低沉的喝，然後，又有另一個雙人組齊聲說出了啊吼。歐維環顧四周，看到這些人的打扮都和他一模一樣，大家都得要穿扮成印地安人的模樣。類似甩動羽毛的那種動作，會讓他的心與腹部之間的某個地帶為之一凜，他知道剛才那人所言不假，哭出來只是在浪費感情而已，他需要靠跳舞發洩。要等到一無所有的時候才需要哭泣。今天天氣好，現在心情也好，這正是他需要跳舞贏得獎金的元素。但不對，不是為了錢。這是第一次跳出他從螢幕自我練習而學到的舞步，從那樣的舞步演化而成的舞蹈。

他的前後左右有數百名舞者。四周充滿了印地安風格的豐富顏色變化與圖樣，從某種顏色層次轉移到另外一個顏色，以金幣排出幾何圖的亮皮與皮革布料，翩羽、小珠、緞帶、羽飾，從喜鵲、隼、烏鴉以及老鷹身上所取下的羽毛。這裡看得到頭冠、葫蘆、鈴鐺、鼓棒、金屬錐、被長棍或箭所插住的翅翼、毛踝飾、髮管、長髮夾與手鐲，還有排成完美圓圈的腰墊。他望著大家互指彼此的傳統服飾，他自己像是車展裡的某台老舊旅行車，他是仿冒品。他想要努力擺脫自己是仿冒品的感覺。他千萬不能有這種想法，因為那會讓他之後的一舉一動真的像是個仿冒品。為了要達到那種感動，那種祈禱的層次，你得要欺瞞自己，放下所有的思緒，放下演戲，放下一切。你要跳舞跳到連時間的重要性都只剩下對準節拍而已，你的目的是要跳舞跳到連時間本身都為之中斷、消失、耗盡，或者在你的腳下化為那種空無的感覺。就在這個時候，你垂肩的方式就像是拚命想要躲開讓你懸浮的空氣，你的羽毛是數百年古老的回音震晃，你的整個身體會化為某種飛翔姿態。為了要讓演出贏得比賽，你必須真心跳舞。不過，這還只是大進場而已，還沒有裁判。歐維蹦跳了一下，雙臂下垂，然後伸直出去，努力讓雙腳保持輕盈。當他開始覺得難堪的時候，他閉上雙眼，告訴自己不要多想，一直在心中重複那個念頭：不要多想。他睜眼，看到了圍繞在他身邊的每一個人，大家都全身羽飾，動個不停。

當大進場結束的時候，舞者朝四面八方散去，傳出一波又一波的閒聊與鈴響，前往各個小攤，或是找尋親人，不然就是四處走動，給予別人讚美，也接受別人的稱讚，狀似一切如常，彷彿他們跟外在樣貌不一樣，他們是全身扮裝成印地安人的印地安人。

歐維飢腸轆轆，全身顫抖。他抬頭，不知道能否看到自己的兩個弟弟。

湯尼．隆曼

湯尼．隆曼搭乘電車前往豐年祭會場。他在家裡先行著裝，一路就是這身打扮。他早就習慣了被其他人死盯不放，但這次不一樣，看到那些對他目不轉睛的人，他真想大力嘲笑他們，他自己覺得這些人很好笑。他這一輩子都在接受別人的注目禮，原因無他，都是因為「駝峰」。純粹就是因為他的臉洩露了端倪，他曾經出了事——這就像是明明知道應該迴避目光，但就是會死盯不放的車禍殘骸。

捷運車廂裡的那些乘客都不知道豐年祭的事。湯尼不過就是個看不出什麼原因、全身印地安打扮的印地安人捷運乘客。不過，大家都很愛看到亮麗的過往事物。湯尼的傳統服飾有藍色、紅色、橘色、黃色以及黑色，暗夜之火的所有顏色。這是大家喜歡想到的另一個畫面，圍著火堆的印地安人。但並不是這樣，湯尼自己就是火，是舞蹈，是黑夜。

他站在地鐵路線圖的前方，有位坐在他對面的年長白人女性，指著那張地圖向他詢問，如果她想去機場的話應該要在哪一站下車？其實她早就知道問題的答案了，她早就多次拿手機查詢確保無誤。她想要提出的第二個問題其實是這個印地安人是否會開口說話？她表象面孔之後的真正面孔已經點出了一切。湯尼並沒有立刻回答機場的問題，他盯著她，準備等她講出下一個問題。

「所以你……是原住民嗎？」

「我們在同一站下車，」湯尼回道，「競技場體育館。有一場豐年祭，妳應該要過來看看。」

湯尼講完之後，朝車門口走去，凝望窗外。

「我很想去，可是……」

湯尼聽到她在回話，但是他聽不進去。大家想要的只是一個回家時可以分享的故事罷了，對著餐桌旁的親友娓娓道來，講述他們在捷運上看到了一個真正的原住民男孩，他們還真的存在於世。

湯尼低頭，望著飛逝的鐵軌。車行速度變緩，他感受到車廂正把他往後拉，他抓住金屬扶手，整個人的重心向左移，列車完全靜止的時候，又被猛然拉向身體的右側。他後頭的那個女人不知道在嘀咕什麼，但不重要。他下車，準備下階梯的時候，全程都是兩步併作一步的節奏。

布魯

布魯開車，準備要去接艾德溫。現在是夜晨交會的詭譎天色，濃烈的藍橘白。她期盼了將近一年的這一天，正要展開。

回首來時路，能夠回到奧克蘭，感覺真好。她已經回來一年了，現在有固定工作，自己租了間小套房，而且再次擁有了自己的車，這是五年來的第一次。布魯壓下後照鏡望著自己，看到了一個她以為早就消失不見的自己，她曾經拋棄的自我，在保留區挖掘真正印地安生命的她，清澈透明，遠離了奧克蘭。那樣的她並沒有消失，後照鏡的布魯雙眸後方，看得到她的隱約身影。

布魯最愛的抽菸地點就是在車內。她喜歡在所有車窗搖下來的時候看著菸氣飄散。她點了根香菸，每次抽菸的時候，她都會盡量擠出一點禱文，這樣就可以消解一點她的罪惡感。她深吸一大口，屏氣，吐出的時候說了聲謝謝。

她千里迢迢到了奧克拉荷馬，一心想要找出自己的根，而她唯一的線索就是某個顏色姓氏。根本沒有人聽過什麼紅羽毛家族，她已經到處問過了，她在想也許那是生母亂編的——搞不好她也不知道自己是哪一族，也許她也是被人收養。要是布魯將來有了小孩，自己也得要編出姓名與種族的故事，繼續傳承下去。

布魯經過「大湖電影院」的時候把香菸丟向窗外，多年來，這間電影院對她意義非凡。現在她心裡惦記的是她與艾德溫最近那一次講明了絕對不是約會的彆扭會面。艾德溫是她的實習生，這一年來籌辦豐年祭活動的統籌助理。電影票賣光了，所以他們改去湖區散步。全程尷尬靜默讓人壓力沉重。兩人都想要開口講話，但是卻立刻收口，然後講了聲「沒關係」作結。她喜歡艾德溫，很喜歡他，他有種特質，讓她覺得他彷彿像是自己的家人一樣，也許是因為背景相似。

艾德溫不知道自己的生父是誰，他是原住民，正好是豐年祭的主持人。所以那是他們的共通點，多少算是吧，但其他部分就沒有了。當然，她喜歡艾德溫就是純粹的同事情誼，也許將來可以當個朋友。她早就以她的眼神告訴他無數次了，絕對不可能——她的眼神絕不騙人，而且當他想要四目相接的時候，她一定別開目光。

布魯把車停在他家外頭，她待在車內打電話給他。他沒接電話。她走過去，敲他家的大門。她應該在一離開家門口的那個時候先傳訊給他才是。要是沒有遇到塞車，開車前往西奧克蘭需要十五分鐘左右。為什麼她不叫他搭捷運就好？嗯，時間太早了。但公車呢？不行，不行，他曾經發生過他永遠不肯對她說出口的搭公車可怕經驗。她是不是把他當小孩了？可憐的艾德溫。

他真的很辛苦，真的不知道要怎麼跟別人相處。他對自己的魁梧身材敏感到不行。而且他講了太多有關他自己與自身體重的話，所以只要他一現身，大家幾乎都會被他搞得很不自在。

布魯再次敲門，力道之猛已經到了粗魯的地步，但這都是因為艾德溫害她得在他家外頭苦等，今天明明是他們計畫努力數個月之久的重要日子。

布魯看了一下手機的時間，然後又檢查電郵與簡訊，沒什麼事，她開始看臉書，全都是她昨晚上床入睡之前已經看過的無聊動態，沒有新鮮事，全都是看過的評語與貼文。她按下起始鍵，等了一秒，只是一下下而已，覺得也許該打開她的另一個臉書的動態。在那個臉書帳號之中，她總是能找到自己一直在尋索的資訊與媒介；在另外一個臉書帳號之中，她能夠找到真誠的連結，那是她一直渴望的地方。不過，現在那裡也沒有什麼值得細看的內容，所以她關閉螢幕，把手機放回口袋裡。她正打算要再次敲門的時候，艾德溫的大臉出現在她面前，手裡還拿了兩個馬克杯。

他開口問道：「要不要喝咖啡？」

迪恩・奧克森登

迪恩待在自己搭建的臨時說故事小棚子裡，將攝影機對準自己的臉，按下了錄影鍵。他沒有笑，也不講話，他正在錄自己的臉，彷彿那樣的影像，那裡的光影模式，在鏡頭的另一側別具意義。他使用的攝影機是他舅舅留給他的那一台，寶萊克斯。迪恩最愛的導演之一，戴倫・艾洛諾夫斯基，也是使用寶萊克斯拍攝他的電影《Pi》以及《噩夢輓歌》——迪恩當然覺得這是他自己的愛片之一，不過，看這種墮敗電影，實在很難稱之為享受。話說回來，對迪恩來說，這部電影之所以這麼棒，是因為它的美學層次豐厚，所以觀影體驗很令人享受，但嚴格說來，看了這部片子的感受不能說是開心，也不能說不是。迪恩相信他舅舅會欣賞這種真實感，對於這種成癮與墮落的空虛狀態，也只有攝影機才能以完全不畏縮眨眼的方式睜眼凝視。

迪恩關掉攝影機，把它固定在三腳架上面，對準了他為講故事者在角落所事先放置的小凳子。他打開了小凳後方的廉價柔光燈具，然後又打開自己背後那一盞比較強烈的燈光。他會詢問每一個進入這個攤位的人，為什麼會來參加豐年祭？豐年祭對他們來說又有什麼意義？他們住在哪裡？身為印地安人，對他們來說有何特殊之處？他的計畫已經不再需要故事了，到了今年底的時候，他也不需要為了自己得到的贊助拿出作品。這是為了這一場豐年祭，還有委員會。也是為了要記錄，為了後代。這些內容可能會出現在他的定剪版本之中，不管會錄到什麼——他還不知道答案。他現在依然交由內容主導觀點，這種說法的意義並非只是他邊拍邊構思而已。迪恩走出了黑色簾幕，進入豐年祭會場。

奧珀兒・薇拉・維多莉亞・熊盾牌

奧珀兒獨自一人坐在第二層看台的廣場內野區，居高臨下，以免被孫子們發現，尤其是歐維。要是被他看到她出現在那裡，一定會害他心情煩躁不安。

她已經多年不曾看運動家的比賽，為什麼他們不再來看比賽了？時間總是倏忽而過，或者是趁人在顧看另一個方向的時候，丟下你就逕自加速前行。奧珀兒一直是這種態度，對於自己的裝聾作啞，她一直是抱持裝聾作啞的態度。

他們上次來到這裡的時候，隆尼才剛開始學走路。奧珀兒專心聆聽鼓聲，上一回聽到這樣的大鼓轟響已經是年輕時的往事。她還顧球場找尋孫兒，一片模糊，她應該要配眼鏡才是，也許老早之前就該配了。她一直沒有告訴別人，但她其實很享受這種遠方一片模糊的感覺。她沒有辦法判斷到底有多麼擁擠，當然不可能像是舉辦棒球賽時的那種人潮。

她抬頭望天，然後又望向空蕩蕩的第三層看台，那是當初她與小男生們一起看球的地方。她發現競技場體育館邊緣有東西在飛，不是鳥，行進方向很不自然。她瞇起雙眼，想要看個仔細。

艾德溫・布萊克

艾德溫把杯子交給布魯，這是他在她過來敲門之前的那幾分鐘泡好的咖啡，法式濾壓有機深烘焙咖啡，他猜她需要的糖與牛奶是適中分量。他們朝她停車處走去的時候，他臉上沒有笑容，也沒有開口寒暄，今天對他們來說重要至極，他們所投注的無盡時間。他們必須聯絡各式各樣的打鼓團體、小販、舞者，說服他們與會，然後，必須要籌措獎金，想辦法弄到錢。艾德溫最近撥出的電話已經超過了他一生的總和。大家其實不是很想登記參加新的豐年祭，尤其是在奧克蘭，要是辦得不理想，那麼明年就再也不會有這個豐年祭了，他們就會失業。不過，此時此刻，這對艾德溫的意義並非只是一份工作而已，這是新的人生，而且他爸爸今天會出現，光想到這一點就快讓人承受不住了。或者，艾德溫的這種反應只是因為今天早上喝了太多咖啡而已。

前往競技場體育館的路程感覺好緩慢又漫長。每當他想要擠出話題開口，結果卻都是在啜飲咖啡。現在，只是他們工作之外的第二次獨處，她在聽公廣電台，但音量調得好低，幾乎聽不到內容。

艾德溫說道：「前幾天，我開始寫小說。」

「哦？真的嗎？」

「關於某個印地安人的故事，我要給他取名為維克托——」

「維克托？真的假的？」布魯半閉眼瞼，一臉促狹。

「好啦，那就叫菲爾好了，妳想不想聽？」

「當然。」

「好，拜不溯及既往法規之賜，菲爾住的是奧克蘭市中心的高檔公寓，很好的地方，房租固定不變。菲爾在『全食超市』工作，某天，他的白人同事，我把他取名為約翰，詢問菲爾要不要在下班後一起出去玩。他們就出去了，在酒吧玩得很開心，然後，當晚約翰在菲爾家過夜。第二天，菲爾下班回家的時候，發現約翰還待在他家，而且，他還帶了兩個朋友過來，還帶了自己的一些東西。菲爾詢問約翰這是怎麼回事？約翰回說既然菲爾有這麼多的閒置空間，那麼也沒差吧。菲爾雖然不喜歡，但他不喜與人衝突，所以就算了。幾個禮拜過去了，又幾個月過去了，裡面已經擠滿了佔居者：嬉皮、高科技宅男，大家能夠想到的各式各樣的白人年輕男子。他們要嘛就是長住在菲爾的公寓裡，不然就是一直窩在那裡鬼混不肯離開。菲爾不明白自己怎麼會讓狀況如此失控。然後，某天他終於鼓起勇氣講了些話，把大家趕出去。他覺得自己病得好嚴重。先前有人偷走了他的毯子，他找約翰詢問，約翰給了他一條新毯子，菲爾覺得是那條毯子害他生病，他臥床了一個禮拜之久。等到他起身的時候，狀況變了，或許，可以說是出現了進步吧。某些房間變成了辦公室，約翰在菲爾的公寓裡搞了某種新創事業。菲爾告訴約翰得離開了，每個人都一樣，菲爾從來沒有同意任何人進來。就在這個時候，約翰拿出了一些文件，看來菲爾以前曾經簽了一些文件，也許是高燒惡夢的時候吧。但約翰沒有給他看那些文件。約翰說道，『老哥，相信我，你不會想討論那檔子事啦。』然後，約翰繼續說道：『對了，你知道樓梯下面那個地方嗎？』菲爾反問：『地方？那個房間？』他指的是樓梯下的儲藏室。菲爾已經知道接下來會發生什麼事。菲爾說道：『我猜，你是要叫我搬去樓梯下面，那就是我的新房間。』約翰回他：『被你猜中了。』菲爾回他：『這是我的公寓，我祖父以前住在這裡，交到我手上，要我好好照顧它。』菲爾繼續說道：『這應該是要留給我們家族的，要是哪個家人需要一個地方棲身，可以待在這裡。』就在這時候，約翰拿出一把槍，對準菲爾的臉，繼續逼菲爾走向樓梯下方的儲藏室。約翰說道：『老弟，我告訴過你了。』菲爾回他：『告訴我什麼？』約翰回他：『你當初應該要加入公司就好了，我們可以好好運用你這樣的人。』菲爾說道：『你什麼都沒有問我，只是跑進我家公寓，住在這裡，然後奪走一切。』約翰回他：『但是我會計的記錄不是如此，』他的下巴朝坐在樓下客廳的那兩個人點了一下，他們正忙著對他們的蘋果電腦拚命打字，菲爾猜他們剛剛開始撰寫事件經過的不同版本。菲爾突然覺得好累又好餓，退避到他的樓梯底下的儲藏室房間。就這樣，目前我想到的就是這些。」

「很有趣。」聽起來像是客套話，但布魯覺得這樣的答案應該能夠滿足他的期盼。

艾德溫說道：「超蠢。我在腦中構思的時候很不錯，講出來就遜掉了。」

「故事都很類似，是不是？」布魯說道，「我覺得很像是我朋友的親身經歷。我的意思是，雖然不完全一樣，但與她從舅舅那裡繼承而來的某間西奧克蘭倉庫很類似，後來被佔屋者沒收。」

「真的嗎？」

「那是他們的文化。」

「什麼？」

「佔領。」

「我不知道，我媽媽是白人——」

布魯說道：「你不需要光是因為我對白人文化發表了某些負面看法，就對於那些你認為並非是問題之一的白人展開全面辯護。」

他聽過她對別人在電話裡發飆，但他從來沒有被她罵過。

艾德溫開口：「對不起。」

布魯回他：「不需要道歉。」

「對不起。」

✦

艾德溫與布魯在清晨天光之中一起佈置桌子與帳篷，他們逐一打開了折疊桌與椅子。一切就緒之後，布魯望著艾德溫。

她問道：「我們是不是應該把保險箱留在車子裡？等一下再拿？」

那是他們從沃爾瑪買的小型保險箱。一開始的時候很難說服贊助者給予他們能夠直接兌換成現金的支票，由於是贊助，再加上非營利機構籌款困難重重，現金一直是一大問題。不過，他們透過電話與電郵詳細解釋並舉出例證，說明來參加豐年祭競賽的那些人想贏取現金，是因為他們偏好現金，有時候這些人根本沒有銀行帳戶，而且他們也不想損失支票兌換現金的百分之三手續費。最後，贊助者終於同意用威士卡禮券，整個厚厚一大疊。

「沒有理由要等一下再拿，」艾德溫說道，「我覺得接下來場面會一片混亂，我們也不會想等到要頒發獎金的時候，才得想辦法一路擠出來回到停車場吧。」

布魯回道：「有道理。」

他們合力把保險箱從她的行李廂拖出來，然後兩人帶著它一起往前走，不是因為它好重，而是因為好寬。

布魯說道：「我從來沒有扛過這麼多錢。」

艾德溫接口：「我知道不重，但感覺就是超級沉重，妳說對不對？」

布魯說道：「也許我們應該要發匯票才是。」

「但我們宣傳的是現金，這是吸引大眾的方式之一，妳自己說過的。」

「可能吧。」

「我的意思其實是，明明是妳說的，這是妳的構想。」

他們走向桌子，布魯說道：「但似乎稍微有點過頭了。」

「豐年祭的重點不就是招搖嗎？」

卡文・強森

大家幾乎快要吃完早餐了，都還沒有人說話。他們待在競技場體育館旁邊的那間丹尼斯連鎖餐廳。卡文點了半生荷包蛋與臘腸加吐司，而查爾斯與卡洛斯點的都是大滿貫雞尾酒，奧克塔菲歐點了燕麥，但他幾乎只在喝咖啡。日子節節逼近，氣氛變得越來越凝重，而隨著氣氛越來越凝重，大家也都變得沉默。不過，卡文比較擔心的是下手時機，最好是提早而不要拖拖拉拉。他更擔心的是要怎麼處理那些錢，而不是擔心怎麼得手。他還在氣查爾斯，居然害他捲入這種狗屁倒灶的計畫，都是查爾斯狂呼麻，還不都是因為那樣，所以大家才在這裡。他還是氣不過，但也不能一走了之。

卡文拿吐司抹淨了剩下的蛋黃，以剩下的柳橙汁潤口吞下。味道又酸又甜又鹹，然後是蛋黃的獨特濃郁氣味。

卡文突然冒出一句：「不過，我們都同意要早一點下手，不要拖太晚，對吧？」

查爾斯將自己空空如也的咖啡杯舉到空中，「她怎麼過了這麼久還沒過來問要不要續杯？」

卡洛斯回他：「我們不要給小費就好，這樣我們的咖啡就幾乎等於免費了。」

奧克塔菲歐開罵：「低級。」

查爾斯說道：「小費應該是具有一定的象徵意義，媽的你要對自己的工作負責吧。」

卡洛斯附和：「沒錯。」

「操你媽的，她已經幫你續了兩次咖啡，」奧克塔菲歐說道，「靠，現在不要再講小費的事了，你剛剛說他們把它放在保險箱裡面？」

卡文說道：「對。」

「大塊頭我們認得出來，因為他就是壯，」奧克塔菲歐問道：「還有個四十多歲的黑色長髮女子，長得滿漂亮的，只是皮膚不太好對吧？」

卡文回答：「沒錯。」

查爾斯說道：「我想我們就直接拿走保險箱，然後之後再想辦法打開那東西。」

奧克塔菲歐回他：「我們不能操之過急。」

卡文開口：「最好還是趕快動手，不要拖拖拉拉，對吧？」

卡洛斯說道：「我們在逼那個死胖子講出密碼的時候，一定會有很多人拿手機報警，查爾斯說的沒錯。」

「如果沒必要的話，我們絕對不要急急忙忙，」奧克塔菲歐堅持，「如果我們弄得到密碼，就可以直接拿到錢，不需要帶著靠他媽的保險箱離開這裡。」

卡文說道：「我有沒有告訴你們那都是禮券？好像是一堆威士卡禮券。」

奧克塔菲歐說道：「就像是現金一樣。」

查爾斯開口：「媽的幹嘛要全部弄成禮券啊？」

查爾斯幫腔：「對啊，媽的幹嘛要——」

奧克塔菲歐開口：「查洛斯，媽的你們兩個可不可以閉嘴？不要講話，開口之前先動一動大腦，這明明就跟現金一模一樣。」

「禮券兌換現金需要收據啊……」卡文說完之後，吃下最後一口食物，盯著查爾斯，想知道他聽到奧克塔菲歐的話作何反應。查爾斯望向窗外，一臉不爽。

丹尼爾・岡薩雷斯

丹尼爾央求要過去，想知道現場狀況。他從來沒有開口求人，奧克塔菲歐說不行。他每次求，答案都是一樣，到了行動的前一晚依然如此，現在地下室裡只有他們兩個人。

丹尼爾在電腦前開口：「你自己也知道應該要讓我去。」而奧克塔菲歐坐在沙發上，盯著桌子。

「我得要確保一切順利，我們才能拿到錢。」奧克塔菲歐說完之後，朝丹尼爾走過去。

「我根本沒說我自己去，我會待在這裡。我可以讓無人機從這裡飛到競技場體育館。不然你就讓我去，然後——」

奧克塔菲歐打斷他，「靠，你不能去。」

「所以就讓我飛無人機過去就好。」

奧克塔菲歐回他：「唉，我不知道這樣好不好。」

丹尼爾說道：「拜託，你欠我耶。」

「不要講這種鬼話——」

「我才沒講鬼話，」丹尼爾轉身，「本來就是這樣，你毀了這個家。」

奧克塔菲歐又走回去，坐在沙發上。「幹！」狠踢桌子。

丹尼爾回頭看著自己的電腦，漫不經心在玩西洋棋。他靠著對方的騎士對自己的主教賜死，整個陣式變得亂七八糟。

「你給我留在這裡。媽的不要給我蹚渾水，千萬不要被抓到。要是無人機掉下來的話，他們就會追查到你身上。」

丹尼爾回道：「知道了，我留在這，那我們就算和好了吧？」

奧克塔菲歐反問：「我們和好了嗎？」丹尼爾起身走到他面前，伸手。

「媽的你真要握手啊？」奧克塔菲歐發出輕笑，丹尼爾的手依然在原位。

「好吧。」奧克塔菲歐真的與丹尼爾握手。

賈姬．紅羽毛

賈姬與哈維在豐年祭的前一晚抵達奧克蘭。哈維向賈姬提議可以睡他房間，他說裡面有兩張雙人床。

「完全沒差，另外一張床沒人睡，不用錢。」

賈姬回他：「我又不窮。」

哈維說道：「隨便妳。」這就是與哈維這種男人相處的問題。雖然他貌似個性變好了，但永遠沒辦法根除他混蛋的那一面。賈姬才不管他怎麼想，那是他家的事。當初是她懷了他們的寶寶。生了下來，而且拋棄了她。他可能會很痛苦吧，那也是他活該。

✦

賈姬醒來的時候，似乎還太早了一點，但她也沒辦法繼續入眠。她拉開窗簾，看到太陽正要升起，幽黑與淺藍色層約略在中間地帶交疊。她一直很喜歡那樣的藍，應該要觀賞日出才是，畢竟已經許久沒做過這種事了吧。不過，她還是闔上窗簾，打開電視。

兩三個小時之後，哈維傳訊過來，準備吃早餐。

賈姬戳了一塊辣香腸，把它放入糖漿沾醬裡，她開口問道：「你會緊張嗎？」

「我已經很久都沒有緊張的感覺了，」哈維喝了一小口咖啡，「我在現場的思路流暢無比，大聲說出來即可。我只是把我看到的場景講出來，很容易，因為我已經有過多場豐年祭的歷練。那就像是妳聽到的所有運動賽事播報員在比賽的時候講出無意義的話一樣，道理相同，只不過有時候我講的是現場發生的情景，比方說舞者進場的時候，有時候感覺像是祈禱。但不能太嚴肅，豐年祭司儀應該要態度詼諧，這對於許多想要贏得獎金的人來說是大事，是一場競賽，所以我必須要像運動播報員一樣，維持輕鬆語氣。」他把他盤中的食物全攪成一團——蛋、餅乾、肉汁、臘腸，然後叉起一坨混合物入口，吃完之後，他拿了一片吐司抹淨殘食。賈姬啜飲咖啡，望著哈維大啃那一片潤濕的吐司。

到了豐年祭現場，賈姬與哈維待在某頂帆布帳篷下方，兩人坐在一起，旁邊有音響系統與音控台，麥克風的電線從裡面蜿蜒而出。

「你是不是在哪裡放了所有人姓名與舞者編號的資料？是在面前擺了一張紙？還是靠默記？」

「默記？噗，靠這個啦。」哈維把某個夾板交給她，上面有一長串的姓名與編號，她心不在焉，低頭隨意瀏覽名單。

賈姬開口：「哈維，我們沒事了。」

哈維回她：「我知道。」

賈姬說道：「嗯，當初你不該做出那種事。」

哈維回她：「都四十多年前的事了。」

「四十二年，」她回道，「我們的女兒，四十二歲。」

這時賈姬看到名單上有歐維的名字。她把夾板湊近眼前，想要確定無誤。她反覆唸著他的名字——歐維．紅羽毛。沒錯，賈姬立刻拿出手機傳訊給她妹妹。

奧克塔菲歐・高梅茲

雖然這些槍是塑膠材質，但是過金屬安檢門的時候，還是害奧克塔菲歐滿頭大汗。完全沒有出任何狀況。到了另一頭之後，奧克塔菲歐四處張望，想知道是不是有人在注意他們。警衛在探測器旁邊讀報，奧克塔菲歐走到了灌木叢旁邊，他看到了黑襪，伸手拾起那雙襪子。

奧克塔菲歐進了廁所之後，把手伸入其中一隻襪子裡，抓了一把子彈，然後從廁所隔間下方將襪子遞給查爾斯，查爾斯如法炮製，遞給了卡洛斯，然後他也將子彈遞給了待在最後一間隔間的卡文。當奧克塔菲歐把子彈裝進自己手槍裡的時候，感受到一股從腳尖流衝到腦門的恐懼。這股恐懼不斷流動，冒出他身體之外，彷彿他正好得到了預示的機會，但是他卻錯失了，因為當他有所感應的時候，一顆子彈掉下來，從他面前滾出去，一路滾到了廁所隔間門外。大家聽到子彈滾動的聲響，全都安靜了下來。

艾德溫・布萊克

布魯與艾德溫坐在他們先前佈置好的頂篷與桌子前面，他們望著舞者從大入口進來。布魯側仰著頭，盯著他們。

布魯問道：「那裡有沒有你認識的人？」

「沒有，不過妳注意聽……」艾德溫伸手指向豐年祭主持人聲音傳出的方向。

布魯回道：「是你爸爸。」然後，兩人專注聽了好一會兒。

艾德溫問道：「很奇怪，對吧？」

「超怪。不過，等等，你發現這件事是在實習之前還是之後？我的意思是這工作讓你發現了真相還是——」

「不是，我本來就知道。我是說，接下這份工作的原因之一就是要找到他是誰。」

他們望著舞者進場——老鳥領軍，帶著自己的旗幟與工作人員，蹦蹦跳跳的舞者排成了一長列。艾德溫一直刻意不看豐年祭的影片，就是為了等待這一刻。雖然布魯一直堅持，他應該要先在網路看豐年祭的影帶畫面，才知道自己浸淫在什麼樣的情境之中，但他還是寧可讓它成為全新體驗。

艾德溫問道：「那裡有妳認識的人嗎？」

「我以前在這裡工作認識的一堆小孩現在都長大了，但一個都沒看到。」布魯盯著剛剛站起來的艾德溫，「你要去哪裡？」

「買塔可餅，」艾德溫回道，「要不要也來一個？」

「你是要再次走去你爸爸身邊吧？」

「對，不過我這次是真的要吃塔可餅。」

「上次你也買了塔可餅。」

艾德溫反問：「有嗎？」

「直接去跟他講話啊。」

「沒那麼容易。」艾德溫露出微笑。

「我陪你去，」布魯說道，「但你這次真的要去找他講話。」

「好。」

「沒問題，」布魯起身，「難道你們沒有打算在這裡見面嗎？」

艾德溫回道：「有啊，但我們之後都沒有討論這件事。」

布魯開口：「所以……」

「問題不在我。妳自己想想看，兒子找到了你，你以前根本不知道存在於世的那個兒子，然後你就……不再聯絡了？你不能光說不練，嘿，我們見面吧，之後卻完全沒有任何計畫。」

布魯回他：「也許他希望等你準備好可以私下見面。」

「我們已經要過去那裡了，不是嗎？」艾德溫說道，「所以就不要再講那件事了，讓我們假裝現在講其他的事。」

布魯回他：「我們不應該假裝在演戲講別的事，我們應該就大大方方直接講其他主題才是。」話雖這麼說，但現在也不可能想出其他話題。

兩人默默往前走，經過了一張張的桌子與頂篷。快要接近艾德溫爸爸的那頂帳篷時，他面向布魯說：「所以贏得比賽的舞者就可以拿現金，不需要繳稅，也沒有其他必須繳付的隱藏費用？」他的態度儼然是兩人正在聊天。

「好，所以你真的在假裝我們正在講話，」布魯開口，「我說什麼並不重要，我現在講的這些話應該就夠了對嗎？」

艾德溫說道：「對，太好了，但不需要再多說什麼。好，妳留在這裡等我。」

「沒問題。」布魯的語氣像是乖乖聽話的機器人。

艾德溫走向哈維，他剛剛放下自己的麥克風。哈維面向艾德溫，立刻就認出他是誰，他脫帽致意。艾德溫伸手想要與對方握手，但哈維卻捉住艾德溫的後腦勺，把他拉到自己的懷中，給了他一個擁抱。這個擁抱的時間過長，艾德溫已經全身不自在，但他也沒放手，他的父親身上散發出皮革與培根的氣味。

哈維問道：「你什麼時候來的？」

艾德溫回道：「我是第一個來的，嗯，應該說前兩名的其中之一。」

哈維問他：「所以你是很認真看待豐年祭了？」

「我在幫忙籌辦，記得嗎？」

「對對對，抱歉。哦，這位是賈姬．紅羽毛。」哈維指向坐在他身旁的女子，她起身給了艾德溫一個擁抱。

「我是艾德溫。」他伸手準備握手。

「我是賈姬。」

「布魯……」艾德溫的手指聚攏為半杯狀圍在嘴邊，好像她身在遠方，他必須得大吼大叫。

布魯走過來，神色緊繃。

「布魯，這是我爸爸，哈維。這位，這位是他的朋友賈姬，您姓什麼？」

賈姬回道：「紅羽毛。」

艾德溫繼續說道：「嗯，這位是布魯。」

布魯的臉色變得煞白，她伸手，努力擠出笑容，但看起來卻像是忍住嘔意。

「認識兩位真是榮幸，不過，艾德溫，我們得回去——」

「拜託，我們才剛來這裡……」艾德溫看著他爸爸，那表情像是在探詢：你說是吧？

「我知道，但我們可以再回來啊，還有一整天，我們的位置就在那裡而已。」布魯指向他們自己的位置。

「好吧。」艾德溫再次與他爸爸握手，然後，他們揮揮手之後就離開了。

在他們走向自己桌位的時候，布魯開口：「好，兩件事……」

「真不可思議。」他臉上露出完全藏不住的那種笑意。

布魯說道：「我想那女人是我媽媽。」

「什麼？」

「賈姬。」

「誰？」

「剛剛和你爸爸在一起的那女人。」

「哦。等等，妳說什麼？」

「我知道，我不知道，小艾，我不知道現在他媽的到底怎麼回事。」

他們走回自己的桌位。艾德溫望向布魯，努力擠出笑容，不過，布魯的臉就像鬼一樣死白。

湯瑪斯・法蘭克

「你還好吧？」歌曲唱完之後，鮑比・強大・靈藥開口詢問湯瑪斯。他眼神恍惚，或者，不能說恍惚，但一直盯著地上，彷彿可以看穿它，能夠透視到什麼特殊的東西一樣。

湯瑪斯回道：「我覺得，是有進步……」

鮑比問他：「還在喝酒嗎？」

「現在好多了。」

「為了這一場要戒斷一切。」

湯瑪斯回道：「我覺得自己狀況不錯。」鮑比拿起他的鼓棒，劃了一個圓圈。

湯瑪斯又說：「我覺得很好。」

「光是你覺得很好還不夠，你必須要為他們展現最好的鼓藝。」鮑比將他的鼓棒指向球場。

「今天都是我熟悉的歌曲嗎？」

「大部分都是，你一定跟得上。」

「大哥，謝謝。」

鮑比指向鼓中央，「把你的感謝留在那裡吧。」

湯瑪斯說道：「我只是要說謝謝你邀請我來這裡。」但是鮑比並沒有聽到，他正忙著和另一個鼓手講話。鮑比就是這樣，前一秒對你全心全意，下一秒人就不見了。他不覺得自己是在施惠，他需要一個鼓手，他喜歡湯瑪斯打鼓與唱歌的風格。湯瑪斯挺直身子，舒展四肢。他真心覺得自己狀況很好，歌唱與打鼓能夠滿足他對於那種飽滿、完整感的暢快需求，彷彿你適得其所——沉浸在歌曲與歌聲帶來的情境之中。

湯瑪斯在各式各樣的小販、珠寶與毯子的攤位之間來回走動，他一直在找尋是否有印地安中心的人。他應該要直接找到布魯，向她道歉，這樣就能讓他接下來打鼓打得更好，表現更加真誠。他看到她了，但有人在大吼大叫，湯瑪斯不知道聲音從何而來。

魯瑟與隆尼

他們能夠互相吐槽的梗已經都講完了，對於彼此之間慢慢滋生的靜默已經耐心漸失。他們不需多言，兩人直接站起來去找歐維。隆尼說他想要更靠近大鼓，想知道接近時是什麼樣的聲音。

魯瑟告訴他：「就是超大聲而已啦。」

「對，可是我想看。」

魯瑟糾正他：「是想聽。」

「你明明知道我什麼意思。」

他們好不容易擠到了大鼓旁邊——魯瑟不斷轉頭找尋歐維的蹤影。他告訴隆尼，如果他們可以先喝杯檸檬水，那麼去聽鼓聲就不成問題。先前歐維對豐年祭著迷不已的時候，隆尼完全沒有興趣，但到了這一刻卻為之改觀。他說，都是因為那個鼓聲，他沒想到鼓聲會這麼宏亮，沒想到真正聽到歌手唱歌是這種情景。

在他們下去之前，隆尼問道：「就是這個歌聲，你聽到了沒有？」

魯瑟說道：「對，我聽到了，就是歐維一直在放的那種音樂，我們從歐維的耳機裡已經聽了一百多遍了。」

他們經過了舞者旁邊，抬頭一看，差點就嚇得縮回去。大家並沒有注意到他們，所以他們必須躲避來向的那些舞者，但隆尼依然拚命向鼓的方向慢慢前進。而魯瑟則抓住弟弟的襯衫，硬把他拉回到檸檬水小攤前面。當他們快要到達小攤的時候，兩人同時轉身，聽到有人在尖叫。

丹尼爾・岡薩雷斯

丹尼爾戴上了虛擬實境眼鏡。好重，他的頭忍不住微微低垂。不過，這個角度正好就是無人機的飛行視角——他覺得自己好像是朝競技場體育館飛去一樣。

丹尼爾早在無人機飛過去之前就開始守候，他早早等待是因為電池壽命。他不希望有任何一個環節出問題，他希望一切順利。他希望他們會拔槍，但他更希望他們不要用槍。在豐年祭的前一個禮拜，他因為這樣的夢境而在半夜驚醒，大家在街頭奔跑，槍火四起。他原本以為那是他經常出現的殭屍末世夢境，但他後來發現那些人都是印地安人。他們並沒有身穿印地安傳統服飾，但他就是知道他們是印地安人，就像在夢境裡什麼都清清楚楚一樣。夢境結局相同，屍橫遍野，死亡的寂靜，所有子彈貫穿人體之後的熱燙死寂。

✦

天氣晴朗，當他到達競技場體育館的最頂層時，他聽到他媽媽下樓呼喊他。真是怪了，因為自從曼尼死後，她就再也沒有下來過。

「媽，現在不要啦……」這語氣聽起來好差，他又補了一句：「等等我。」丹尼爾將無人機降落在上層座位區，如果不把海鷗算進來的話，那裡可算是一片空蕩蕩。他不希望她看到虛擬實境眼鏡，因為他知道她一定覺得那是很貴的東西。

「妳還好嗎？」丹尼爾在階底問她，她已經下樓梯下了一半。

「你在這裡幹什麼？」

「媽，我就和平常一樣啊，沒事。」

「快上來，和我一起吃東西，我幫你準備了食物。」

「妳可不可以等一下？」丹尼爾知道自己語氣不耐。他想要繼續操作無人機，現在機器停放在競技場體育館的第三層座位區，浪費電池電力。

「沒關係啦，丹尼爾。」這語氣簡直悲傷得令人難以承受，她的那種語調，讓他想要把無人機直接擱在那裡，完全不管了，立刻上樓跟她一起吃東西。

「媽，我很快就可以過去了，好嗎？」

她沒接腔。

布魯

布魯不知道自己自己為什麼開始這麼注意保險箱。或者，她知道吧，但她不想知道她為什麼開始懸念在心。錢。她一整個早上都沒有多想，一直到豐年祭開始的時候也沒有。那是一堆禮券，沉甸甸的保險箱，而且誰會行搶豐年祭現場？還有其他的事縈繞心頭，她剛剛見到了她的親生母親，也許吧。附近站了好幾個鬼鬼祟祟的傢伙，這些人讓她感到不安，一想到自己因此而不安，不禁讓她的不安感又急劇升溫。

她身邊的艾德溫正在大啖葵瓜子。這件事最讓她煩躁不已，因為大家應該要做的事是剝開它們的殼，幫助孵育種子，而他卻一把把送進嘴巴，大嚼特嚼，把葵瓜子的殼啊什麼的全吞下肚。

那幾個人正慢慢朝桌子接近，令人有些頭皮發麻。她再次問自己：誰會行搶豐年祭現場？誰會知道可以搶豐年祭？布魯把這些念頭全部拋諸腦後，但還是盯著桌子下方，想要確定那塊紅、黃、土耳其藍的潘德頓小毯是否依然蓋住保險箱。艾德溫回頭看她，露出了少見的露牙驕傲笑容，牙齒上面沾滿了葵瓜子碎殼，那樣的神情讓她又愛又恨。

迪恩・奧克森登

聽到第一陣槍響的時候，迪恩待在自己的攤位裡。一顆子彈呼嘯穿過了攤子。他躲到角落，背貼木柱，覺得有東西撞到了他的背，然後，攤位的黑色簾幕在他周邊坍塌。

這個粗製濫造的小攤全壓在他身上，他動也不動。可以動嗎？他沒試，他很篤定，或者自以為是，他覺得砸到他的東西絕對讓他死不了。他的手往後一伸，摸到了一塊木頭，是支撐帳篷的四根厚棒之一。他推開那塊木頭的時候，感覺到裡面卡了一個東西，是子彈。幾乎整個穿透飛出，差點就打中他，但卻停了下來，是那根棒子救了他，他自己搭建的棚子是他與子彈之間的唯一屏障。子彈不斷飛來，他爬出了黑色簾幕，在那一瞬間，天光讓他什麼都看不到。他揉了揉眼睛，看到對面出現了不只一個有違常理的荒謬畫面。卡文・強森，豐年祭委員會的人，他正拿著一把白色的槍對地面開火，而他左右兩側的人也在開槍，其中一個還身穿傳統服飾。迪恩趴地，他剛剛應該待在自己坍塌的棚子裡才對。

歐維・紅羽毛

歐維聽到槍響的時候，正準備走回球場。他想到了自己的弟弟們。要是他活下來，弟弟們卻喪命，外婆一定會殺了他。歐維突然開始狂奔，他聽到全身充滿了某種鳴響，聲音好低沉，把他整個人拉倒在地。他聞到了鼻下幾吋之地的青草氣味。他知道了，他不想知道自己到底知道了什麼，但他真的知道。當他的手指碰觸腹部的時候，感受到溫濕的血。他動不了，開始咳嗽，不確定嘴裡吐出的是血還是口水。他想要再次聽到鼓聲，他想要站起來，靠著自己血紅的羽毛飛翔。他想要回到自己所做的一切的原初，他想要相信自己知道如何跳舞祈禱，如何祈禱新世界到來。他想要繼續呼吸，他必須要繼續呼吸，他必須記得自己得要繼續呼吸。

卡文・強森

卡文站著，低頭看手機，但目光卻一直往上飄。他的帽子壓得低低的，而且站在布魯與艾德溫座位的後方，所以他們看不到他的動作。卡文望向湯尼，他小跳了幾下，雙腳輕盈，彷彿隨時準備開始跳舞。其實要行搶的人應該是湯尼，而他們其他人只是待在現場以防萬一。奧克塔菲歐一直沒有解釋為什麼希望湯尼要穿著傳統服飾，還有為什麼也該給他分一杯羹。卡文覺得可能是身穿傳統服飾的人比較難被辨識出身分，最後辦案的時候比較難追查。

奧克塔菲歐、查爾斯以及卡洛斯都在桌子附近，面色焦躁不安。卡文接到了奧克塔菲歐在某個群組傳出的簡訊：我們都準備好了，湯尼你呢？卡文看到湯尼走向那張桌子，自己也忍不住往前走。不過，湯尼停下腳步，奧克塔菲歐、查爾斯以及卡洛斯望著他停下來，站在那裡，小跳了幾下，卡文直覺不對勁。湯尼退後，但依然面對著他們，然後轉身，朝另一個方向走去。

奧克塔菲歐立刻採取下一步行動，卡文以前從來沒有握過槍，好重，有一股把他拉向奧克塔菲歐的重力，而奧克塔菲歐現在正拿槍對準艾德溫與布魯。他拿槍指向保險箱，態度冷靜。卡文透過襯衫握住他的槍，艾德溫趴在地上，爬過去打開保險箱。

奧克塔菲歐先望向右側，然後是左邊。當蠢蛋卡洛斯把他的槍對準奧克塔菲歐的時候，奧克塔菲歐的手裡正握著那一袋禮券，卡文比奧克塔菲歐先一步發現狀況，查爾斯也把槍對準了奧克塔菲歐，查爾斯對奧克塔菲歐大吼，逼他放下手槍，交出那一袋東西，卡洛斯也在他後面大叫，講出的是一樣的話，他媽的卡洛斯。

奧克塔菲歐把那一袋禮券丟給查爾斯，同時也對他開了好幾槍，查爾斯踉蹌後摔，隨即跟著開火。奧克塔菲歐中彈，又對著查爾斯開了幾槍。卡文看到查爾斯後方三公尺左右之處，有個穿傳統服飾的小孩倒了下去。完蛋了，但卡文沒有時間思考，因為卡洛斯又對奧克塔菲歐的背開了三、四槍。他本來可以發射更多子彈，但是丹尼爾的無人機卻直接墜落在他的頭頂，卡洛斯倒地。卡文拿出他的槍，但並沒有特別針對誰，他的手放在扳機上，已經準備好開槍，就在這時候，他感覺到第一顆子彈進入屁股，卡進骨頭。卡文單膝跪下，腹部又中彈，感受到一股可怕的重力，彷彿一次喝了太多的水。為什麼身上有洞反而讓他覺得更加飽實？卡文倒下之前，看到卡洛斯中彈，槍火來自湯尼的方向。

卡文倒在地上，望著自己的哥哥對湯尼開槍。他覺得有一小片草尖刺入臉龐，他唯一能感受到的就只剩下葉片。然後，他再也聽不到任何槍響，什麼聲音都聽不到了。

湯瑪斯・法蘭克

當子彈飛出的時候，他並不覺得那是飛出的子彈。他等了一會兒，覺得應該是其他狀況。不過，就在他心中誤以為一定是其他狀況而不是槍響，等到眼見為憑才確認的沒多久之後，他看到大家踉蹌奔逃、跌倒、尖叫，每個人都嚇得半死。湯瑪斯完全搞不清楚狀況迅速彎身，蹲下來，呆呆望著一切。他找不到那名槍手，或是那群槍手。他居然傻到為了想看個清楚而站起來。他聽到附近傳來一陣尖銳呼嘯，當他驚覺那是差點擊中他的子彈聲響的時候，已經有一發穿喉。他剛才應該要盡量放低身體，應該要趴地裝死，但他並沒有，反正，他現在也是倒地了。他緊緊抓住子彈飛入脖子的傷口，他不知道子彈到底是那裡來的，但不重要了，因為他嚴重失血，鮮血流入了那隻緊掐炸裂脖子的手中。他只知道子彈依然在亂飛，眾人尖叫。

他後面有人，他倒在他們的大腿上面，但他沒辦法睜開眼睛，而且他知道或感覺到子彈穿出處灼燙得要命。被他躺壓大腿的那個人可能拿了什麼東西圍住他的脖子，綁緊，也許是襯衫還是圍巾，他們想要幫他止血。他不知道自己的眼睛是真的閉上了？還是這一切突然讓他喪失了視覺？他知道自己什麼都看不到，覺得入睡是從所未有的絕妙念頭，就算只是睡著，就此進入無夢之眠狀態也一樣。不過，有人伸手呼他巴掌，他睜開雙眼，他以前一直不相信有上帝，這一刻卻改變了想法，他覺得上帝就在他被打醒的痛覺之中，有某人或是有什麼東西想要讓他留在人世。

湯瑪斯拚命想要撐起身體，但是卻沒有辦法。睡意在他下方某處慢慢升浮，滲入他的皮膚之中，他慢慢失去了呼吸節奏，呼吸的次數越來越少，為了他而一直跳動的心臟，整個一生，本來根本不費吹灰之力，如今卻無以為繼，他現在真的什麼都做不了，只能等待下一次呼吸降臨——期盼它真的會到來。

他從來沒有過這麼沉重的感覺，而且好燙，他的後頸，從來沒有過的燒灼感。湯瑪斯童年的永恆地獄恐懼又回來了，就在那個頸洞的灼燙與冰冷交錯之間。不過，正當恐懼來臨之際，他也到達了「那種狀態」。他是怎麼到來的，或者為什麼會到來，都不重要了，而且待了多久也不是重點。「那種狀態」完美無瑕，夫復何求，一秒鐘，或是一分鐘，抑或倏忽一瞬，得到類似這樣的歸屬就是永恆之生死。所以他沒有上升，沒有下墜，也不擔憂接下來會如何，他待在這裡，即將斷氣，已經沒關係了。

比爾．戴維斯

在分隔眾人與競技場體育館工作人員的那堵水泥牆後方，比爾聽到了悶聲槍響。他還沒認出那陣悶響的意涵，就先想到了艾德溫。而他現在的動作就是立刻站起來，衝向傳出音源的地方。他衝進了通往租借攤區的那道門，聞到了火藥、綠草還有土壤的氣味。面臨危險的恐懼與沉睡多時的勇氣混為一氣，衝向他的皮膚頂端，宛若緊張的汗珠。比爾開始狂奔，心跳在太陽穴搏動，他三步併作兩步下樓到達球場。當他靠近內野牆的時候他口袋裡的手機發出震動，他放慢腳步，很可能是凱倫，也許艾德溫先打了電話給她，然後艾德溫也正要打給他。比爾跪下來，在第一排與第二排之間爬行前進，他看了一下手機，是凱倫。

「凱倫……」

凱倫回道：「親愛的，我正要過去。」

比爾說道：「不要，凱倫，停車，趕快回頭。」

「為什麼？怎麼——」

「有槍擊案。趕快報警，停車，打電話給警察。」

比爾把手機壓住腹部，抬頭。就在這時候，他發覺自己頭部右側有一股刺燙的爆裂感。他摸了一下耳朵，平整、濕熱。比爾沒想到要換另外一隻耳朵講電話，直接把手機貼住了本來有耳朵的那個位置。

「凱倫——」比爾開口，但話卻只能講到一半。又一發子彈，直接擊中了他的右眼——穿出一個大洞，整個世界完全傾覆。

比爾的頭重重撞上水泥地，手機摔在他面前的地板。他盯著數字不斷往上增升——他們的通話時間。比爾的頭在搏動，不是因為疼痛，純粹就是轉化為腫爆的劇烈搏動，他的頭是一個在不斷脹大的氣球，他突然想到了刺破這個字詞。一切都在發出鳴響，他下方有一道不知從哪裡冒出來的的低沉斷響，一陣陣的音浪或是白噪音襲來——可以在齒列間感受到的某種低鳴。他望著自己的鮮血在頭部下方滲漏成一個半圓狀。他動不了，他不知道之後他們該怎麼清理這地方。想要對付水泥地的污漬，過氧化鈉粉是最佳利器，比爾心想：拜託千萬不要是這種結局。凱倫還在，秒數依然繼續跑。他閉上眼睛，看到了一片綠，他看到的只有一片綠色糊影，他本來以為自己又在遙望球場，但明明是雙眼緊閉。他想起自己先前也看過一次這樣的綠色糊影。當時附近有手榴彈落地，有人對他大吼，叫他趕快找掩護，但他卻愣住了。他那一次也是倒地，腦中有同樣的嗡響，齒間有同樣的低鳴。他不知道自己當初是怎麼脫離險境。不重要，比爾眼前一陣模糊，快掛了，馬上就要離世。

奧珀兒・薇拉・維多莉亞・熊盾牌

槍聲響徹體育場，尖叫四起。奧珀兒已經盡量加快腳步下樓前往地面層，後頭人群還是一直在推擠她。她與大家一樣拖著腳步往前。奧珀兒不知道自己先前怎麼沒想到要打電話，但一等到她想起來，她就立刻拿出手機。她最先打給歐維，但他的手機卻只是一直在響，沒有應答。然後，她打給魯瑟，接通之後卻斷線，只聽到斷斷續續的幾個字，崩潰的聲音，她聽到他在喊：外婆。她伸手摀住口鼻，掩面低泣，她努力豎耳傾聽，想要知道接下來能否聽個清楚。她心想，不知道是否真的有人把我們刻意帶領到這裡？刻意挑這個時候？她並不清楚自己冒出這個念頭是什麼意思。

奧珀兒一走到前入口外頭，就看到了小兄弟們，但只有魯瑟與隆尼。她奔向他們，魯瑟依然拿著手機，另一手指著它。她聽不到他說什麼，但看得出他的嘴型：我們一直拚命打電話找他。

賈姬·紅羽毛

哈維抓住賈姬的肩膀，準備把她硬壓下去，他想要讓賈姬與他一起趴地。賈姬瞪他，他緊蹙雙眉，意思就是他這真的是危急動作。賈姬甩開了他的手，朝音源方向走去。

「賈姬……」她聽到他在她背後的微弱尖叫。她聽得到子彈聲，轟然巨響，嗖嗖飛嘯，距離她超近。她微微彎低身子，但還是繼續往前走。地上倒了一群人，看起來是死了。她一直掛記著歐維，她剛剛才看到他出現在大進場。

賈姬一度以為這是什麼行動藝術表演，這些身穿傳統服飾的人全部倒地不起，宛若一場大屠殺。她想起她母親曾經告訴過她與奧珀兒有關惡魔島的事，一小群印地安人率先奪下惡魔島，大約就是五、六人的規模吧，以行動藝術的方式佔領了它，而五年之後就真的發生了，這故事一直讓她很著迷，原來是這樣的起源。

她看到了那些槍手，然後，她開始掃視滿地的屍體，發現了歐維那身傳統服飾的顏色。他的顏色特別突出，有一種亮橘色，近乎是粉紅色的特殊橘色，在傳統服飾中很少見。她不喜歡那顏色，讓她更加容易就看到了他。

她還沒確定自己認出他，還沒有產生任何的情緒想法或是決定，已經朝自己的外孫走去。她知道風險，她正走向槍火前線，不重要。她步伐平穩，雙眼緊盯著歐維。

她到達他身邊的時候，他緊閉雙眼，她伸出兩根手指，貼住他脖子，有脈搏。她大叫請人幫忙。她發出的聲音根本不是字句，那股聲音來自她的腳底下方，來自地面，靠著那股聲音，賈姬抱起了歐維。當她扛著自己外孫的身體穿越人群朝出口走去的時候，她還聽到後頭的槍聲。「抱歉，」她穿越群眾，「拜託大家……」

「誰來幫幫忙！」她一走出門口就聽到自己發出叫喊，然後，她看到他們在那裡，就在門口外頭，魯瑟與隆尼。

「奧珀兒在哪裡？」隆尼在哭，他伸手指向停車場。賈姬低頭看著歐維，她雙臂在顫抖，魯瑟過來，伸臂圍住賈姬，低頭看著自己的哥哥。

魯瑟說道：「他臉色發白……」

在奧珀兒停車的時候，賈姬看到哈維朝他們跑來，她不知道他為什麼覺得自己應該要過來，也不知道自己為什麼會大喊他的名字，向他招手示意。大家全擠進奧珀兒的福特野馬後座，奧珀兒立刻踩下油門。

布魯

布魯與艾德溫沒有任何停頓，好不容易走了出來，上了布魯的車。艾德溫喘得上氣不接下氣，臉色變得好蒼白。布魯為艾德溫繫好安全帶，發動引擎，前往醫院。她之所以離開是因為她根本還沒聽到警笛聲；她之所以離開是因為艾德溫根本已經癱軟在她的座位裡，眼瞼半閉；她之所以離開是因為她認得路，可以比根本沒來過這裡的人更快到達醫院。

槍聲休止之後，布魯幾乎聽不清楚倒地的艾德溫到底在對她吼什麼。

「我們得過去……」艾德溫所說的是醫院，他希望她可以送他過去，他判斷無誤，他們沒辦法即時派送足夠的救護車，誰知道有多少人中槍。對於艾德溫來說，就是一槍——腹部中彈。

「好……」布魯回應之後，努力扶他起來，讓他的手臂裹住自己的肩頭，然後猛力拖拉。他的臉色微微抽搐了一下，但除此之外，幾乎還算是神色鎮定。

布魯說道：「施力壓住它，這樣才不會失血過度。」艾德溫拿了三、四件「奧克蘭大豐年祭」的T恤壓著肚子，他伸手往背後一摸，臉上瞬間完全沒了血色。

艾德溫說道：「它穿過了我的背。」

「幹！」布魯說道，「還是這算好事？靠，我不知道。」布魯摟著他，讓他的手臂放在自己身上，他們就這麼一路蹣跚步出競技場體育館，前往布魯的停車處。

當布魯開進高地醫院的時候，艾德溫已經昏迷過去了。她一直在對他講話，朝他大吼大叫，希望他能夠保持清醒。應該是有更近的醫院，但她知道高地。她猛按喇叭，一方面是想要喚醒艾德溫，也希望能找到別人幫忙。她把手伸過去，打了艾德溫好幾個巴掌，他微微搖頭。

「小艾，趕快醒來！」布魯說道，「我們到了！」

他沒有反應。

布魯衝進去，找人拿擔架出來幫忙。

她從急診室自動門出來時，看到一台福特野馬停下來，所有的車門都開了。她看到了哈維，還有賈姬。賈姬抱著一個男孩，身穿傳統服飾的青少年。當賈姬經過布魯身邊的時候，兩名護士正好帶著擔架出來接艾德溫，布魯馬上明白現在會出現混亂狀況，她是不是應該要讓賈姬與那男孩先使用艾德溫的擔架？布魯有沒有做出決定並不重要，她看到護士們把那男孩放上去，立刻把他帶走了。哈維走向布魯，望著車內的艾德溫。他側頭，下巴朝艾德溫的方向點了一下，意思就是：我們把他抬起來吧。

哈維連續拍打了艾德溫的臉頰好幾下，他稍微動了一下，但是無法抬頭。哈維大吼大叫，聽不清楚講了些什麼，大意是趕快派人出來幫忙，然後，哈維把艾德溫半移出車外，把他的手臂扣在自己脖子上。布魯擠到車子與艾德溫之間的空隙，把他的另一隻手臂放到自己的肩頭。

兩名護理員把艾德溫放上輪床。布魯與哈維跟著他們一起狂奔、穿越廊道，然後，他被送入了旋轉門裡面。

✦

布魯坐在賈姬身邊，她低頭望著地板的邊角，雙肘壓住膝頭，等待死神離開、等待你的摯愛掛著慘笑坐著輪椅出來、等待醫生以自信步伐走過來宣布好消息的那一種姿態。布魯想開口對賈姬講話，但該說什麼呢？賈姬望著哈維，他的確跟艾德溫十分神似。要是哈維和賈姬在一起，那不就表示……？不可能，布魯不願想下去。她望向對面，還有兩個年紀比較小的男孩，以及另一名女子，長得有點像賈姬，但個子比較高壯。她盯著布魯，但布魯卻迴避了她的目光。布魯想要詢問那女子為什麼會來這裡，她知道這一定是與豐年祭，與槍擊案有關。然而她無話可說，現在什麼也不能做，只能等待。

奧珀兒・薇拉・維多莉亞・熊盾牌

奧珀兒知道歐維一定可以熬過這一關，她在心中一直對自己喊話。要是能夠把思緒大聲說出來的話，她一定會尖叫。也許可以，也許雖然可能沒有理由抱持任何期盼，但也許她靠這樣的方式就可以說服自己相信有理由要懷抱希望。奧珀兒希望賈姬與兩個小男生也能看到她臉上的這種神情，這種不論一切仍然堅持的念頭，也許這就是信仰。賈姬看起來很不好，彷彿要是歐維沒辦法活下去的話，她也不行了。奧珀兒覺得姊姊是對的，要是歐維撐不下去，大家也都不可能走出這場劫難，一切就此變調。

奧珀兒張望等候室，觀察大家，每一個人的頭都低低的。魯瑟與隆尼甚至根本沒有盯著手機，這一點讓奧珀兒好傷心，她差點想要叫他們拿手機出來玩。

不過，奧珀兒很清楚，雖然早在十一歲的時候，她已經在某個囚島上放棄了尋求外援的所有希望，但如果真的可以信任哪個人、對其禱告與求援，想必就是這個時候了。她努力保持安靜，閉上雙眼，聽到了聲音，來自她以為許久之前就已經永久封閉的某個地方，那是她小時候的泰迪熊「兩隻鞋」與她對話的空間，那是她從小時候一直在思索與想像之處所，只是當時年紀太小，覺得自己不該多想。那聲音一下是她的，一下又不是，不過，到了最後，終於是她的了，不可能來自別處，只有奧珀兒，奧珀兒必須自己叩問，在她根本還沒有想到祈禱之前，她必須相信自己有相信的能力，她正在實踐，但也必須放手才能成功實踐。那股聲音不斷推進，穿透而出，她心想：拜託，快起來。這一次她聲音宏亮，她在對歐維講話，她正在努力集中心緒，她的聲音，傳入了那個房間，與他同在。留下來，奧珀兒說道：拜託。她大聲說出口：留下來。她體會到大聲說出禱詞的內蘊力量，她緊閉雙眼大吼：不可以走，她說道：你不可以就這麼走了。

醫生出現了，只有一個醫生，奧珀兒覺得應該是好事，他們報喪的時候應該是出動雙人組，給予心理支援。但是她不想抬頭看到那醫生的臉，她看了一下，但她不想要知道答案。她希望能讓時間暫停，讓她有更多的時間可以祈禱，做好準備。不過，無論如何，時間總是繼續往前走，她還沒想到該怎麼辦，而是開始計算雙開門的晃動，每晃一次，就計數一次。醫生正在說話，但她還沒辦法抬頭凝望或是聆聽。她必須要等待，看看晃動的數字怎麼說。雙開門停了下來，數字是八，奧珀兒深呼吸，長嘆一口氣，抬頭，想要知道醫生怎麼說。

湯尼・隆曼

湯尼面向槍火聲響處，覺得他們可能會朝他開槍。他看到有個身穿傳統服飾的小孩在查爾斯後面中槍，看到他倒了下去。湯尼舉槍，對準了他們——不確定到底要瞄哪一個人。湯尼望著卡洛斯對奧克塔菲歐背部開槍，然後，有一架無人機落在卡洛斯的頭頂。湯尼的手槍足以讓他對卡洛斯射個兩三槍，逼使對方無法繼續做出任何舉動。湯尼知道查爾斯正在對他開槍，但是他卻還沒有任何感覺。扳機卡住了，手槍太燙，所以湯尼直接丟槍。就在這個時候，他感受到身體中的第一彈，雖然他明明知道中槍之後子彈根本不可能繼續移動，但他還是覺得進入大腿裡的那顆子彈又快又燙。查爾斯不斷對他開槍，失了準頭。湯尼知道這就表示可能後頭有其他人中槍，他的臉變得熱燙。他覺得全身逐漸變得僵硬，湯尼知道這種感受，他的周邊一片黑。他有點想要拋下一切，進入後來才會出現在他眼前的那朵黑色雲團。但是湯尼想要留下來，他真的這麼做了，眼前一片光燦。

他鼓足全力往前跑。查爾斯距離他約九公尺，湯尼可以感覺到他自己的流蘇與繫帶在他背後啪啪作響，他沒有槍，但他覺得自己的強硬程度超過了任何可能向他襲來的一切，包括了速度、熱氣、金屬、距離，甚至是時間。

當第二發子彈射中他大腿的時候，他踉蹌了一下，但並沒有放慢速度。距離剩下六公尺，然後是三公尺。又一發子彈，擊中他的手臂，兩發射入他的腹部。他有感覺，但卻不為所動。湯尼加足全力，低頭往前衝。子彈的熱燙重量與速度發揮極致威力，把他往後推，往下壓，但是卻沒有辦法阻止他，現在不可能。

當湯尼距離查爾斯只剩下一兩公尺的時候，他發現自己體內某種靜默凝滯的特質正在散發，進入世界，滅絕了萬物聲響——融化的寂靜。萬一遇阻，湯尼很想就乾脆直接棄守。他的身體出現了聲響，一開始是腹內，然後從鼻口噴出來，低聲的汩汩血流。快要接近查爾斯身邊的時候，湯尼微微蹲下，然後朝他奮力一撲。

湯尼靠著最後的氣力朝查爾斯的頭部猛撲過去，查爾斯抓住了湯尼的喉嚨，緊掐不放。黑暗又悄悄潛入他的視力範圍周邊，他奮力向上頂撞查爾斯的臉，伸出一根大拇指戳對方的眼睛，猛力推下去。他看到查爾斯的手槍就在自己臉旁邊的地面，湯尼使出殘存的所有力氣，側身，然後抓住了槍。在查爾斯還來不及看仔細或是繼續回頭掐湯尼脖子之前，湯尼對查爾斯的太陽穴開了一槍，然後，看著對方倒地，全身動也不動。

湯尼翻身躺正，現在，他開始陷落，如流沙般緩慢。天色轉暗，或者，是他的視線開始變得一片暗沉，抑或是他陷落得越來越深，直接墜向地心，他可能會在那裡與岩漿或水或金屬啊什麼的混雜在一起，它們讓他不再繼續傾落，接住了他，讓他永遠停留在那裡。

而他現在已經不再滑落，他什麼也看不到，他聽到似乎是潮浪的聲音，然後，是瑪可辛在遠方說話。有回音，就像是以前她待在廚房、他窩在附近的時候一樣，他蹲在餐桌底下，或是把磁鐵啪啪黏在冰箱上。湯尼不知道自己是不是死了，不知道他死後的依歸是不是瑪可辛的廚房？但瑪可辛根本還沒死，可是這絕對是她的聲音，她在她洗碗時的必唱歌曲，某首夏安族聖歌。

湯尼發現自己其實可以再次睜開雙眼，但他還是維持緊閉狀態，他知道自己身上全是彈孔，他感覺得到每一顆子彈都在拚命把他往下拉。他看到自己在飄升，離開了自己的肉身，然後，他看到浮起的自己，盯著自己的身軀，但想起那其實並不是真正的自我。他從來就不是湯尼，就像他從頭到尾都不是「駝峰」一樣，這兩個都戴了面具。

湯尼又聽到瑪可辛在廚房裡歌唱，然後，他待在那裡。身在彼處，四歲，念幼稚園之前的那個夏天，他與瑪可辛一起待在廚房。這並不是二十一歲的湯尼在回想四歲的自己——不是在懷舊。純粹就是又在那個當下，完全回到了四歲的湯尼。他站在椅子上幫她洗碗，他的手伸入水槽，從自己的掌心裡對她吹泡泡。

她不覺得哪裡好玩，但她也沒有阻止他。她一直忙著抹淨他頭上的泡泡，他則一直問她：我們是什麼？外婆？我們是什麼？她沒有回答。

湯尼又把手伸入泡泡水槽裡，把手弓成碗狀，繼續對她吹泡泡。她的臉側沾到了一些泡沫，但也沒有抹掉，只是繼續正色洗碗。湯尼覺得這是他見過最好玩的事了。他不知道她是否知道正在發生那樣的事，或者他們其實不在那個情境。他不知道自己不在那裡，因為他在這個當下，他不記得曾經有過那段過往的當下，因為這等於是現在發生的事，他就是與她待在廚房裡，吹水槽泡泡。

終於，湯尼恢復正常呼吸，忍住了笑，開口說道：「外婆，妳知道嗎？妳知道他們在那裡。」

瑪可辛問道：「什麼？」

湯尼回她：「外婆，妳在耍我。」

瑪可辛追問：「耍你什麼？」

「外婆，他們就在那裡，我親眼看到他們了。」

「你現在自己去玩，讓我把碗好好洗完。」瑪可辛講完之後，露出了她其實很清楚泡泡之事的微笑。

湯尼坐在臥室地板上玩他的變形金剛，讓他們以慢動作打架。他已經忘了自己為他們編造的故事，情節都一樣，戰鬥、背叛，然後是獻祭。好人在最後會贏得勝利，但其中一個會戰死沙場，就像是柯博文必須要在《變形金剛》裡面一樣。瑪可辛雖然說她覺得他年紀太小，但還是讓他觀看靠那台老舊VHS放影機的片子。當他們一起看的時候，發覺柯博文死掉的那一刻，他們會互相凝望彼此，發現彼此都在哭，這會讓他們大笑個幾秒鐘，就是在那個一瞬間，兩人待在瑪可辛臥房的幽暗環境當中，同時又哭又笑。

當湯尼讓他們遠離戰鬥的時候，他們說真希望不要過著那種模式的生活。湯尼會派柯博文說道：「我們是鋼鐵之身，我們天生堅強，可以承受一切。我們天生就是變形金剛，所以你有機會以死拯救別人，那就接受吧，每一次都是如此，這就是博派之功能。」

✦

湯尼回到了球場，每一個彈孔都在發燙，都是一股拉力。現在，他覺得自己應該不是在飄浮，而是陷入地底之下的某種狀態之中。那裡有一個錨，這次讓他完全根附的東西，彷彿每一個洞都有一個連接細線的鉤鉤，拚命把他往下拉。一陣海風朝體育館襲來，穿透他的身軀。湯尼聽到了鳥叫，不是在外頭，而是來自於他的定錨之地，傳到了底層之底層，他的中心之中心。他身上的每一個洞裡面都有一隻鳥兒，歌唱，讓他保持振奮，避免就此離世。湯尼想起了外婆當初教導他如何跳舞的時候，曾經說過這樣一句話：「你必須要像早晨鳥兒歌唱那樣跳舞。」而且，她還向他示範她的腳步何其輕盈。她跳躍，腳尖的指向恰如其分，那是舞者的雙腳，舞者的重力。湯尼現在必須要保持輕盈，讓風吟穿過他身體的洞，專注聆聽這些鳥兒歌唱。湯尼哪裡都不去，而他內心的某個地方，他現在所身處之地，未來的歸屬之地，直到現在依然定格在早晨時分，而鳥兒們，鳥兒們正在歌詠。

致謝

感謝我的妻子卡特莉，我的第一個（也是最好）的讀者／聆聽者，打從一開始就對我與這本書充滿信心，還有我的兒子菲力克斯，感謝他以各種方式幫助我，鼓舞我成為一個更好的人、更優秀的作者，感謝這兩個我願意為他們掏心淌血的人，要是沒有他們，我絕對寫不出這部作品。

靠著許多個人與機構的襄助，這本書才能順利問世。我要衷心感謝以下諸位人士：麥克道威爾．可洛尼，早在這部小說還是雛形之際就大力支持我。感謝奧克蘭文化藝術基金會的丹尼絲，派特，感謝他們贊助了一個從未完結、最後只是在小說裡實現的說故事計畫——就像是在這部小說裡的某一章一樣。感謝潘姆．休斯頓所教導給我的一切，而且她是對這部小說深具信心的第一人，還自告奮勇轉發給大家。感謝強．戴維斯一路相挺，以及我在二〇一六年取得藝術創作碩士（美國印地安人藝術學院）時的審稿協助，而且打從一開始就對我充滿信心。還有謝爾曼．艾歷克西，感謝他幫助我讓這部作品成為更好的小說，以及當本書被買下時他所給予我的驚人支持。感謝泰瑞西．麥爾霍特的一切努力，讓我們能夠在寫作生涯互相惕勵，以及她持續不斷的支持與鼓舞，加上她令人驚嘆的寫作表現。感謝亞多藝術村提供的時間與空間，讓我完成了這本書，終能寄發出去。感謝 Writing By Writers 協會以及他們在二〇一六年給我的獎助金。感謝克萊兒．法亞．瓦特金，謝謝她願意聽我唸出來，而且對於這本書抱持足夠的信心，寄給了她的經紀人。感謝德瑞克・帕拉齊歐，給了我初稿的指引，還有在我研究所階段的所有建議與支持。感謝美國印地安藝術機構的許多作家與教師，讓我受益匪淺。感謝我的哥哥馬力歐，還有他的妻子珍妮，只要我進市區，隨時可以當他們家的沙發客，同時感謝他們的愛與支持。感謝我的母親與父親，無論我想要嘗試什麼，總是對我深信不疑。感謝凱利、拉多娜、克里斯蒂納，因為我們所歷經的一切，還有一路走來的彼此扶持。感謝瑪蜜與盧、泰瑞莎、貝拉、賽可亞，諸位成就了我們的家的樣貌，感謝大家幫助我，給了我所需的時間進行寫作，當我必須離家寫作的時候，感謝大家這麼體貼，關愛我的兒子。感謝我的舅舅湯姆與阿姨芭爾布，幫助與疼愛我們家中的每一個成員。感謝蘇博與凱西，感謝我的叔叔強納森、瑪莎、潔莉，以及傑佛瑞，在我的家庭最需要他們的時候伸出援手。感謝我的編輯喬丹如此熱愛這本書，對它充滿信心，幫助我努力做到最好。感謝我的經紀人尼可・阿拉吉，感謝在這個世界似乎正在崩塌之際的某個過晚的深夜，或是過早的凌晨，讀了我的手稿，感謝她在此之後為我以及我的書所做的一切。感謝諾普夫出版社每一個人的不斷支持。感謝奧克蘭的原住民社群，我那些依然在世的夏安族親戚，還有我的先祖，幫助我熬過了難以想像的難關，他們曾經為我們這一代努力祈禱，而我們也正在為下一代竭盡所能祈禱與拚命努力。

國家圖書館出版品預行編目(CIP)資料

不復原鄉 / 湯米.奧蘭治作；吳宗璘譯. -- 初版. -- 臺北市：春天出版國際文化有限公司, 2023.08
面；公分. -- (春天文學；28)
譯自：There There
ISBN 978-957-741-694-0(平裝)

874.57　　112006633

春天文學 28

不復原鄉 There There

作　　者　湯米・奧蘭治
譯　　者　吳宗璘
總 編 輯　莊宜勳
主　　編　鍾靈
出 版 者　春天出版國際文化有限公司
地　　址　台北市大安區忠孝東路四段303號4樓之1
電　　話　02-7733-4070
傳　　眞　02-7733-4069
E－mail　frank.spring@msa.hinet.net
網　　址　http://www.bookspring.com.tw
部 落 格　http://blog.pixnet.net/bookspring
郵政帳號　19705538
戶　　名　春天出版國際文化有限公司
法律顧問　蕭顯忠律師事務所
出版日期　二〇二三年八月初版
定　　價　370元

總 經 銷　楨德圖書事業有限公司
地　　址　新北市新店區中興路二段196號8樓
電　　話　02-8919-3186
傳　　眞　02-8914-5524
香港總代理　一代匯集
地　　址　九龍旺角塘尾道64號 龍駒企業大廈10 B&D室
電　　話　852-2783-8102
傳　　眞　852-2396-0050

ISBN 978-957-741-694-0　Printed in Taiwan